Eine verführerische Braut

SHERRY THOMAS

Sherry Thomas: „Eine verführerische Braut"
© 2012 Sherry Thomas
Originaltitel: „Tempting the Bride"

© 2014 Deutsche Erstausgabe, Übersetzung: Julia Becker für Agentur Libelli

Titelbild: Gestaltung – © 2014 Frauke Spanuth

PROLOG

Januar 1896

DAVID HILLSBOROUGH, VISCOUNT HASTINGS, war noch nie
verliebt gewesen. Und ganz sicher war er noch nie unglücklich
verliebt gewesen. Sein Herz war vollkommen unbeschwert von
Kümmernissen, während er sich der Aufgabe widmete, alles, was das
Leben einem reichen, gut aussehenden Junggesellen wie ihm zu
bieten hatte, in vollen Zügen zu genießen.

Das war wenigstens das Bild, das er allen präsentierte.

Einige seiner engsten Freunde hatten die Wahrheit vermutlich
erraten – vielleicht schon vor langer Zeit, denn sein spezieller Fall
von unerwiderter Liebe begleitete ihn schon fast die Hälfte seines
Lebens. Es tröstete ihn jedoch, dass *sie* davon nicht die leiseste
Ahnung hatte. Und mit etwas Hilfe von oben würde das auch so
bleiben.

Denn wenn sie es je herausfand, würde er durch die Hölle gehen.

Nicht, dass er augenblicklich weit von diesem Ort entfernt war,
da er der Frau seiner Träume – Miss Helena Fitzhugh – dabei
zusah, wie sie einen anderen Mann voller Bewunderung anblickte.
Ihre ältere Schwester war nach einhelliger Meinung die schönste
Frau ihrer Zeit, aber er persönlich konnte den Blick nie von Miss
Fitzhugh wenden. Von ihrem flammend roten Haar, ihrem
strahlenden Teint, ihrem klugen, spitzbübischen Blick.

Es grämte ihn nicht so sehr, dass sie einen anderen liebte. Wenn
man sich an einem Wettkampf nicht beteiligte, konnte man sich
schließlich nicht beschweren, dass jemand anderes gewann. Dass der
Mann, an den sie ihre Aufmerksamkeit so freigiebig verschwendete,
diese nicht im Geringsten verdiente, störte ihn jedoch zutiefst.

Andrew Martin hätte sie vor Jahren ehelichen können. Aber
seine Mutter hatte von ihm erwartet, dass er eine andere zur Frau
nahm, um zwei benachbarte Ländereien zu vereinen. Da ihm der

1

Mut gefehlt hatte, seiner Mutter zu trotzen, hatte er sich ihren Wünschen gefügt.

Selbst in einem Land voller emotionsloser, arrangierter Ehen hob sich Mr Martins von allen anderen als besonders kalt und förmlich ab. Die Eheleute speisten zu unterschiedlichen Zeiten, bewegten sich in verschiedenen Kreisen und kommunizierten fast ausschließlich schriftlich miteinander.

All das war nebensächlich. Glücklich oder nicht, ein verheirateter Mann war ein verheirateter Mann, und eine ehrbare junge Frau hatte anderswo nach Erfüllung zu suchen.

Miss Fitzhugh scherte sich nicht um Regeln. Bisher waren es allerdings eher Verhaltensempfehlungen gewesen, die sie bewusst ignoriert hatte, statt dass sie wirklich Regeln gebrochen hätte. Als sie als Einzige der Geschwister Fitzhugh nach einem Universitätsabschluss strebte, wertete man das als exzentrisch, und als sie ihr Geld nach einer kleiner Erbschaft in einen Verlag steckte, den sie selbst führte, wurde dieses Unternehmen schlicht als eine weitere Eigenart der Familie abgetan – schließlich leitete ihr Bruder Earl Fitzhugh die Konservenfabriken, die seine Frau geerbt hatte.

Eine enge Freundschaft mit einem verheirateten Mann zu pflegen sprengte aber die Grenzen dessen, was als angemessenes Benehmen betrachtet wurde. Sie musste dafür nicht einmal wirklich sündigen. Der bloße Anschein von Unschicklichkeit würde vollkommen ausreichen, um sie angreifbar zu machen.

Der Salon des Landsitzes von Lord Wrenworth hallte von Lachen und guter Laune wider. Mrs Denbigh, Miss Fitzhughs verheiratete Freundin, die auf der Hausgesellschaft der Wrenworths als ihre Anstandsdame fungierte, war vollauf damit beschäftigt, sich zu amüsieren. Hastings wartete auf eine Pause in der Unterhaltung, an der er teilgenommen hatte, entschuldigte sich und ging quer durch den Raum zu Miss Fitzhugh und Martin, die einander zugewandt auf einer Chaiselongue saßen, sodass sie allein schon durch ihre Körperhaltung Störungen durch andere verhinderten.

„Mr Martin, was tun Sie denn noch hier?", fragte Hastings. „Sollten Sie nicht gerade an Ihrem neuen Wälzer schreiben?"

Miss Fitzhugh antwortete für Martin. „Aber er arbeitet doch. Er berät sich mit seiner Verlegerin."

„Wenn ich mich nicht irre, berät er sich bereits seit heute Morgen mit seiner Verlegerin. Ein Koch kann sich den ganzen Tag mit der

Herrin des Hauses beraten, das bringt jedoch am Ende des Tages keine Mahlzeit auf den Tisch. Mr Martin würde die Leser um sein nächstes vortreffliches Werk bringen, wenn er all seine Stunden damit verbrächte, lediglich darüber zu sprechen, und keine einzige damit, die Worte tatsächlich zu Papier zu bringen."

Martin errötete. „Da haben Sie nicht ganz unrecht, Lord Hastings."

„Ich habe nie unrecht. Mir ist zu Ohren gekommen, dass Sie zum Arbeiten hier sind und Lord Wrenworth eigens um ein ruhig gelegenes Zimmer gebeten haben. Sie haben dieses Zimmer zu diesem Zweck noch nicht benutzt, oder?"

Martin errötete noch heftiger. „Ah …"

„Ich für meinen Teil kann es kaum erwarten, mehr über Offa von Mercien zu erfahren."

„Sie haben das Buch gelesen?"

„Natürlich. Warum so überrascht? Habe ich an der Universität etwa keinen äußerst ausgeprägten Intellekt und weitreichende Neugier an den Tag gelegt?"

„Doch, sicher."

„Dann sollten Sie sich geehrt fühlen, mich zu Ihren Lesern zählen zu dürfen. Nun gehen Sie schon. Schreiben Sie bis tief in die Nacht, und hören Sie auf damit, Miss Fitzhugh für sich allein zu beanspruchen. Sie sind ein verheirateter Mann, schon vergessen?"

Martin lächelte leicht verlegen und erhob sich. Miss Fitzhugh warf Hastings einen eisigen Blick zu. Er ignorierte ihn, scheuchte Martin weg und nahm dessen Platz auf der Chaiselongue ein.

„Ich glaube nicht, dass Sie Mr Martins Buch gelesen haben."

Hastings las jedes von ihr veröffentlichte Buch von der ersten bis zur letzten Seite, selbst die, die sie einzig des Profites wegen herausbrachte. „Nur die erste und die letzte Seite – aber war es nicht beeindruckend, wie ich darüber gesprochen habe?"

Sie sah ihn voller Verachtung an. „Sie klangen blasiert und überheblich, Hastings. Und meinen Freund einfach wegschicken? Wahrhaftig, selbst von Ihnen hätte ich Besseres erwartet."

Er lehnte sich zurück. „Lassen Sie uns keine Worte mehr an Mr Martin verschwenden, der Ihr Interesse sicher nicht verdient. Ich würde es vielmehr begrüßen, darüber zu sprechen, wie entzückend Sie heute Abend aussehen, meine liebe Miss Fitzhugh."

Er machte keinen Hehl daraus, wohin sein Blick schweifte: direkt auf ihr Dekolleté. Er hatte sie schon geliebt, bevor sie überhaupt so etwas wie ein Dekolleté gehabt hatte, und scheute sich nicht, den Anblick zu genießen, wann immer ihr Ausschnitt es zuließ.

Im Gegenzug klappte sie ihren Fächer auf und verwehrte ihm damit geschickt die Sicht. „Lassen Sie sich von mir nicht aufhalten, Hastings. Wenn ich mich nicht irre, versucht Mrs Ponsonby, Ihre Aufmerksamkeit zu erregen."

„Sie irren sich nicht", erwiderte er halblaut. „Sie alle ringen um meine Aufmerksamkeit. Alle Frauen, die ich je getroffen habe."

„Ich weiß, worauf das hinausläuft. Sie möchten, dass ich widerspreche und sage, ich hätte Ihre Aufmerksamkeit nie gewollt. Dann kontern Sie damit, ich hätte immer nur so getan, als ignorierte ich Sie, und meine Gleichgültigkeit sei schon immer nur der jämmerliche Versuch gewesen, Sie neugierig zu machen."

Sie klang leicht gelangweilt. Er hatte sie früher besser und für längere Zeit verärgern können. Mehr noch als ihre Wut fürchtete er ihre Gleichgültigkeit – nicht Hass war das Gegenteil von Liebe, sondern Desinteresse: in einer solchen Nähe zu ihr zu existieren und doch von ihr unbeachtet zu bleiben, keinen bleibenden Eindruck zu hinterlassen.

Er schnalzte mit der Zunge. „Miss Fitzhugh, so wenig originell würde ich nie sein. Natürlich möchten Sie meine Aufmerksamkeit, aber nur, um sie mir um die Ohren zu schlagen. Es bereitet Ihnen Vergnügen, mich in meine Schranken zu verweisen, meine Liebe."

Ein Funke blitzte in ihren Augen auf, fast schon wieder verschwunden, ehe er ihn überhaupt bemerkt hatte. Für diese Augenblicke lebte er – Momente, in denen sie gezwungen war, den in ihm zu sehen, der er war, statt den, für den sie ihn hielt.

Das Schlimmste daran, sich so früh in sie zu verlieben, war, dass er mit vierzehn ein richtiger Schnösel gewesen war, überheblich und zugleich voller Selbstmitleid. Die Tatsache, dass er bei ihrer ersten Begegnung fast fünfzehn Zentimeter kleiner gewesen war als sie – sie hatte einen Meter fünfundsiebzig gemessen, er wenig mehr als einen Meter sechzig –, war fast genauso schlimm gewesen. Obwohl sie nur ein paar Wochen älter war, hatte sie in ihm nur ein Kind gesehen, während er unter den Höllenqualen der ersten Liebe litt.

Als er keinen Weg fand, ihre Aufmerksamkeit anderweitig zu erregen, begann er, sich abscheulich zu betragen. Sie verabscheute den Wicht, der versuchte, sie in Besenkammern zu locken und ihr Küsse zu stehlen, er hingegen war unglücklich und verzückt zur gleichen Zeit gewesen. Abscheu war besser als Gleichgültigkeit, alles war besser als Gleichgültigkeit.

Als er sie endlich überragte – letztlich um fast zehn Zentimeter –, den Babyspeck verloren hatte und seine Wangenknochen markant hervortraten, hatte sie sich bereits eine feste und unverrückbare Meinung von ihm gebildet. Er für seinen Teil hatte sein Selbstmitleid abgelegt, aber nicht seinen Stolz, und verweigerte sich der Demütigung, die es für ihn bedeutet hätte, sie um einen Neubeginn zu bitten.

Es war nicht so, dass er es nicht gewollt hätte. Jedes Mal, wenn er ihr begegnete, ihre Selbstsicherheit, ihre gewinnenden Züge, ihre schlanke, grazile Gestalt sah, wollte er lauthals Reue über all seine vergangenen Dummheiten bekunden.

Doch stattdessen fügte er jedes Mal der Liste seiner Widerwärtigkeiten eine weitere hinzu. *Eine Hochschule für Frauen – nennt man heute die Brutstätten lesbischer Liebe so? Sie werden also Verlegerin – glauben Sie nicht, dass es schon genug schlechte Bücher auf dem Markt gibt? Das ist ein entzückendes Kleid, meine liebe, teure Miss Fitzhugh, zu schade, dass Sie nicht etwas mehr Rundungen haben, um es gefälliger auszufüllen – oder überhaupt irgendwelche.*

Bei ihren schlagfertigen Erwiderungen fing sein Herz immer wieder aufs Neue Feuer. *Mir war bereits bewusst, dass es viele gute Gründe gibt, eine Hochschule für Frauen zu wählen, aber eine Brutstätte lesbischer Liebe … Meine Güte, das ist ja fast so, als stieße man auf eine Goldader auf genau dem Land, das man gerade eben gekauft hat, nicht wahr? Gewiss erscheinen Ihnen in Anbetracht Ihrer geringen Bildung die meisten Bücher anstrengend. Aber Sie können beruhigt sein, ich werde nur für Sie ein paar Bilderbücher veröffentlichen.*

Sein Favorit war ihre Antwort auf seine Verunglimpfung ihrer Figur: *Lieber Lord Hastings, es tut mir leid, ich fürchte, ich habe Sie nicht richtig verstanden. Sie nuscheln. Haben Sie den Mund voller – tatsächlich! – voller saurer Trauben?* Dabei hatte sie mit dem Zeigefinger eine Linie von ihrem Kinn bis knapp über ihren Ausschnitt gezogen, ihm einen verächtlichen Blick zugeworfen und war dann entschwunden. Er war nie hoffnungsloser verliebt gewesen.

„Sie starren mich an, Hastings", stellte Miss Fitzhugh im Hier und Jetzt nicht ohne Schärfe fest.

„Ja, ich weiß. Ich betrauere Ihren bevorstehenden körperlichen Verfall. Im Moment sind Sie natürlich noch durchaus ansehnlich, aber der Alterungsprozess wird unausweichlich in Bälde einsetzen. Sie werden auch nicht jünger, Miss Fitzhugh."

Sie wedelte mit ihrem Fächer. „Wissen Sie denn, was Frauen, die ein gewisses Alter erreicht haben, sich angeblich am meisten wünschen?"

Ihr angedeutetes Lächeln weckte sein Verlangen. „Sagen Sie es mir."

„Sie loszuwerden, Hastings. Damit sie die wenigen kostbaren Jahre, die ihnen noch bleiben, nicht darauf verschwenden müssen, unter Ihren lüsternen Blicken zu leiden."

„Wenn ich aufhörte, Sie unsittlich zu betrachten, würden es Ihnen fehlen."

„Warum unterziehen wir diese Annahme nicht einfach einem Test? Sie hören damit auf, und ich sage Ihnen in etwa zehn Jahren, ob ich es vermisse."

Er starrte sie noch einen Augenblick an. Er hätte sie den ganzen Abend lang ansehen können – tatsächlich würde er sie den ganzen Abend lang beobachten, egal wo er sich in Lord Wrenworths Salon aufhielt –, doch es war an der Zeit, die Chaiselongue zu verlassen, ehe sie ihn unter Anwendung von Gewalt vertrieb.

Er erhob sich und verneigte sich leicht. „Sie würden es keine zwei Wochen aushalten, Miss Fitzhugh."

GEGEN HALB ELF ZOGEN SICH die Damen zurück. Die Herren rauchten noch Zigarren, spielten ein paar Runden Karten und einige Partien Billard. Hastings war um halb zwölf der Letzte, der sich nach oben begab.

Er ging jedoch nicht direkt auf sein Zimmer, sondern trat in eine Nische, von der aus er begrenzte Sicht auf ihr Zimmer hatte. Unglücklich verliebt zu sein bedeutete nun einmal, auf geschlossene Türen zu starren, während man sich vorstellte, sie seien geöffnet. Schwaches Licht fiel durch den Spalt über dem Boden, höchstwahrscheinlich las sie im Bett.

Nur noch ein paar Seiten.

Hampton House, wo sie aufgewachsen war, war von bescheidener Größe. Wenn er zu Besuch war, hatte er ein Zimmer bewohnt, das drei Türen neben ihrem lag. Allabendlich war ihre

Gouvernante gekommen und hatte sie gedrängt, das Licht auszumachen. Sie hatte stets geantwortet: „Nur noch ein paar Seiten."

Sobald die Gouvernante wieder verschwunden war, schlich er sich aus seinem Zimmer und starrte so lange auf ihre Tür, bis das Licht schließlich erlosch. Erst dann kehrte er in sein Bett zurück, wo wieder Verlangen und Sehnsucht von ihm Besitz ergriffen.

Eine Gewohnheit, die er noch immer pflegte, wann immer sie unter dem gleichen Dach nächtigten.

Das Licht in ihrem Zimmer erlosch. Er seufzte. Wie lange würde er noch so weitermachen? Er wurde bald siebenundzwanzig. Hatte er vor, noch mit siebenunddreißig nächtens in einem dunklen Korridor zu stehen und ihre Tür anzustarren? Mit siebenundvierzig? Siebenundneunzig?

Er fuhr sich mit der Hand durchs Haar. Es war Zeit, sich in sein leeres Bett zurückzuziehen, das er mit einer Frau hätte teilen können, wäre er nicht derart abgeneigt, mit einer anderen zu schlafen, wenn Miss Fitzhugh in der Nähe war. Möglicherweise lag es an einem letzten Rest Ritterlichkeit, dass er sich diesem heuchlerischen Akt verweigerte, vielleicht war es aber auch einfach Aberglaube und die Befürchtung, dass ein derartiges Tun die schwache Hoffnung, die er noch immer hegte, zerstören würde.

Ihre Tür öffnete sich.

Er holte tief Luft und hielt den Atem an. Hatte sie seine Anwesenheit gespürt? Er presste sich gegen die halbrunde Rückwand der Nische. Es war zu dunkel, um viel sehen zu können, doch sie schien auf der Türschwelle stehen zu bleiben. Suchte sie ihn?

Die Tür schloss sich leise. Er stieß seinen letzten Atemzug wieder aus. Sie musste in ihr Zimmer zurückgegangen sein.

Plötzlich stand sie vor ihm, nur ein jäher Lufthauch. Sein Herz machte einen Satz und schlug ihm bis zum Hals. Zahllose verheerende Szenarien zuckten durch seinen Geist, sein jahrelanges, sorgsam inszeniertes Schauspiel würde mit einem Mal auffliegen. Sie würde eine ihrer zarten Brauen heben und über die Zwecklosigkeit seines Begehrens lachen.

Sie ging an ihm vorbei. Er blinzelte, verwirrt darüber, wie rasch die Gelegenheit einer vielversprechenden Konfrontation verpufft war. Sie hatte ihr Zimmer nicht seinetwegen verlassen, sondern vielleicht um sich ein neues Buch oder etwas zu essen zu holen. Sie hatte aber nicht einmal eine Kerze in der Hand, die ihr den Weg leuchtete. Es war, als wolle sie nicht, dass jemand sie sah – oder bemerkte, wohin sie ging.

Wäre es Sommer gewesen, hätte er ihr vielleicht nicht folgen können. Sie hätte seine Schritte auf dem Fußboden hallen gehört. Doch es war Winter, und man hatte einen dicken Teppich ausgelegt. So lief er geräuschlos, hielt sich nahe an den Wänden.

Sie näherte sich der Treppe. Wenn sie auf dem Weg in die wärmende Küche oder die Bibliothek war, würde sie nach unten gehen. Das tat sie nicht. Sie stieg die Stufen empor. Die meisten Gäste waren im selben Stock untergebracht, unverheiratete Damen und Herren auf unterschiedliche Flügel verteilt. Oben wohnten zumindest in diesem Flügel die Gäste, die später eingetroffen waren – und Andrew Martin.

Eine böse Vorahnung beschlich ihn. Aber damit konnte er unmöglich recht haben. Sie war eine viel zu besonnene Frau, um zu dieser nächtlichen Stunde das Zimmer irgendeines Mannes aufzusuchen, geschweige denn das eines verheirateten.

In der nächsten Etage gab es nur eine Tür, unter der noch Licht hindurchdrang. Als sie sich ihr näherte, öffnete sie sich von innen. Im Spalt stand lächelnd Andrew Martin.

Sie schlüpfte hinein. Die Tür schloss sich. Hastings blieb wie benommen stehen.

Sie war nicht nur Martins Freundin und Verlegerin. Sie war seine Geliebte.

ER FAND SICH AUF DEM Boden sitzend wieder, die Ellbogen auf die Knie gestützt, den Kopf in den Händen. Sie blieb zwei Stunden in Martins Zimmer und ging dann so leise, wie sie gekommen war, huschte die Treppen hinunter wie ein Phantom der Nacht. Hastings kehrte erst in sein Zimmer zurück, als es fast dämmerte.

Sie war nicht verpflichtet, sich um seine Gefühle zu scheren, aber sorgte sie sich denn gar nicht um ihre eigene Zukunft? Was sie getan hatte, war der reine Wahnsinn. Hätte sie sich in das Zimmer eines unverheirateten Mannes geschlichen, wäre Hastings kein bisschen weniger am Boden zerstört gewesen, aber dann hätte ihr Liebhaber sie wenigstens heiraten können, wenn es zum Schlimmsten kam.

Bei Andrew Martin gab es einen solchen letzten Ausweg nicht.

Er begegnete ihnen am späten Vormittag des nächsten Tages in der Bibliothek, während sie in zwei nebeneinanderstehenden Klubsesseln lasen. Sie strahlte Zufriedenheit aus. Er drehte sich um und ging wieder.

In dieser Nacht besuchte sie Martin wieder. Hastings stand an der Treppe Wache und versuchte vergeblich, sich nicht vorzustellen, was sich gerade in Martins Zimmer ereignete.

Er fand wieder keinen Schlaf.

In der darauffolgenden Nacht saß er auf den mit Teppich ausgelegten Stufen, und sein Kopf lehnte am kühlen Treppengeländer. Er würde am Morgen abreisen – er ließ seine Tochter nie länger als drei Tage allein. Sollte er auf dem Heimweg auf Fitz' Anwesen vorbeischauen und dort behutsam über Miss Fitzhughs Fehlverhalten berichten? Er mochte für Helena Fitzhugh nicht existieren, aber ihr Zwillingsbruder Fitz war sein bester Freund.

Würde sie ihm je verzeihen, wenn er das tat?

Er setzte sich aufrechter hin. Ein Paar kichernder Gäste kam die Treppe herauf. Er erkannte ihre flüsternden Stimmen, ein Mann und eine Frau, verheiratet, wenn auch nicht miteinander.

Sie klangen mehr als nur ein wenig angetrunken.

Sein Herz klopfte heftig, er hustete laut. Die angehenden Ehebrecher verstummten. Nach wenigen Sekunden war ein hektischer Austausch zu hören. Sie drehten um und gingen wieder hinunter.

Es dauerte noch einige Minuten, bis er seine Finger, die das Treppengeländer umklammerten, lösen konnte.

Es war nicht gesagt, dass die beiden ihr Glück an Martins Tür versucht hätten. Auch nicht, dass Martins Tür nicht sicher verschlossen war und ein Stuhl als Bollwerk gegen Eindringlinge unter der Türklinke verkeilt war. Aber wenn das so weiterging, würde jemand eines Tages irgendwo eine Tür öffnen, die nicht sicher verschlossen war.

Er stand langsam auf und stützte sich aufs Geländer. Er kannte sie. Es war leichter, einem Löwen einen Zahn zu ziehen, als ihre Meinung zu ändern. Sie würde diesen einmal gewählten Weg entlangstürmen und sich weigern, sich davon abbringen zu lassen, bis sie an die Grenzen der gesellschaftlichen Toleranz stieß, und so sehr er es immer noch wollte, er würde sie nicht immer beschützen können.

DIE UMARMUNG DES GELIEBTEN SORGTE dafür, dass man dem Universum in seiner Gesamtheit gegenüber milde gestimmt war. Als Helena Fitzhugh in ihr leeres, dunkles Schlafzimmer zurückkehrte, seufzte sie wohlig zufrieden.

Oder eher mit dem Maß an wohliger Zufriedenheit, das ihr in Anbetracht der Tatsache, dass die Umarmung ihres Geliebten durch ihrer beider Nachthemden hindurch geschehen war – Andrew war fest entschlossen, keine Schwangerschaft zu riskieren –, vergönnt war. Wie neu und aufregend es trotzdem gewesen war, sich in der Geborgenheit und Ungestörtheit eines Bettes zu küssen und zu berühren. Es reichte fast aus, um so zu tun, als wären die vergangenen fünf Jahre nie gewesen, und alles, was sie trennte, seien zwei Lagen Stoff.

„Hallo, Miss Fitzhugh", erklang die Stimme eines Mannes aus dem Dunkel.

Ihr blieb fast das Herz stehen. Hastings war der beste Freund ihres Bruders Fitz – aber gewiss keiner ihrer Freunde.

„Haben Sie mein Zimmer mit dem einer Ihrer Gespielinnen verwechselt?" Sie war stolz auf sich. Ihre Stimme klang ruhig, fast gleichgültig.

„Dann hätte ich Sie mit dem entsprechenden Namen begrüßt, oder etwa nicht?" Seine Stimme klang ebenso ungezwungen wie ihre.

Ein Streichholz flackerte auf, erhellte ein ernstes Augenpaar. Sie war jedes Mal wieder überrascht, dass er manchmal so finster – geradezu einschüchternd – schauen konnte, obgleich er ein so frivoler Mensch war.

Er zündete eine Kerze an. Das Licht ließ seine Züge deutlich hervortreten. Seine Haarspitzen schimmerten bronzefarben. „Wo waren Sie, Miss Fitzhugh?"

„Ich hatte Hunger. Ich habe mir in der Vorratskammer ein Stück Birnenkuchen geholt."

Er blies das Streichholz aus und warf es in den Kamin. „Haben Sie den direkten Weg zurück genommen?"

„Nicht, dass es Sie etwas angeht, aber ja."

„Wenn ich Sie nun also küsste, würden Sie nach Birnenkuchen schmecken?"

Man konnte sich darauf verlassen, dass bei Hastings jede Diskussion unter der Gürtellinie endete. „Absolut. Da Ihre Lippen meine jedoch nie berühren werden, ist dies eine müßige Diskussion, Lord Hastings."

Er sah sie misstrauisch an. „Sie sind sich schon darüber im Klaren, dass ich einer der engsten Freunde Ihres Bruders bin?"

Eine Freundschaft, die sich ihr nie richtig erschlossen hatte. „Natürlich."

„Das heißt, dass es für mich angebracht ist, Ihren Bruder unverzüglich in Kenntnis zu setzen, sobald ich von einem groben Fehltritt Ihrerseits erfahre."

Sie hob das Kinn. „Grober Fehltritt? Nennt man so heute einen kleinen Raubzug in die Vorratskammer?"

„Vorratskammer, nennt man so heute das Gebiet unter Mr Martins Bettdecke?"

„Ich weiß nicht, wovon Sie reden."

„Soll ich den wissenschaftlichen Begriff verwenden?"

Wie ihm dies gefallen hätte. Da es aber einer ihrer Grundsätze war, dass er sich nie auf ihre Kosten amüsieren durfte, erklärte sie: „Mr Martin und ich sind seit Langem befreundet, nichts weiter."

„Sie und ich sind seit Langem befreundet und …"

„Sie und ich sind seit Langem miteinander bekannt, Hastings."

„Gut. Ihre Schwester und ich sind seit Langem miteinander befreundet, und doch hat sie noch nie Stunden in meinem Zimmer verbracht. Allein. Nach Mitternacht."

„Ich habe mir ein Stück Kuchen geholt."

Er legte den Kopf auf die Seite. „Ich habe Sie vierzig Minuten nach Mitternacht in Mr Martins Zimmer gehen sehen, Miss Fitzhugh. Als ich vor zwanzig Minuten ging, waren Sie noch immer dort. Ich habe in den vergangenen Nächten übrigens dasselbe beobachtet. Sie können mich vieler Dinge beschuldigen – und das tun Sie auch hinlänglich –, aber Sie können mir nicht vorwerfen, dass ich voreilige Schlüsse bei unzureichender Beweislage ziehe. Zumindest nicht in diesem Fall."

Sie versteifte sich. Es schien, als habe sie ihn unterschätzt. Er war so oberflächlich und flatterhaft wie immer gewesen. Sie wäre nie darauf gekommen, dass er die geringste Ahnung von ihren nächtlichen Ausflügen hatte.

„Was wollen Sie, Hastings?"

„Ich will, dass Sie den Irrweg korrigieren, den Sie eingeschlagen haben, meine liebe Miss Fitzhugh. Ich weiß, dass Mr Martin in einer idealen Welt Ihnen hätte gehören sollen. Mir ist auch klar, dass seine Frau sich sehnlichst wünscht, dass er eine Affäre eingeht, damit sie dasselbe tun kann. Aber all das wird egal sein, wenn man Ihnen auf die Schliche kommt. Sie verstehen also, dass ich moralisch verpflichtet bin, wenn ich bei Tagesanbruch aufbreche, Ihre Geschwister, meine teuren Freunde, darüber zu informieren, dass ihre geliebte Schwester ihr Leben wegwirft."

Sie verdrehte die Augen. „Was wollen Sie?"

Er seufzte theatralisch. „Das verletzt mich, Miss Fitzhugh. Warum unterstellen Sie mir immer verborgene Motive?"

„Weil Sie welche haben. Was muss ich für Ihr Schweigen tun?"

„Dafür können Sie nichts tun."

„Ich weigere mich zu glauben, dass Sie nicht käuflich sind, Hastings."

„Ach, solch unerbittlicher Glaube an meine Bestechlichkeit. Es tut mir fast leid, Sie zu enttäuschen."

„Dann tun Sie es nicht. Nennen Sie Ihren Preis."

Sein Titel war noch relativ jung, er war nach seinem Onkel erst der zweite Viscount Hastings. Die Familienkasse war randvoll. Sein Preis würde sich nicht in Pfund bemessen.

„Wenn ich schweige", sinnierte er, „wird Fitz mir das verübeln."

„Wenn Sie schweigen, wird Fitz nichts davon wissen."

„Fitz ist ein kluger Mann – ausgenommen in Bezug auf seine Frau möglicherweise. Er wird es früher oder später erfahren."

„Aber Sie sind ein Mann, der im Hier und Jetzt lebt, oder?"

Er hob eine Braue. „Das ist nicht etwa Ihre Art zu sagen, ich sei hohlköpfig und unfähig, an die Zukunft zu denken?"

Sie machte sich nicht die Mühe, die Frage zu beantworten. „Es wird spät. Es dauert nicht mehr lange, bis jemand kommt, um Feuer zu machen. Ich möchte nicht, dass man Sie in meinem Zimmer sieht."

„Ich könnte Sie heiraten, um Ihre Ehre zu retten, wenn das passieren sollte. Mr Martin ist dazu nicht in der Lage."

„Das tut nichts zur Sache. Sagen Sie mir, was Sie wollen, und dann verschwinden Sie."

Er lächelte, ein schiefes, zweideutiges Lächeln. „Sie wissen, was ich will."

„Sagen Sie bitte nicht, dass Sie mich immer noch küssen wollen. Habe ich nicht bereits mehr als deutlich gemacht, dass ich daran kein Interesse habe?"

„Ich will Sie nicht küssen. Sie werden mich küssen müssen."

Sie, ihn küssen?

„Ah, ich sehe, Sie hatten gehofft, Sie könnten duldsam dastehen wie eine christliche Märtyrerin, die sich gottergeben ihrem Schicksal fügt, im Kolosseum von Löwen zerfleischt zu werden. Aber schließlich sagen Sie selbst immer, ich sei ein Mann von unziemlichen Gelüsten. Also werden Sie die Löwin spielen müssen und ich den Märtyrer. Ich erwarte Ihren Angriff, Miss Fitzhugh. Legen Sie los."

„Wenn ich eine Löwin wäre, würde ich Sie für ein Stück verdorbenen Fisches halten, ganz und gar nicht nach meinem Geschmack und kaum genießbar, wohingegen ich gerade eben die zarteste Gazelle der Savanne gekostet habe. Sie müssen mein Unvermögen, auch nur die geringste Begeisterung für Sie aufzubringen, entschuldigen."

„Keineswegs. Ein solches Unvermögen kann ich nicht entschuldigen. In keinster Weise. Sie werden die Begeisterung irgendwie aufbringen, andernfalls nehme ich den ersten Zug Richtung Süden."

„Und wenn es mir gelingt, in einem ausreichenden Maß falsche Leidenschaft vorzutäuschen?"

„Dann werde ich niemandem von Mr Martin erzählen."

„Geben Sie mir Ihr Wort?"

„Geben Sie mir Ihr Wort, dass der Kuss sündhafter sein wird als jeder, den Sie Mr Martin gegeben haben?"

„Sie sind pervers, Hastings."

Er lächelte erneut. „Und Sie gehören zu der Sorte Frau, der das gefällt, Miss Fitzhugh, ob Sie es nun wahrhaben wollen oder nicht. Sie werden nun also Folgendes tun. Sie werden mich an den Schultern packen, gegen die Wand drücken, Ihre Hand unter mein Jackett schieben …"

„Mir kommt gleich die Galle hoch."

„Dann sind Sie bereit. Auf gehts. Ich erwarte Ihren Übergriff."

Sie verzog das Gesicht. „Wie ich es hasse, meine perfekte Bilanz der Abweisung Ihrer Avancen zu ruinieren."

„Nichts währt ewig, meine liebe Miss Fitzhugh. Und vergessen Sie nicht: Der Kuss muss leidenschaftlich sein. Sonst müssen Sie es noch einmal tun."

Sie konnte es genauso gut hinter sich bringen.

Mit zwei großen Schritten überwand sie den Abstand zwischen ihnen und packte ihn an den Ärmeln seines Morgenrocks. Statt ihn nach hinten zu drücken, wie er angeordnet hatte – als ob sie zuließe, dass er die Einzelheiten ihrer Tortur diktierte –, riss sie ihn an sich, presste die Lippen auf seine und stellte sich vor, ein Hai mit Hunderten messerscharfer Zähne zu sein.

Oder vielleicht war sie auch ein Geschöpf aus der Unterwelt mit einem Pfuhl aus brennender Säure und Schwefeldämpfen im Mund, das seine Seele verschlang und sich an all den müßigen Unsittlichkeiten labte, die er in seinem Leben begangen hatte und die nur als Lückenfüller zwischen den entscheidenderen Sünden gedient hatten.

Oder eine Venusfliegenfalle voll köstlichen Nektars. Doch wehe ihm, wenn er dachte, er könne einen Rüssel hineinstecken und von ihren verlockenden Säften kosten. Stattdessen würde sie ihn sich an Ort und Stelle einverleiben, diesen gemeinen Widerling.

Dunkel nahm sie etwas Hartes und Glattes an ihrem Rücken wahr. Sie hatten in der Mitte ihres Zimmers gestanden, warum wurde sie jetzt an eine Wand gedrückt? Und warum war unerwartet sie es, die verschlungen wurde?

Die Muskeln seiner Arme waren gespannt und hart unter ihren Händen, sein Körper groß und massiv. Statt wie ein Schmelzofen gieriger Lust zu schmecken, war sein Mund kühl und köstlich, als habe er gerade einen großen Schluck frischen Quellwassers getrunken.

Sie stieß ihn von sich und wischte sich mit dem Handrücken angewidert über die Lippen. Ihr Atem ging keuchend. Sie wusste nicht, warum.

„Mein Güte", murmelte er. „So wild, wie ich es mir immer vorgestellt habe. Ich hatte recht. Sie begehren mich."

Sie ignorierte ihn. „Ihr Wort."

„Ich werde niemandem von Andrew Martin erzählen. Darauf können Sie sich verlassen."

„Gehen Sie."

„Mit Vergnügen. Ich habe nun ja bekommen, weswegen ich herkam." Er grinste. „Gute Nacht, meine Liebe. Sie waren das Warten wert."

KAPITEL 1

Sechs Monate später

DER VERKEHR AUF DER FLEET Street war zum Erliegen gekommen, und Hastings' Einspänner befand sich mittendrin. Die versammelten Gefährte kamen nur so langsam voran, dass sie gegen die Schildkröte seiner Tochter kein Rennen gewonnen hätten. Geschäftstüchtige Männer und Burschen gingen von Kutsche zu Kutsche, um den Insassen Ingwerbier und Heißwecken feilzubieten.

Hätte sich der Verkehr auf einer anderen Straße gestaut, er wäre ausgestiegen und gelaufen. Er hatte diese Strecke aber aus einem bestimmten Grund gewählt: ein Fenster, das sich kaum von den zwei Dutzend anderen unterschied, die sich im gleichen Gebäude befanden. Sein Blick heftete sich jedoch unweigerlich auf eine bestimmte Fensterscheibe – die durch die Schatten heraufziehender Sturmwolken nicht länger glänzte.

Wenn er sich vier, fünf Meter in die Luft hätte erheben können, wäre er in der Lage gewesen, Helena Fitzhugh zu sehen, die mit dem Rücken zum Fenster sitzen würde. Sie würde eine weiße Bluse tragen, die in den dunklen Rock gesteckt wäre, das flammend rote Haar zu einem eleganten Nackenknoten gebändigt. Wahrscheinlich würde sich eine Teekanne auf dem Schreibtisch befinden, die von ihrer pflichtbewussten Sekretärin am Morgen hereingebracht worden war und den restlichen Tag weitestgehend ignoriert werden würde.

In sechs Monaten konnte viel geschehen – und das war es auch. Hastings hatte getan, was er versprochen hatte, und es vermieden, Andrew Martins Namen zu nennen. Ihr Tun jedoch hatte er nicht für sich behalten. Vielmehr war er am Morgen nach ihrer Konfrontation bei Tagesanbruch abgereist, zum Anwesen ihres Bruders gefahren und hatte ihre Familie darüber in Kenntnis gesetzt, dass sie die Nacht nicht in ihrem eigenen Zimmer verbracht hatte, wie es sich eigentlich gehört hätte.

Ihre Familie hatte sofort verstanden, was das hieß. Man hatte sie unter dem Vorwand, dass sie einen Artikel über die Damen des Radcliffe College, einem Frauencollege, das zu Harvard gehörte, schreiben müsse, halb überredet, halb genötigt, den Atlantik Richtung Amerika zu überqueren.

Die Ereignisse, die sich in der Folge dieser Reise nach Übersee auf dem Campus der Harvard University zugetragen hatten, hatten einen der faszinierenderen Skandale der aktuellen Londoner Saison verursacht, in dem Miss Fitzhughs ältere Schwester und der Duke of Lexington die Hauptrollen spielten und der in einer unerwarteten Hochzeit gemündet hatte.

Unmittelbar danach hatte ihr Zwillingsbruder Fitz endlich begriffen, dass er seine reiche Ehefrau liebte – und schon lange geliebt hatte –, eine Frau, die er unter höchst schwierigen Bedingungen des Geldes wegen geheiratet und von der er nie für möglich gehalten hatte, dass sie sich als die Liebe seines Lebens entpuppen würde.

Was Hastings anging, so hatte sich bis auf die Tatsache, dass er bei der Angebeteten noch tiefer in Ungnade gefallen war, wenig geändert. Ihr Leben ging weiter, nur dann und wann kreuzten ihre Wege sich wie in einem Funkenschauer. Aber wie bei den Bildern einer Laterna Magica waren jegliches Drama, jegliche Bewegung nichts als Illusion. Alles drehte sich nur im Kreis, und es geschah nichts von Bedeutung. Sie waren seit ihrer Kindheit so miteinander umgegangen, und er stand ihrem Herzen nicht näher als die Teekanne an ihrem Ellbogen, eine feste Größe in ihrem Leben und doch gänzlich ohne Belang.

So starrte er im Licht des Tages auf ihr Fenster, wie er im Dunkel der Nacht auf ihre Tür gestarrt hatte. Das Fenster öffnete sich, und sie blickte hinaus. Er wusste, dass sie ihn nicht sehen konnte – dass sie dank der unmittelbar neben seiner stehenden Kutsche nicht einmal das Wappen auf dem Schlag erkennen konnte. Trotzdem ging sein Atem schneller, und sein Herz zog sich zusammen.

Dann, nach dem Erbeben aller Sinne, die gewohnte Niedergeschlagenheit. Sie sah nicht einmal hinunter, sondern ihr Blick blieb in die Ferne gerichtet, in die Richtung, wo Andrew Martins Stadthaus lag.

Obwohl sich Hastings buchstabengetreu – wenn auch nicht sinngemäß – an sein Versprechen hielt, fand ihre Familie die

Identität von Miss Fitzhughs Komplizen selbst heraus. Hastings empfing in der Folge einen möglicherweise verdienten Kinnhaken von Fitz, weil er ihm nicht die ganze Wahrheit gesagt hatte. Andrew Martin hingegen bekam keinen Kinnhaken, obwohl der ebenso (wenn nicht noch mehr) verdient gewesen wäre, aber Fitz ließ keinen Zweifel daran, dass Martin Miss Fitzhugh nie wieder kontaktieren durfte.

Sie vermisste ihn. Hastings war nur ein Gesicht in der Menge, doch Martin war ihre Luft zum Atmen, ihr Himmel.

Er beobachtete sie, bis sie das Fenster schloss und aus seinem Blickfeld verschwand. Dann stieg er aus dem Einspänner, wies den Kutscher an, so schnell nach Hause zu fahren, wie es der Verkehr zuließ, und ging davon.

DAS FENSTER MUSSTE NICHT RICHTIG geschlossen haben, denn Helena konnte das Getöse des Verkehrsstaus unten noch immer hören. Sie presste eine Hand gegen die Schläfe und klopfte mit einem Finger der anderen unruhig auf Andrews letzten Brief. Sie hatte ihn bereits unzählige Male gelesen, aber als unersättliche Leserin, die sie nun mal war, konnte sie nicht anders, als die Worte, die niedergeschrieben vor ihr lagen, erneut zu überfliegen.

> *Liebste,*
>
> *mit Erleichterung habe ich vernommen, dass Du wohlbehalten aus Amerika zurück bist. Ich habe Dich in den langen Wochen Deiner Abwesenheit entsetzlich vermisst. Es erübrigt sich zu sagen, wie sehr mich deine Bitte um ein Treffen erfreut, und du weißt auch, wie gerne ich dich sehen würde.*
>
> *Doch ich habe viel nachgedacht. So euphorisch ich auch in letzter Zeit war und so sehr ich mich geehrt fühle, dass Du mir Deine Zuneigung zum Geschenk machst, so kann ich doch nicht vergessen, dass jeder Augenblick unseres gestohlenen Glückes entsetzliche Gefahr für Dich birgt.*
>
> *Dies ist natürlich mein Fehler. Ich hätte mir nie erlauben dürfen, mich vom Streben nach Glück leiten zu lassen. Nicht früher zu verstehen, dass ich Dich davon abhalte, Dein eigenes Leben zu führen, ein Leben, das in der Öffentlichkeit stattfinden kann, ohne die Notwendigkeit, sich zu verstecken, aus Angst, entdeckt zu werden, war in höchstem Maße egoistisch von mir.*

Sie hatte ewig gebraucht, um Andrew davon zu überzeugen, dass ihre Wünsche auch wichtig waren. Dass sie alt genug war, die Entscheidung zu treffen, mit ihm in inniger und beinahe intimer Zweisamkeit zu liegen, und dass sie sich der möglichen Konsequenzen voll und ganz bewusst war.

Doch nach nur einer kurzen Erinnerung durch Fitz war Andrew nur zu leicht wieder zu seiner alten Denkweise zurückgekehrt. Pflichtbewusst hatte er aufgehört, sich mit ihr zu treffen, selbst in ihrer Eigenschaft als seine Verlegerin. Auch seine Briefe hatten aufgehört. Abgesehen von einer zufälligen Begegnung vor einer Weile an einem Bahnhof hatte sie ihn seit ihrem Aufbruch nach Amerika im Januar nicht mehr gesehen.

An welch nutzlose Gepflogenheiten sich die feine Gesellschaft klammerte, indem sie eine Heirat, die im Wesentlichen schlicht die Umverteilung von Eigentum bedeutete, über wahre Liebe stellte und die sie daran maß, dass sie ein Jungfernhäutchen besaß, statt an ihren Taten und ihrem Charakter. Selbst ihre Familie – ihr Bruder und ihre Schwester, die sie die größte Zeit ihres Lebens ihre eigenen Entscheidungen hatten treffen lassen – hatten sich in dieser Angelegenheit als unnachgiebig erwiesen.

Doch noch ist es nicht zu spät. Du bist liebevoll, wunderschön und charmant. Ich wünsche Dir von Herzen alles erdenklich Gute und bin auf ewig
Dein treuer und ergebener Freund

Es war bereits zu spät, konnte er das nicht begreifen? Es war von Anfang an zu spät gewesen. Nicht, dass sie die verfügbaren Herren nicht einer strengen, genauen Musterung unterzogen hätte. Doch bisher musste sie den Einen, von dem sie sich auch nur im Entferntesten vorstellen konnte, den Rest ihrer Tage mit ihm zu verbringen, noch treffen.

Sie würde nicht akzeptieren, dass dies das Ende war. Sie hatte einen Augenblick der Ungestörtheit genutzt – auch wenn sie dabei auf einem Bahnsteig voller Reisender gestanden hatten –, um einen leidenschaftlichen Appell an ihn zu richten, dass ein guter Ruf nicht das Einzige war, was zählte. Dass ihr Glück ebenfalls etwas wert war und dass von allen Menschen er derjenige war, dem ihr Glück wichtig sein sollte.

Am Ende ihrer eindringlichen Rede schien sein Entschluss ins Wanken geraten zu sein. Es war möglich, dass er seitdem seine Entscheidung überdachte. Wenn sie nur eine Möglichkeit hätte zu wissen, welche Gedanken ihm in genau diesem Augenblick durch den Kopf gingen.

Ein kalter Windstoß blies herein und riss Andrews Brief beinahe mit sich. Sie fing ihn ein, verstaute ihn in der Schublade, in der sie all seine Briefe aufbewahrte, stellte die Teekanne, die Miss Boyle unweigerlich tagtäglich für sie zubereitete, vor die Tür und trat ans Fenster. Das Gedränge auf der Straße hatte noch nicht nachgelassen, Hunderte Kutschen krochen im Schneckentempo vorwärts. Der Himmel hatte sich noch weiter verdunkelt. Die Kutscher warfen sich Regenmäntel über, die Passanten gingen mit gebeugten Köpfen einen Schritt schneller.

Ihr fiel ein Fußgänger ins Auge. Die Art, wie er seinen Hut trug, die Breite seiner Schultern, der Rhythmus, in dem er sich fortbewegte … Sie musste halluzinieren. Hastings würde zu dieser Stunde nicht auf der Fleet Street herumlaufen, viel eher steckte er mitten in einem Rendezvous mit seiner aktuellen Geliebten.

Ein viel zu lebendiges Bild schoss ihr in den Sinn: Hastings, der eine Frau gegen eine Wand drückte, eine Hand auf ihrer Hüfte, die andere in ihrem Nacken, sie küsste – nein, sie mit seinen Lippen und seiner Zunge verschlang. Die Frau stand ihm in ihrem anstößigen Verlangen in nichts nach, ihre Finger krallten sich in sein Haar, ihr Körper bebte, Wimmern und Stöhnen in allen Klangfarben drangen aus ihrer Kehle.

Helena schlug so heftig das Fenster zu, dass sie es den ganzen Arm herauf fühlte.

Obwohl er der beste Freund ihres Bruders war, hatte Helena ihn kaum beachtet. Hastings war die Wespe bei einem Picknick oder die Fliege, die gelegentlich in die Suppe fiel – lästig, wenn er zugegen war, aber kaum einen Gedanken wert, wenn nicht.

Zumindest bis er vor sechs Monaten einen Kuss für seine vermeintliche Verschwiegenheit verlangt hatte. Es gelang ihr nach wie vor meist, nicht an ihn zu denken, doch wenn sie es tat, wanderten ihre Gedanken stets in ungehörige Gefilde.

Sie kehrte an ihren Schreibtisch zurück und öffnete in der Absicht, noch ein paar weitere alte Briefe Andrews zu lesen, wieder die unterste Lade, um dem Teil ihres Geistes Einhalt zu gebieten, der sich beharrlich Hastings bei seinem verbotenen Rendezvous vorstellte. Stattdessen zog sie etwas vollkommen anderes aus derselben Schublade: ein Manuskript, das Hastings ihr vor noch nicht allzu langer Zeit geschickt hatte.

Das Manuskript eines erotischen Romans mit dem Titel „Die Braut von Larkspear", in dem die titelgebende Braut ihr Dasein buchstäblich in Fesseln fristete, angekettet an das Bett ihres Ehemannes.

Die Himbeeren sind erst wenige Stunden zuvor gepflückt worden. Sie sind winzig, aber saftig und haben eine wunderschöne, tiefrote Farbe. Ich reibe eine gegen ihre Lippen.

„Was ist das?"

„Etwas Köstliches und Saftiges." Es fällt mir leichter zu sprechen, wenn ich ihr nicht in die Augen sehen muss, wenn die Augenbinde die Abscheu in ihrem Blick durch einen Streifen dunkler Seide verdeckt. „Wie du."

Sie öffnet den Mund und kostet die Himbeere. Ich sehe zu, wie sie kaut, dann schluckt. Eine Spur Himbeersaft bleibt auf ihrer Unterlippe zurück. Ich lecke sie ab, schmecke die säuerliche Süße.

„Noch eine?"

„Wozu die Zärtlichkeiten?", verlangt sie spöttisch zu wissen. „Ich bin splitternackt, gefesselt, und mir sind die Augen verbunden. Nur zu. Nimm mich."

Wie gerne ich wie ein Rudel Wölfe über sie herfiele. Mein Körper ist gewiss bereit, mein Schwanz heiß und hart, meine Muskeln kämpfen gegen meine Instinkte.

„Nein", entgegne ich. „Ich werde erst noch ein bisschen mit dir spielen."

Am unteren Rand der Seite war eine Illustration der hüllenlosen Braut. Sie war von der Seite zu sehen. Ein massiver Bettpfosten verdeckte ihr Gesicht, doch sie hatte pralle Brüste und endlos lange Beine. Helenas Blick aber fiel auf ihre Füße, einer war gewölbt und am Ballen geknickt, die Zehen des anderen drückten sich kraftvoll ins Laken, wie in stiller Erregung.

Ihre eigenen Zehen gruben sich in die Sohlen ihrer Stiefel. Sobald sie es bemerkte, nahm sie das Manuskript, stopfte es wieder in die Schublade und drehte den Schlüssel im Schloss.

Sie sollte es verbrennen. Oder, da sie das nicht konnte, das ganze Ding lesen und ihm eine höflich formulierte, abfällige Ablehnung schicken. Doch sie vermochte die Seiten ebenso wenig dem Feuer zu überantworten, wie sie mehr als ein paar Absätze auf einmal lesen konnte.

Das war möglicherweise der wahre Grund dafür, dass sie böse auf ihn war: Er hatte eine vorher unsichtbare Grenze überschritten und sie gezwungen, ihn wahrzunehmen – ihn als Mann wahrzunehmen –, und das wollte sie nicht. Sie wollte ihn wieder an den Rand ihrer Existenz verbannen, wo er den Rest seines Lebens bleiben sollte. Um nie wieder der Grund für unregelmäßigen Puls und erregte Atmung zu sein.

Es dauerte eine Weile, ehe sie weiterarbeiten konnte.

HASTINGS GING NICHT DIREKT NACH Hause, sondern schaute in seinem Club vorbei. Die Saison neigte sich dem Ende zu, und der Club war spärlich besucht. Die feine Gesellschaft würde sich bald wieder an die Küste oder aufs Land zurückziehen. Er würde Helena möglicherweise im August wieder zu Gesicht bekommen, wenn Fitz und seine Gemahlin ihre alljährliche Jagdgesellschaft abhielten. Doch dann folgte ein langer Zeitraum bis Weihnachten, in dem es keine Türen geben würde, auf die er starren konnte.

„Mylord, ein Eilbrief für Sie", sagte ein Diener des Clubs. „Ihre Dienerschaft glaubte, Sie hätten ihn gern."

„Danke", entgegnete Hastings und nahm die Nachricht.

Sie war von Millie, Fitz' Ehefrau, die ihn darüber in Kenntnis setzte, dass sie und ihr Ehemann zu einem Kurzurlaub im Lake District aufbrechen wollten. Die Nachricht gefiel Hastings: Für Fitz und Millie war der Weg zum Glück so lang gewesen, dass sie es verdienten, ihre neugewonnene Freude auszukosten.

Beinahe hätte er den Nachtrag am unteren Ende des Briefes übersehen.

Nach reiflichen Überlegungen, lieber Hastings, habe ich erkannt, dass ich meine wahren Gefühle schon vor Jahren hätte offenbaren sollen und, wenn ich so frei sein darf, möchte ich Ihnen mitteilen, Sie hätten das ebenfalls tun sollen.

Natürlich hätte er das. Ein vernünftigerer, weniger stolzer Mann hätte an den möglichen Lohn gedacht, wäre über seinen Schatten gesprungen und hätte sich schnell daran gemacht, seine Angebetete zu umwerben. Hastings war kein solcher Mann. In jeder anderen Hinsicht war er recht vernünftig, doch wenn es um Helena Fitzhugh ging, war sein Vorgehen so aussichtslos, dass er genauso gut einen Tempel für einen Regengott inmitten der Sahara hätte errichten können.

Er betete in der Tat ziemlich viel – dafür, dass sie auf wundersame Weise ihre Meinung ändern, eines Tages erwachen und ihn mit ganz anderen Augen sehen würde, so, wie er gesehen werden wollte.

„Ist etwas passiert?"

Er sah auf. Der Sprecher war Bernard Monteth, ein dünner Mann mit früh ergrautem Haar. Sie gehörten bereits seit vielen Jahren dem gleichen Club an, doch Hastings hatte erst in den letzten sechs Monaten nähere Bekanntschaft mit Monteth geschlossen: Monteths Frau war Mrs Andrew Martins Schwester.

Hastings hob eine Braue. „Sprechen Sie mit mir, mein Herr?"

„Sie scheinen über etwas zu grübeln."

„Grübeln? Ich? Ich habe mir nur das Vergnügen ausgemalt, das mich heute Abend erwartet. Man muss die Feste feiern, wie sie fallen, verstehen Sie, ehe sie aufs Land verlagert werden."

Monteth seufzte. „Ich beneide Sie, Hastings. Die Feste feiern, wie sie fallen, absolut. Heiraten Sie nicht zu früh, wie die meisten von uns."

„Ich werde darauf achten, diese Unterhaltung Mrs Monteth gegenüber nicht zu erwähnen", sagte Hastings leichthin. „Apropos, wie geht es der werten Frau Gemahlin denn?"

„Diese Frau führt immer irgendetwas im Schilde", beschwerte sich Monteth.

„Ich hoffe, sie schmiedet kein Komplott gegen Sie?"

„Zum Glück nicht gegen mich – jedenfalls noch nicht. Doch meine Frau ist immer dabei, ein Komplott gegen *irgendwen* zu schmieden."

Das war keine Übertreibung. Mrs Monteth war weniger ein Klatschmaul, als vielmehr eine selbst ernannte Hüterin von Tugend und Rechtschaffenheit. Sie spionierte Dienern hinterher, öffnete bei Hausgesellschaften auf dem Land wahllos Türen – weshalb sie dieser Tage kaum mehr eingeladen wurde – und tat so ziemlich alles in ihrer Macht Stehende, die privaten moralischen Verfehlungen aller um sie herum aufzudecken und zu bestrafen.

„Wem ist Ihre Gattin denn diese Woche auf der Spur?"

„Weiß nicht", brummte Monteth. „Sie verbringt jedoch schrecklich viel Zeit mit ihrer Schwester."

Hastings spürte ein seltsames Kribbeln im Nacken. „Könnte Sie etwas gegen Mr Martin in der Hand haben?"

Monteth schüttelte den Kopf. „Der sitzt mit seinen Büchern und seiner Schreibmaschine in seinem Zimmer und kommt nie heraus. Meine Gattin würde nicht ihre Zeit mit ihm verschwenden."

Wenn Monteth nur wüsste.

„Nein", fuhr Monteth fort. „Martin hat nicht den Mumm, Grenzen zu überschreiten."

Martin hatte es einmal getan. Er könnte es mit großer Sicherheit wieder tun, ungeachtet seines Ehrenwortes an Fitz.

„Nun", sagte Hastings. „Halten Sie mich über die Machenschaften Ihrer Gattin auf dem Laufenden, ja? Ich liebe nichts mehr als einen guten Skandal."

KAPITEL 2

HELENA HATTE ZUFLUCHT IN IHRER Arbeit gefunden, in den langen Phasen, in denen sie vergessen konnte, dass sie zur Gefangenen in ihrem eigenen Leben geworden war. Eine besondere Quelle des Trostes waren seit Kurzem die „Geschichten vom alten Krötenteich", eine Kinderbuchreihe, deren Rechte sie früher im Jahr erworben hatte.

Die Bücher handelten von den Streichen zweier Entenküken und ihrer Freunde rund um einen augenscheinlich ruhigen Teich, der dennoch alle Abenteuer parat hielt, die man sich nur wünschen – oder bestehen – konnte, denn im Frühling nahmen Füchse die Fährte auf, im Sommer kamen Krokodile, um der Hitze Ägyptens zu entkommen, und die dummen kleinen Kaninchen setzten manchmal ihre Behausungen in Brand, wenn sie bei den Feiern zur Tagundnachtgleiche Möhren rösteten.

Helena hatte vor, ab September ein Jahr lang eine Geschichte pro Monat zu veröffentlichen und zum kommenden Weihnachtsfest eine schöne Sammelausgabe im Schuber, der ein Band mit allen vorherigen Geschichten inklusive zwei neuer folgen sollte, damit es im Ganzen die Glückszahl vierzehn ergab.

Sie hatte Evangeline South, die Autorin der Erzählungen, nie getroffen, fand es jedoch einfach, mit ihr zu arbeiten. Die Geschichten waren ursprünglich nicht als über das Jahr verteilte Serie geplant gewesen, und Helena hatte etliche Änderungen verlangt. Was Miss South davon bisher vorgenommen hatte, hatte nicht lange gedauert und war sehr zu Helenas Zufriedenheit ausgefallen.

Sie spielte mit dem Gedanken, einen Kalligraphen anzuheuern, damit er die Bücher verzierte, was zwar die Produktionskosten anfänglich erhöhen würde ...

Es klopfte.

„Ja?"

Ihre Sekretärin Miss Boyle steckte den Kopf durch die Tür. „Lord Hastings möchte Sie sehen."

Helenas Stuhl scharrte über den Boden.

Hastings kam gelegentlich, um sie auf Fitz' Geheiß hin abzuholen, doch Fitz und Millie waren nicht in London – sie waren unterwegs in den Lake District.

„Sie können ihn einlassen, aber warnen Sie ihn, dass ich nur ein paar Minuten habe."

„Ja, Miss."

Helena musterte sich kurz in dem kleinen Wandspiegel. Sie trug die übliche weiße Hemdbluse, am Hals eine antike Kamee-Brosche. Ihre zwei Jahre ältere Schwester Venetia war die große Schönheit ihrer Zeit. Helena war oft dankbar dafür, die Bürde umwerfenden Aussehens nicht mit Venetia teilen zu müssen, denn die meisten Männer und eine ganze Anzahl Frauen waren nicht in der Lage, den Menschen Venetia dahinter zu sehen.

An diesem Tag wünschte sie sich allerdings, so unglaublich schön zu sein wie Venetia. Es hätte ihr gefallen, ihre ganze Schönheit vor Hastings zur Schau zu stellen und ihn fassungslos auf das starren zu lassen, was er nicht haben konnte.

Hastings kam mit dem breiten Lächeln der Grinsekatze und dem Gang eines sibirischen Tigers ins Zimmer. Er war ein großer Mann, der sich sicher, aber doch leichtfüßig bewegte und immer auf der Jagd zu sein schien.

Helena biss die Zähne zusammen. Sie hätte schwören können, dass sie seinen Gang vor Beginn dieses Jahres nie bemerkt hatte.

Er nahm Platz. „Miss Fitzhugh, wie froh ich bin, dass Sie fünf Minuten erübrigen können, um mich zu empfangen."

„Ich würde Ihnen ja anbieten, Platz zu nehmen, aber wie ich sehe, haben Sie das bereits getan", sagte sie zur Begrüßung.

„Soll ich Tee bringen?", erkundigte sich Miss Boyle, immer aufmerksam.

„Lord Hastings hat mehr zu tun als Sie und ich zusammen, Miss Boyle. Ich bin sicher, er bleibt nicht so lange, wie das Wasser zum Kochen bräuchte."

„Das stimmt, ich werde nur so lange bleiben, bis Miss Fitzhugh kocht." Hastings grinste noch breiter. „Aber danke für das freundliche Angebot."

„Selbstverständlich, Mylord", antwortete Miss Boyle, während sie geschmeichelt errötete.

„Tun Sie das nicht", sagte Helena in scharfem Ton, nachdem Miss Boyle die Tür hinter sich geschlossen hatte.

„Was?"

„Mit meiner Sekretärin flirten."

„Warum denn nicht? Es gefällt ihr ebenso wie mir."

„Und was geschieht, wenn sie sich in Sie verliebt?"

Er lachte. „Liebe Miss Fitzhugh, welche Zauberkräfte Sie mir doch zuschreiben. Ich kann mir vorstellen, dass es Ihnen schwerfallen muss, mir zu widerstehen."

„Dennoch hat mein Widerstand nach all diesen Jahren Bestand."

„Eine bloße Hülle – der leiseste Lufthauch wird sie wegblasen. Sie müssen sich aber wirklich keine Sorgen um Miss Boyle machen. Sie hat einen vielversprechenden jungen Mann, der in der Stadt arbeitet und jeden Nachmittag draußen auf sie wartet, um sie zu ihrer Wohnung zu geleiten. Sie haben sich sogar schon an zwei Sonntagen zum Picknick auf dem Land getroffen."

„Das ist mir ja völlig neu."

„Warum sollte sie solche Zerstreuung auch ihrer Arbeitgeberin gegenüber erwähnen? Reden Sie mit ihr über Ihre Herzensangelegenheiten?"

„Warum sollte sie dann Ihnen davon erzählen?"

„Ich zeige Interesse. Meine Aufmerksamkeit schmeichelt ihr. Sie ist jedoch sehr vernünftig, diese junge Dame, und lässt sich von meinem anmutigen Balzverhalten nicht den Kopf verdrehen."

Anmutiges Balzverhalten. „Sie bilden sich ganz schön viel ein."

„Diesen Trick habe ich von Lord Vere gelernt. Es bringt meine Zuhörerin schneller in Wallung."

Er hatte eine schöne Stimme. Seine Worte klangen wie die Töne eines aufgelösten Akkordes. War ihr das nie zuvor aufgefallen?

Sie begann sich gründlich über sich selbst zu ärgern. Sie lehnte sich in ihrem Stuhl zurück und bemühte sich um einen kalten, ungeduldigen Tonfall. „Warum sind Sie hier?"

„Weil ich ein guter und ergebener Freund bin und mir Sorgen um Sie mache."

Sie lachte spöttisch. „Ich bin gerührt, Hastings. Wollen Sie sagen, dass es Sie erneut plagt, wie unzureichend ich mein Korsett ausfülle? Reißt mein amazonenhaftes Schreiten die Straßen Londons auf?"

„Es geht um Mr Martin."

„Zu diesem Kriegsschauplatz habe ich von Ihnen schon eine Reihe Warnungen erhalten, Hastings", erwiderte sie abweisend.

„Sie haben jedoch keine davon beherzigt."

„Was einzig und allein Ihr Fehler ist."

Er schaute einen Augenblick zu Boden, ehe er den Blick wieder hob. Waren seine Augen schon immer derart tiefblau gewesen? „Wenn ich Ihnen das Versprechen gäbe, nie wieder einen Kuss von Ihnen zu stehlen, würden Sie mich dann ernster nehmen?"

Sie verdrehte die Augen. „Nach allem, was ich über die Qualität Ihrer Versprechen weiß, wird das bezüglich des Küssens dazu führen, dass Sie stattdessen versuchen werden, mich unsittlich zu berühren."

„Was ist, wenn ich verspreche, mich Ihnen nie wieder auf mehr als einen Meter zu nähern?"

In seiner Stimme lag etwas, das sie innehalten ließ. War dies der Klang der Aufrichtigkeit, die aus Hastings sprach? Sie verwarf diesen Gedanken sofort. „Dann werden Sie zweifellos verlangen, dass ich mich ausziehe und an einen Bettpfosten fesseln lasse – genau wie Sie es in Ihrem schlüpfrigem Roman beschrieben haben –, während Sie mir aus einem Meter Entfernung dabei zusehen und die widerwärtigen Dinge machen, die Männer in solchen Situationen nun einmal tun."

„Welche Ideen Sie mir doch in den Kopf setzen", murmelte er.

Dieser spöttische Tonfall klang nun wieder wesentlich vertrauter. Nicht, dass es ihr damit viel besser erging – in ihren Strümpfen krümmte sie erneut die Zehen. „Sie produzieren solche Ideen ganz ohne meine Hilfe am laufenden Band."

Er seufzte auf übertriebene Weise. „Es ist ganz offensichtlich aussichtslos, Ihnen Versprechen anzubieten."

„Vollkommen sinnlos."

Er erhob sich. „Manchmal muss man den Boten außer Acht lassen und nur die Botschaft bedenken – oder haben Sie vergessen, dass ich bezüglich Billy Carstairs vollkommen recht hatte? Mrs Monteth treibt ihr Unwesen, und es wäre töricht von Ihnen, einfach zu ignorieren, wie weit sie bereit ist zu gehen, um zu entlarven, was sie für Missetaten hält."

Mrs Monteth war die Schwester von Andrews Ehefrau und nach eigener Auffassung eine Hüterin von Anstand und Tugend. In ihrer

Vorstellung bestand Tugendhaftigkeit zu weiten Teilen – man konnte auch sagen gänzlich – aus Keuschheit. Sie lebte dafür, Mädchen, die ihren Bekanntschaften zu viele Freiheiten eingeräumt hatten, oder junge Damen, die möglicherweise zu vertraulich mit nicht geziemenden Verehrern verkehrten, bloßzustellen.

„Es bereitet mir keine Schwierigkeiten, den Boten außer Acht zu lassen, wenn die Botschaft meine Zeit wert ist." Die Erinnerung an Billy Carstairs gab ihr jedoch zu denken. Sie hatte alles, was Hastings über ihren einstigen Lieblingscousin gesagt hatte, missachtet. Die Zeit hatte jedoch gezeigt, dass ihre hohe Meinung von Billy traurigerweise nicht gerechtfertigt gewesen war. „Gehen Sie zum Fenster, werfen Sie einen Blick hinaus."

„Auf die Fleet Street? Ich weiß, wie die aussieht."

„Tun Sie mir den Gefallen. Schauen Sie nach rechts, auf die andere Straßenseite, zweiter Laternenpfahl."

Er ging zum Fenster. „Da steht ein Mann, der Zeitung liest", sagte Hastings.

„Er ist dort, um sicherzustellen, dass ich nicht an der Außenmauer hinunterklettere – vor den Augen der Passanten, wohlgemerkt – und mich irgendwelchem unschicklichen Blödsinn hingebe, und Sie wissen sehr gut, dass mein Dienstmädchen draußen vor dem anderen Ausgang aus diesem Raum sitzt, um zu verhindern, dass ich davonlaufe. An den Tagen, an denen ich zu Fuß zur Arbeit gehe, folgt sie mir in zwei Schritten Abstand. An den Tagen, an denen ich die Kutsche nehme, sind die Kutscher angehalten, mich niemals irgendwo anders als unmittelbar bei der Arbeit abzusetzen, wo sie bereits wartet, und wenn ich durch diverse Salons und Ballsäle geschleift werde, sind entweder meine Schwester oder meine Schwägerin nie mehr als einen Meter entfernt, selbst wenn ich den Abort aufsuche."

Anders als erwartet machten ihre Ausführungen über die nahtlose Überwachung, unter die man sie gestellt hatte, keinerlei Eindruck auf ihn. „Ist das alles?"

„Ist das *alles*? Wie will Mrs Monteth mich bei einer skandalträchtigen Handlung erwischen, wenn ich nicht einmal niesen kann, ohne dass dies ordnungsgemäß vermeldet wird?"

„Ich traue Ihnen mehr zu, Miss Fitzhugh. Sie haben sich bisher noch nicht von dieser Überwachung befreit, es ist jedoch nur eine Frage der Zeit, bis sich eine Gelegenheit ergeben wird." Er machte eine Pause und sah sie einen Moment lang an. Etwas, das in seinen Augen aufflackerte, verwirrte sie – etwas, das aufrichtiger Besorgtheit verdächtig nahe kam. „Ich bitte Sie, wenn dieser Moment kommt und sich eine Gelegenheit bietet, Weisheit und Zurückhaltung walten zu lassen, und sich daran zu erinnern, dass nicht alle Gelegenheiten gleich sind. Manche sind nichts anderes als Stufen, die in die Katastrophe hinabführen."

Mit diesen Worten verneigte er sich und ging.

Helena versuchte, sich wieder in „Geschichten vom alten Krötenteich" zu vertiefen. Evangeline South war eine versierte Illustratorin mit einer geschickten und doch verspielten Hand. Der Teich hatte die perfekte, frühlingshaft grüne Farbe, an den efeubewachsenen Hütten prangten blütenvolle Blumenkästen, das riesengroße Holzstück diente den Schildkröten – die zu dieser Jahreszeit aus wärmeren Klimazonen zu Besuch kamen – im Sommer als Boot und war liebevoll mit großen Bündeln aus Rohrkolben geschmückt.

Während die früheren Zeichnungen ihr jedoch ein Lächeln entlockt hatten, ließen diese sie die Stirn in Falten legen. Gewiss … gewiss konnte sie doch ausschließen, dass es irgendwelche Ähnlichkeiten zwischen der verspielten Unschuld in den Zeichnungen Miss Souths und der unverfrorenen Obszönität in Hastings' Manuskript gab.

Sie holte letzteres wieder heraus, blätterte durch die Seiten, und jedes einzelne pornographische Bild beruhigte sie dahingehend, dass ihre Phantasie ihr in der Tat einen Streich gespielt hatte: Es gab nicht die geringste Ähnlichkeit zwischen den Kunstwerken in „Geschichten vom alten Krötenteich" und den unanständigen Kritzeleien in „Die Braut von Larkspear".

Ein paar Seiten vor Ende des Manuskripts stieß sie jedoch auf eine Zeichnung, die man nicht als unanständig bezeichnen konnte. Diesmal war die Braut von Larkspear angezogen – ordentlich angezogen, in einem Kleid, das bis zum Hals zugeknöpft war. Sie lag auf einer Grasfläche, die Krempe ihres Hutes bedeckte den Großteil ihres Gesichts. Lediglich ihre Lippen, die zu einem neckischen – oder vielleicht spöttischen – Lächeln verzogen waren, waren zu sehen.

Ohne von der Nacktheit der Frau abgelenkt und peinlich berührt zu sein, sprang Helena die Ähnlichkeit der künstlerischen Stile direkt ins Auge und nahm ihr den Atem. Sie hatte es sich also doch nicht nur eingebildet: Es gab deutliche Ähnlichkeiten in der Verwendung von Farbe, im Schwung der Linien, der Platzierung und Dichte der Formen.

Ehe sie den Gedanken vollständig zu einem logischen Schluss führen konnte, klopfte es erneut. Eilig schloss sie Hastings' Manuskript weg. „Herein."

Miss Boyle trat ein. „Ein weiteres Telegramm, Miss."

„Danke."

Fitz hatte vor nicht allzu langer Zeit eine Nachricht geschickt. War ihm noch etwas eingefallen, das er ihr mitteilen wollte?

Dieses Telegramm trug jedoch weder Namen noch Adresse des Absenders. Der Text war kurz und unpersönlich. *Nächsten Montag. Savoy Hotel. Vier Uhr nachmittags. Fragen Sie nach dem Zimmer der Quaids.*

Ihr stockte der Atem. Andrew. Endlich. Sie drückte das Telegramm an ihre Brust, verloren in der Freude, die der Gedanke an diese lang ersehnte Wiedervereinigung in ihr hervorrief. Es vergingen einige Augenblicke, ehe ihre Euphorie nachließ und sie anfing, darüber nachzudenken, wie wahrscheinlich es war, dass sie eine solche Verabredung in Anbetracht der Überwachung, unter die sie gestellt worden war, einhalten konnte.

Nun, wenn der Graf von Monte Christo aus dem Château d'If entkommen konnte, musste es ihr doch gelingen können, ihre Wachhunde abzuschütteln.

Hastings' Worte drängten sich unerwartet in ihre Gedanken, hallten mit einem unheilvollen, beinahe prophetischen Klang in ihrem Geist wider. *Ich bitte Sie, Weisheit und Zurückhaltung walten zu lassen und sich daran zu erinnern, dass nicht alle Gelegenheiten gleich sind. Manche sind nichts anderes als Stufen, die in eine Katastrophe hinabführen.*

Sie zögerte einige Augenblicke lang, bis ihr klar wurde, was sie gerade tat.

Niemand würde sie davon abhalten, Andrew zu sehen, am allerwenigsten Hastings.

KAPITEL 3

AM NÄCHSTEN MORGEN ERGAB SICH eine glückliche Fügung für Helena. Ihre Zofe Susie, die eingestellt worden war, um sie im Auge zu behalten, kündigte: Die Haushälterin eines früheren Arbeitgebers war nach plötzlicher Krankheit verstorben, und man hatte Susie angeboten diese Stelle anzutreten – und zwar umgehend. Helena war nur zu froh, sie mit Extrazahlung und überschwänglichem Empfehlungsschreiben ziehen zu lassen.

Da Fitz und Millie zu ihrem Kurzurlaub im Lake District keine Dienerschaft mitgenommen hatten, hatte Helena ihrer Schwester Venetia, der Duchess of Lexington, bei der sie in dieser Zeit wohnte, vorgeschlagen, Millies Zofe Bridget zu bitten, für ein paar Tage Susies Pflichten zu übernehmen und vor Helenas Büro zu sitzen, bis ein adäquater Ersatz für sie gefunden war.

Helena war dabei natürlich bewusst, dass Fitz und Millie am Montagnachmittag zurückkehren würden. Bridget würde erpicht darauf sein, zu ihrer Herrin zurückzukehren, und Helena konnte die Lücke im Zeitplan vielleicht zu ihrem Vorteil nutzen.

In der Zwischenzeit schmuggelte Helena eine Dienstbotenuniform aus dem Haushalt der Lexingtons und kontaktierte eine Firma, die Kutschen vermietete.

Das Spiel war vorbereitet, die Figuren machten ihre Züge. Sie musste nur auf Montagnachmittag warten, um zu sehen, ob ihre Strategie zu einem Sieg führen würde.

Am Samstagabend gaben die Lexingtons ein Dinner in ihrem Haus. Hastings war eingeladen, wie gewöhnlich, wenn eines der Geschwister Gastgeber war. Man hatte ihn aber nicht einmal annähernd in Helenas Nähe gesetzt, die schon vor Langem darum gebeten hatte, dass er beim Dinner niemals neben ihr platziert wurde und so ihr Vergnügen schmälerte.

Aber wenn die Herren nach dem Abendessen ihren Portwein ausgetrunken und ihre Zigarren geraucht hatten, gesellten sie sich wieder zu den Damen in den Salon, und bei diesen Gelegenheiten gab es kein Entkommen vor Hastings. So unweigerlich der Tag der Nacht wich, erschien er an ihrer Seite, gewandt und selbstgefällig wie ein Raubtier, das soeben erst von einem Beutezug zurückgekehrt war.

Sie fragte sich nicht zum ersten Mal, aus wessen Bett er wohl gerade kam – und was genau er da gemacht hatte.

„Miss Fitzhugh", bemerkte er halblaut. „Meine Liebe, ich möchte Ihnen nicht zu nahe treten, aber Sie sehen einsam aus, als litten Sie unter Entzug."

„Und das empfohlene Gegenmittel besteht gewiss aus ein paar Stunden in Ihrem Bett, mein Lord?"

„Mein liebes kleingläubiges Mädchen, niemand verlässt mein Bett nach nur einigen Stunden. Die Damen machen sich mindestens für eine Woche frei, ehe sie hineinhüpfen."

Wenn er seine Stimme so senkte, schnurrte er fast, was unangenehm attraktiv war. Sie musste ein unwillkürliches Flattern in ihrem Bauch unterdrücken. „Was wollen Sie, Hastings?"

Er sah sie schräg von der Seite an. Seine Augen schienen die Farbe geändert zu haben, an diesem Abend waren sie blaugrün.

„Ich habe unter dem Schmuck meiner Mutter einen Ring für Sie gefunden, meine Liebe, einen Smaragdring, der zu Ihren Augen passt."

Sie hob eine Braue. „Seit wann nehme ich Schmuck von Herren an, mit denen ich nicht verwandt bin?"

„Oh, ich glaube, wir werden bald verwandt sein, so wie Sie sich verhalten. Ich sehe es in Ihren Augen: die Machenschaften, die Ungeduld. Sie schmieden unermüdlich Ihre Ränke, Miss Fitzhugh, wider jedermanns besseres Wissen."

Er mochte ein Mistkerl sein, aber er war ein schlauer Mistkerl.

„Ich habe meine Bekanntschaft mit Mr Monteth gepflegt, um über ihn Neuigkeiten von seiner Frau zu erfahren", fuhr er fort. „Sie bespricht sich derzeit täglich mit ihrer Schwester, der Gattin Ihres Geliebten, und kommt aufgeregt und aufgewühlt nach Hause. Mr Monteth ist überzeugt, dass sie etwas im Schilde führt. Wenn ich Sie wäre, würde ich nichts unternehmen, so lange Mrs Monteth ihrem Schwager auch nur die geringste Aufmerksamkeit schenkt."

Wenn Helena aber diese Gelegenheit ungenutzt verstreichen ließ, wann würde sie eine neue bekommen?

„Sie hören mir nicht zu, Miss Fitzhugh." Hastings senkte die Stimme noch weiter, zu dunklem, weichem Schmelz. „Denken Sie darüber nach, meinen Ring zu tragen, und daran, was dies mit sich brächte. Vermag Sie nicht einmal der Gedanke, dass möglicherweise ich derjenige bin, der Sie vor einer selbst heraufbeschworenen Katastrophe bewahrt, zum Umdenken bewegen? Vergessen Sie nicht, dass ich Ihnen bereits sagte, dass ich nicht Ihr Ehemann sein möchte. Wenn die Pflicht mich aber dazu zwingt, werde ich meinen Preis nennen und Forderungen stellen, an die Sie nicht einmal im Traum denken würden."

Sie hatte genug Absätze in seinem Erotikroman gelesen – sie hatte eine sehr genaue Vorstellung von der Sorte demütigender Anzüglichkeiten, die er verlangen würde. Es ärgerte sie, dass sie nicht so abgestoßen war, wie sie es hätte sein müssen. „Ich mache mir keine Sorgen über eine mögliche Zukunft, in der ich an Ihren Bettpfosten gekettet bin. Sollte Ihnen das nicht Zeichen genug sein, dass mein ganzes Pläneschmieden nur ein Hirngespinst von Ihnen ist?"

„Sie *sind* aber besorgt. Gerade jetzt hat Ihre Stimme gestockt, und Sie sind zurückgezuckt." Er blickte ihr direkt in die Augen. „Wenn ich mich nicht sehr täusche, sind auch Ihre Pupillen geweitet."

„So reagiere ich nun einmal, wenn ich einen Wurm in meinem Apfel finde, Mylord."

„Dann stellen Sie sich vor, wie Sie sich fühlen würden, wenn Sie einen solchen Wurm – tatsächlich eher einen halben Wurm – in jedem Apfel fänden, in den Sie von nun an beißen. Geben Sie Acht, Miss Fitzhugh. Es bewegen sich mehr Figuren auf diesem Schachbrett, als Sie glauben, und ehe Sie es sich versehen, könnten Sie mattgesetzt sein."

SONNTAGNACHMITTAGS BEMALTEN HASTINGS UND SEINE Tochter die Wand ihres Teesalons auf Easton Grange, seinem Anwesen in Kent. Vielmehr malte Hastings und Bea sah dabei zu.

Das Wandgemälde war beinahe fertig. Der Himmel, die Bäume und eine Reihe Hütten entlang des Teichufers waren bereits aufgetragen. Der Teich selbst, den sie letzte Woche fertiggestellt hatten, erstrahlte nach dem Trocknen in einem leuchtenden, sonnenbeschienenen Grün.

„Siehst Du?" Er zeigte Bea die Farbpalette. „Ich nehme ein wenig Rot und Gelb, und wenn ich sie mische, wird daraus Orange."

Bea sah aufmerksam zu, sagte jedoch nichts.

„Möchtest du ein paar orange Blumen zwischen die roten malen?", fragte er.

Die Blumenkästen, die er an den Hütten im Vordergrund aufmalte, quollen über vor Kapuzinerkresse.

Bea biss sich auf die Unterlippe. Er konnte ihren Wunsch, mitzumachen, fast körperlich spüren. Stumm ermutigte er sie dazu, Ja zu sagen. Sie schüttelte den Kopf. Er seufzte innerlich. Wenigstens dauerte es immer länger, bis sie ablehnte.

„Dann vielleicht ein anderes Mal. Es macht wirklich Spaß, das Malen. Man nimmt mit dem Pinsel einen Klecks Farbe auf, und schon bald hat man ein Bild."

Es hätte ihm gefallen, wenn sie sich ihm angeschlossen hätte. Für ein Mädchen, das wenig und wenn, dann nur sehr widerwillig sprach, hätten Farben und Bilder zu einem nützlichen Ersatz für Worte werden können. Er hatte das Wandgemälde aber nicht begonnen, um sie zum Malen zu verlocken, ebenso wenig, wie er dem Wandbild in seinem Stadthaus all seine Zeit widmete, um Helena Fitzhugh zu beeindrucken.

Malen war zu einer Art meditativem Gebet geworden. Wenn er zwischen Hoffnung und Verzweiflung schwankte, war ein Pinsel in der einen und eine Farbpalette in der anderen Hand eine Möglichkeit, mit den Gefühlen umzugehen, die zu unausgegoren waren, um über sie zu sprechen, und zu groß, um sie beiseite zu schieben. Dieses Wandgemälde war sein Gebet für Bea: dass sie zu einem starken, glücklichen und furchtlosen Mädchen heranwachsen würde.

Er nahm einen neuen Pinsel. „Ich werde jetzt ein paar Blätter malen. Es gefällt dir, mir dabei zuzusehen, wie ich Gelb und Blau mische, um Grün herzustellen, nicht wahr, Bea? Möchtest du es selbst versuchen?"

Er wartete die üblichen Augenblicke ab, die sie brauchte, um Nein zu sagen. Zu seiner völligen Überraschung nickte sie und griff nach dem Pinsel in seiner Hand. Dann rührte sie sich allerdings nicht. Nach einer Weile begriff er, dass sie wollte, dass er ihre Hand führte.

Nach dem, was passiert war, als sie jünger gewesen war, glaubte er immer, ihr Vertrauen nicht verdient zu haben. Aber aus irgendeinem unerklärlichen Grund vertraute sie ihm aus tiefstem Herzen.

Er legte die Hand um ihre, küsste sie auf die Stirn und zeigte ihr, was sie tun musste.

MONTAGNACHMITTAG UM HALB DREI ERSCHIEN ein Kutscher in der Livree der Lexingtons, um Helena vom Büro abzuholen.

„Meine Kutsche ist da", teilte sie Bridget mit. „Ich weiß, Sie möchten dringend zurückkehren und alles für die Ankunft Ihrer Herrin vorbereiten. Nehmen Sie sich eine Mietdroschke. Mrs Wilson wurde angewiesen, die Kosten für Ihre Beförderung zusammen mit Ihrem Gehalt auszuzahlen."

„Vielen Dank, Miss, das tue ich. Ich will sicherstellen, dass alles fertig ist. Lady Fitzhugh wird nicht viel Zeit haben, um sich umzuziehen, ehe sie sich mit der Herzogin zum Tee trifft."

„Das wird sie in der Tat nicht."

Ebenso wenig würde Helena nach dem ganzen Ärger viel mehr als eine halbe Stunde mit Andrew genießen können. Auch sie wurde zum Fünfuhrtee erwartet, und sie sollte besser vor Millie dort eintreffen, um Fragen zu vermeiden, warum sie so lange gebraucht hatte.

Sie stieg in den geschlossenen Einspänner, wies den Kutscher an, zu einem nahegelegenen Postamt zu fahren, und setzte einen Anruf zum Stadthaus der Lexingtons ab, in dem sie die Bediensteten wissen ließ, dass sie in Begleitung von Millies Dienstmädchen allein nach Hause kommen würde. Es sei nicht nötig, die Kutsche zu schicken.

Nun auf zum Hotel – und zu Andrew.

Im Inneren der Kutsche zupfte sie hinter zugezogenen Vorhängen an der Kordel ihres Retiküls. Sie glaubte, umsichtig genug gewesen zu sein, aber was, wenn sie etwas übersehen hatte? Ihre Anwesenheit im Savoy würde jedenfalls keine Aufmerksamkeit erregen. Die Terrasse des Hotels war ein beliebter Treffpunkt zum Nachmittagstee. Aber wäre es nicht noch besser gewesen, wenn sie sich als Mann mit langem Bart verkleidet hätte – oder irgendetwas Derartiges?

Zur Hölle mit Hastings und seinen ständigen Warnungen vor drohenden Katastrophen. Die Aussicht, Andrew so bald wiederzusehen, hätte sie überglücklich machen sollen, aber stattdessen machte sie sich Sorgen über alles, was möglicherweise schief gehen konnte.

Genug von den schlimmen Gedanken. Sie hatte hart für dieses bisschen gestohlener Zeit gearbeitet. Sie würde den Kopf frei bekommen und ihren Triumph genießen.

Oder zumindest würde sie ihr Möglichstes tun.

HASTINGS HATTE NICHT DAMIT GERECHNET, Andrew Martin im Club anzutreffen. Nachdem Fitz früher in der Saison mit ihm gesprochen hatte, hatte Martin Orte gemieden, an denen er einem der Fitzhugh-Geschwister begegnen konnte. Aber da Fitz unterwegs war, hatte Martin den Club vermutlich für sicheres Territorium gehalten, um dort ein paar Stunden zu verbringen.

Allerdings brachte er die Stunden tatsächlich nicht einfach herum. Er schien zerstreut und nervös, stand alle paar Minuten von seinem Stuhl auf, um im Raum auf- und abzulaufen. Bei jeder seiner Runden nahm er an einer Stelle ein Stück Papier aus seiner Tasche, setzte sich, kaute eine Weile auf seiner Lippe und nahm seine Wanderung wieder auf.

Mit seiner Unruhe wuchs auch die von Hastings. Warum zur Hölle war Martin so aufgeregt, und warum schaute er immer wieder auf dieses Stück Papier?

Als Martin erneut durch den Raum streifte, stand Hastings auf und rempelte ihn an.

Er stützte Martin. „Entschuldigen Sie, guter Mann."

„Mein Fehler", entgegnete Martin eilfertig.

Viele Kinder träumten davon, mit den Zigeunern davonzulaufen. Hastings hatte es tatsächlich getan – mehr als ein Mal. Was Taschendiebstahl anging, waren seine Fähigkeiten eingerostet, doch Martin war ein eklatant leichtes Opfer.

Während er mit dem Rücken zur Wand vor einem Bücherregal stand, blickte Hastings auf die Beute in seiner Hand. Es war ein Telegramm. *Nächsten Montag. Savoy Hotel. Vier Uhr am Nachmittag. Fragen Sie nach dem Zimmer der Quaids.*

Er sah auf das Datum des Telegramms. Der bezeichnete Montag war heute – und es würde bald vier Uhr schlagen. Hatte Helena Fitzhugh die Nachricht geschickt, all seinen Ermahnungen zum Trotz?

Martin holte laut hörbar Luft. Hastings drehte sich um und sah ihn nervös seine Taschen absuchen. Hastings schlenderte zu Martins Stuhl und ließ das in seinem Ärmel verstaute Telegramm auf den Boden fallen.

„Ist etwas?", fragte er.

Martin drehte sich um und atmete beim Anblick des Telegramms neben Hastings' Schuhen erleichtert auf. „Nein. Ich habe eine Nachricht fallenlassen, das ist alles."

Hastings hob das Telegramm auf und hielt es Martin mit der Schrift nach unten hin. „Dieses?"

„Ja, danke."

Martin steckte das Telegramm ein. Doch statt zu seinem Sitzplatz zurückzukehren, verabschiedete er sich von Hastings und verließ den Raum.

Der Mistkerl war auf dem Weg ins Savoy Hotel.

Martin war an sich kein schlechter Mensch. Er war lediglich ohne Rückgrat geboren und beugte sich jeweils demjenigen, der den größten Einfluss auf ihn ausübte. Was seine Heirat betraf, hatte er seiner Mutter nachgegeben. Zu einem früheren Zeitpunkt in der Saison hatte er Fitz gehorcht, und nun hatte er sich wieder einmal von der energischen Helena Fitzhugh manipulieren lassen.

Hastings wusste nicht, wem er lieber einen Schlag ins Gesicht verpasst hätte, Martin oder sich selbst. Warum machte es ihm immer noch etwas aus? Warum hörte er nicht auf, in seinem Tempel in der Sahara um Regen zu beten, wenn sich überall um ihn herum die Beweise für sein Scheitern bis zum Horizont erstreckten?

Seine Füße trugen ihn wie von selbst in Richtung Tür. Wenn er seinen Kummer schon in Whisky ertränken musste, so zog er es vor, dies zu Hause zu tun, in der Abgeschiedenheit seiner eigenen Räumlichkeiten, wo sein Herzschmerz für niemanden sichtbar sein würde außer für ihn selbst.

Jemand zog ihn beiseite.

„Sie könnten recht haben, Hastings", flüsterte Monteth. „Ich bin Martin gerade eben draußen begegnet und habe versucht, ihn mit hereinzunehmen, aber er hat mir alle möglichen fadenscheinigen Gründe genannt, warum er nichts mit mir trinken kann."

„Wenn ein Mann keinen Drink mit Ihnen nehmen will, Monteth, ist das kaum ein Grund für Argwohn."

„Sie verstehen nicht." Monteth sah sich verstohlen im größtenteils leeren Raum um und senkte die Stimme noch weiter. „Ich habe heute Morgen einen Brief gesehen, den meine Frau geschrieben hat. Darin stand: ‚Ich werde ihn bald auf frischer Tat ertappen.' Und raten Sie, an wen er adressiert war? ‚Meine liebe Alexandra'!"

Alexandra war Mrs Martins Vorname.

„Mein Gott", hörte Hastings sich sagen. Es klang ruhig, fast gleichgültig. Vielleicht war er aber auch einfach in einem Schockzustand, wenngleich ihm ein Schauer über den Rücken lief.

„Genau. Ich habe versucht, Martin herzubringen, wo er nicht in große Schwierigkeiten geraten kann. Aber wie gesagt, er wollte es einfach nicht."

„In Ordnung", gelang es Hastings zu sagen. „Halten Sie mich über jedwede interessante Entwicklung auf dem Laufenden, ja? Ich muss jetzt gehen. Meine Dame erwartet mich."

Er schlenderte auf die Tür zu, obwohl alles in ihm danach drängte zu rennen.

„Ihre Dame?", rief Monteth ihm nach. „Aber Sie haben doch gar keine Gattin."

Ebenso wenig, wie Hastings sich eine wünschte, die einen anderen Mann vorzog. Doch wenn die Dinge aus dem Ruder liefen, waren seine Tage als Junggeselle gezählt.

MARTIN WAR NICHT MEHR VOR dem Club. Hastings sprang in eine Mietdroschke und verlangte, schnellstmöglich zum Savoy Hotel gebracht zu werden. Es entging ihm nicht, dass er wieder einmal Wache stehen würde, während sie ein Stelldichein mit Martin hatte. Doch an diesem Tag hätte er sich für diese abscheuliche Aufgabe sogar freiwillig gemeldet, wenn er damit nur Mrs Monteths Pläne durchkreuzen konnte.

Als die Mietdroschke ihr Ziel erreichte, sah er, wie Martin das Hotel betrat, sich dabei nach links und rechts umschaute und verdächtig wie jemand wirkte, der nichts Gutes im Schilde führte. Hastings verschwendete beim Aussteigen keine Zeit. Er ging durch die Eingangshalle zum Empfangstresen. „Das Zimmer der Quaids."

„Zimmer fünf im obersten Stock, Sir."

„Es hieß, es würde ein Schlüssel auf mich warten", flunkerte er.

„Ich bedaure, Sir. Meine Anweisungen lauteten, dass nur die erste Person, die nach dem Raum fragt, einen Schlüssel bekommen soll."

„War die erste Person, die nach einem Schlüssel gefragt hat, der Herr, der vor einer Minute hereinkam?"

„Nein, Sir. Ich habe den Schlüssel einer Dame gegeben, die einige Minuten vor ihm kam."

Dem Telegramm, das er erhalten hatte, nach zu urteilen, war Martin nicht Initiator der Verabredung gewesen. Doch wenn Miss Fitzhugh das Treffen in die Wege geleitet hatte, hätte sie nicht nach einem Schlüssel fragen müssen. Sie hätte die Anweisung gegeben, den Schlüssel Mr Martin auszuhändigen.

Die Möglichkeit, dass eine dritte Person im Hintergrund die Fäden zog, hatte sich gerade in annähernde Gewissheit verwandelt.

„Wie viele Schlüssel haben Sie für das Zimmer?"

„Drei, Sir."

„Wo sind die anderen beiden?"

„Einer ist bei dem Gast, auf dessen Name das Zimmer gebucht ist. Den anderen Schlüssel haben wir."

Wenn Helena Fitzhugh den dritten Schlüssel bekommen hatte, war sie definitiv nicht die, auf deren Namen das Zimmer gebucht war.

Hastings griff in seinen Mantel und schob einen Ein-Pfund-Schein über den Tresen. „Geben Sie mir den dritten Schlüssel und erwähnen Sie mich gegenüber niemandem."

Der Portier sah den Schein einen langen Augenblick an – und steckte ihn dann schnell ein. „Bitte sehr, Sir."

Der Schlüssel lag schwer und kalt in Hastings' Hand, als er zum Aufzug ging. Einen Schlüssel zu haben, war ihm zwingend erforderlich erschienen. Aber nun wusste er nicht, was er damit tun sollte. Er konnte ja wohl kaum das Rendezvous zweier Liebender unterbrechen, ohne dass nicht von der Hand zu weisende Gefahr drohte.

Einen Augenblick später traf die nicht von der Hand zu weisende Gefahr in Gestalt Mrs Monteths ein, die sich dem Tresen des Portiers näherte.

Ihm blieb beinahe das Herz stehen. Dann also nicht in den Aufzug mit seiner unvorhersehbaren Geschwindigkeit. Er ging so schnell zur Treppe, wie es ihm möglich schien, ohne unerwünschte

Aufmerksamkeit zu erregen, und blickte dabei alle zwei Sekunden zu Mrs Monteth hinüber. Sobald er aus ihrem Sichtfeld verschwunden war, rannte er die Treppen hinauf, betete dabei, dass der Aufzug lange auf sich warten ließ und dann in jedem Stockwerk hielt.

Seine Lungen brannten. Er rannte schneller.

Das Savoy war nicht so groß wie das Hotel, in dem Helena in New York City abgestiegen war, doch vom obersten Stockwerk aus ging es verflixt weit nach unten. Helena stand auf dem Balkon und wartete.

Manchmal kam es ihr noch so vor, als sei erst eine Woche vergangen, seit Andrew und sie sich das erste Mal begegnet waren und seit die Welt auf wunderbare Weise von der Verheißung erfüllt gewesen war, glücklich zu werden. Manchmal schien es eine Ewigkeit her zu sein, so, als habe die Trostlosigkeit schon immer auf ihrem Herzen gelastet.

Ein Kratzen war an der Tür zu hören. Sie eilte hin, um sie zu öffnen. Andrew stand vor ihr, er strahlte und sah sie gleichzeitig um Verzeihung heischend an. „Entschuldige die Verspätung. Monteth wollte mich für einen Drink zurück in den Club schleifen – und ich verschätze mich immer, wie lange es heutzutage dauert, in London von einem Ort zum anderen zu gelangen."

Es spielte keine Rolle, warum er zu spät kam. Es war nur wichtig, dass er da war. Sie zog ihn herein, schloss die Tür und schlang die Arme um ihn. „Andrew, Andrew, Andrew."

Wie gut sie sich an das erste Mal erinnern konnte, als sie ihn umarmt hatte, spontan, nachdem er ihr gesagt hatte, dass er keinen Grund sehe, warum aus ihr keine exzellente Verlegerin werden sollte. Sie hatten am Ufer des Forellenteichs ihres Bruders gestanden und kannten sich gerade eine Woche. Doch was für eine einzigartige Woche, in der sie jede wache Minute miteinander verbracht hatten. Sie war jeden Abend mit einem glücklichen Lächeln auf dem Gesicht eingeschlafen.

In der Gegenwart strich ihr Andrew mit den Fingern durchs Haar. „Ich habe dich schrecklich vermisst, Helena."

Dröhnende Schritte hallten durch den Flur – sie spürte die Schwingungen bis in ihre Knochen. Um ihre Brust schien sich ein eisernes Band zu legen. Es konnte doch ganz sicher nicht Mrs Monteth sein, die so einen unzivilisierten Lärm machte.

„Ich sollte gar nicht hier sein", fuhr Andrew fort. „Doch seit wir einander neulich zufällig am Bahnhof begegnet sind, quält mich die Frage, ob ein Versprechen an deinen Bruder wichtiger ist als ein Versprechen dir gegenüber. Ich habe doch versprochen, immer an deiner Seite zu sein, oder nicht?"

Sie hörte ihn kaum. Doch sie hörte allzu deutlich das Geräusch eines Schlüssels, der sich im Schloss drehte. Sie zuckte zurück, als habe er plötzlich die Franzosenkrankheit.

Aber es war nur Hastings, der sich keuchend am Türrahmen festhielt.

„Was tun Sie denn hier?", rief sie entgeistert, erleichtert und erzürnt zugleich. Ihre Vorgehensweise mochte riskant sein, aber er hatte kein Recht, sich auf derart plumpe Weise einzumischen.

„Es ist nicht, wie es aussieht", sprudelte Andrew gleichzeitig hervor.

„Ich weiß, wie es ist, und es ist mir einerlei." Hastings schloss energisch die Tür. „Mrs Monteth ist auf dem Weg hier herauf. Auch sie hat einen Schlüssel."

Helena wurde eiskalt. „Das glaube ich nicht."

Aber in ihren Worten lag mehr Angst als Überzeugung.

„Haben Sie an Mr Martin telegrafiert?", verlangte Hastings zu wissen.

„Nein, natürlich nicht. Er hat mir ein Telegramm geschickt."

„Das habe ich nicht", protestierte Andrew. „Ich habe eines von dir bekommen."

Sie war unfähig zu sprechen.

„Mrs Monteth muss Ihnen beiden telegrafiert und dieses Treffen arrangiert haben", stellte Hastings mit Nachdruck fest, „um Sie in flagranti zu erwischen."

Er öffnete die Tür einen Spalt breit und spähte hinaus. „Sie tritt gerade aus dem Aufzug. Gütiger Gott, Mrs Martin Senior ist bei ihr."

„Meine Mutter?" Andrews Stimme zitterte.

Mrs Martin Senior hatte die Messlatte für ihre Söhne hochgehängt – Andrew hatte sie schon immer gefürchtet. Wenn sie erfuhr, dass er eine ansonsten anständige junge Dame kompromittiert hatte, würde sie ihn für den Rest ihrer Tage verachten. Das würde ihn vernichten.

Hastings zog die Tür zu und musterte das Schloss. „Jemand hat sich an der Tür zu schaffen gemacht. Sie lässt sich von innen nicht abschließen."

„Was sollen wir tun?" Andrew sah Helena Hilfe suchend an. „Was sollen wir tun?"

„Mrs Monteth ist nach mir zum Empfangstresen gegangen", sagte Hastings und lehnte sich gegen die Tür. „Wenn der Portier nichts über mich gesagt hat, worum ich ihn gebeten habe, hat sie nur erfahren, dass ein Mann und eine Frau nach dem Schlüssel gefragt haben. Was wollen Sie jetzt tun?"

Die Frage galt Helena.

Sie war überrascht, dass sie Hastings so deutlich hörte − in ihrem Kopf schien eine Stimme zu schreien. Sie schluckte. „Andrew, mein Lieber, geh ins Bad und schließ dich ein. Wenn du mich liebst, wirst du keinen einzigen Laut von dir geben, ganz egal, was du hörst."

„Aber Helena …"

„Wir haben keine Zeit. Tu, was ich dir sage."

Andrew zögerte noch immer. Sie packte ihn am Ellbogen und schob ihn ins Bad. „Keinen Laut, sonst werde ich dir niemals verzeihen."

Sie schlug Andrew die Badezimmertür vor der Nase zu und betete, sie möge energisch genug mit ihm gewesen sein. Als sie sich umwandte, zog sich Hastings bereits sein Jackett und seine Weste aus.

Er hob eine Braue. „Ich hoffe, es macht Ihnen nichts aus?"

Ohne auf eine Antwort zu warten, stieß er sie auf den Diwan, der mitten im Raum stand. Seine Hand an ihrem Hinterkopf war warm und stark. Mit der anderen Hand öffnete er ihre Jacke, während er den Kopf über ihren Hals beugte.

Ihr Haar löste sich. Sie spürte seine Zähne über ihren Hals streichen, was sie am ganzen Körper fühlte. Seine Finger machten sich an den Knöpfen ihrer Bluse zu schaffen und streiften sie ihr mitsamt der Jacke von den Schultern.

Ihre Blicke trafen sich. Ohne zu zögern, küsste er sie. Er lag schwer auf ihr. Sein Haar − sie wusste nicht, wann ihre Finger darin versunken waren − war kühl und weich, und das Verlangen in seinem Kuss … obwohl sie genau wusste, dass es anders war, gab er ihr das Gefühl, nie einen anderen geküsst zu haben und nie wieder jemand anderen küssen zu wollen.

Ohne eine bewusste Entscheidung zu treffen, erwiderte sie seinen Kuss.

Die Tür flog auf.

„Jetzt habe ich Sie in flagrante erwischt!", rief Mrs Monteth. „Wie wollen Sie mir das erklären, Mr Martin?"

Hastings fluchte, löste sich von ihr und erhob sich. „Es heißt in flagranti, Sie Drache. Was soll das? Verschwinden Sie, ehe ich Sie rauswerfe, alle beide."

Helena hätte beinahe vergessen, zu kreischen und unbeholfen ihre Kleidung zu richten.

Mrs Monteth war entgeistert. „Lord Hastings, aber … aber …"

„Gehen Sie, Mrs Monteth. Sie auch, Mrs Martin. Kann ein Mann nicht mal ungestört feiern, dass er mit der Frau seines Herzens durchgebrannt ist?"

„Durchgebrannt?" Mrs Martin, eine zierliche Frau, die an einen Vogel erinnerte, rang nach Luft.

Durchgebrannt? Helena fühlte sich, als hätte man ihr einen Stromschlag versetzt. Eilig senkte sie den Kopf.

„Ja, durchgebrannt", sagte Hastings. „Sie glauben doch nicht, dass ich die Schwester meines besten Freundes in eine derartige Situation bringe, in der augenscheinlich jede x-beliebige neugierige Frau uns unterbrechen könnte, ohne ihr vorher das Eheversprechen zu geben."

Er sah aus, als könnte er kein Wässerchen trüben.

Helena umklammerte mit der rechten Hand ihre linke. Sie war vollauf mit dem Versuch beschäftigt, sich davon abzuhalten, irgendetwas Dummes oder Bloßstellendes vor Mrs Martin und Mrs Monteth zu sagen. Doch angesichts dieser scheinbar händeringenden Zurschaustellung von peinlicher Berührtheit konnte niemand sehen, dass sie keinen Ehering trug.

Mrs Martin straffte die Schultern. „Bitte entschuldigen Sie, Lord Hastings, Lady Hastings. Wir wünschen Ihnen alles Gute für Ihre Verbindung."

Mrs Monteth war weiterhin nicht imstande, mehr als „Aber … aber …" zu stammeln.

Mrs Martin griff nach ihrem Arm und zerrte sie mit einem Ruck mit sich. Hastings schloss die Tür und lehnte sich dagegen.

Helena zählte bis zehn, um abzuwarten, bis die Frauen weit genug auf dem Gang entlang und außer Hörweite waren. Dann zählte sie noch einmal bis zehn.

Acht. Neun. Zehn.

„Durchgebrannt?", brach es aus ihr heraus. Sie hatte Mühe, nicht zu schreien. „*Durchgebrannt?* Was in aller Welt hat Sie dazu veranlasst, das zu sagen? Haben Sie den Verstand verloren?"

Er schaute ungläubig drein – und sah nicht besonders glücklich aus. „Wollten Sie etwa, dass ich ihnen erzähle, dass wir beide eine Affäre haben?"

„Ja!"

Seine Miene wurde ernst, dann ausdruckslos. „Das hätte zum gleichen Ergebnis geführt: Ich müsste Sie heiraten. Also habe ich beschlossen, uns den Skandal zu ersparen."

Er *musste* sie nicht heiraten. Vielmehr würde sie ihn unter gar keinen Umständen ehelichen. „Sie können eine solche Entscheidung nicht einfach für mich treffen."

„Ich habe Ihnen seit Ihrer Rückkehr aus Amerika immer wieder gesagt, dass ich durch Sie nicht in eine derartige Lage geraten möchte."

„Sie sind durch niemanden in irgendetwas geraten." Ihre Stimme wurde mit wachsender Verzweiflung lauter. „Sie haben sich selbst in die Situation gebracht."

„Und wie stünde es jetzt um Sie und Mr Martin, wenn ich nicht vorbeigekommen wäre?"

Sie bebte. „Uns wäre das Schlimmste widerfahren – das gebe ich zu. Das bedeutet aber nicht, dass diese beiden Angelegenheiten in Verbindung miteinander stehen. Um Mr Martin zu retten, mussten wir so tun, als ob Sie, nicht er, mein Liebhaber sind. Das war alles. Es ging um nichts anderes."

„Um *Mr Martin* zu retten? Was kümmert mich …" Er hielt inne. „Was dann? Was hätte ich Fitz erzählt?"

„Die Wahrheit natürlich. Sie hätten ihm gesagt, dass Mr Martin und ich von Mrs Monteth in eine Falle gelockt wurden und dass wir uns, um ihn zu schützen, dazu entschlossen haben, es so aussehen zu lassen, als ob *wir* beide uns unerlaubterweise getroffen hätten."

„Sie denken, das wäre das Ende der Geschichte gewesen? Dass Fitz die Tatsache, dass die Gesellschaft glaubt, sein bester Freund und seine Schwester schliefen miteinander, ohne dass er etwas dagegen unternähme, einfach so hingenommen hätte? Er hätte mich dazu gezwungen, Ihnen einen Antrag zu machen."

„Und ich hätte das Angebot dankend abgelehnt. *Ich* werde mit Fitz fertig werden. Ich werde mit den Konsequenzen meiner Taten fertig werden. Ich brauche keinen Mann, der mich rettet, und ganz besonders nicht Sie."

Seine Stimme klang härter. „Aus Ihnen wird also eine gefallene Frau? Wo Sie doch so gerne jeden daran erinnern, dass man nicht nur an seinen Ruf denken muss, sondern auch daran, glücklich zu werden? Sehen Sie nicht, dass Sie nicht nur den Ruf Ihrer Familie beschmutzen, sondern auf ewig verhindern würden, dass Ihr Bruder und Ihre Schwester glücklich sind? Es spielt keine Rolle, ob Sie in London bleiben und Ihr Geschäft führen oder sich aufs Land zurückziehen. Sie könnten sich nie wieder mit Ihnen in der Öffentlichkeit sehen lassen, nie über Sie sprechen, Sie nie ihre noch ungeborenen Kinder sehen lassen, es sei denn, es geschähe in vollkommener Verschwiegenheit. Und sie würden sich ständig Sorgen um Sie machen und sich für den Rest ihres Lebens wegen Ihrer Sturheit die Haare raufen. Wollen Sie ihnen das antun?"

Die Schlinge um ihren Hals zog sich zu. Ihre Familie war ihre Achillesferse. Vor Konsequenzen für sich selbst hatte sie keine Angst, ertrug es aber nicht, denen weh zu tun, die sie liebte.

Sie hatte geglaubt, auf diesen Augenblick vorbereitet zu sein – und dennoch musste sie sich mit einer Hand an der Wand abstützen. Sie wollte gegen die Ungerechtigkeit des Lebens aufbegehren: dass er trotz seiner Ausschweifungen und des unehelichen Kindes, das unter seinem Dach lebte, noch immer überall wohlgelitten war, sie hingegen die schlimmsten Strafen für diesen kleinen Fehltritt erleiden würde, wenn sie seinen Antrag nicht annahm.

Aber es hatte keinen Sinn, sich über die Spielregeln aufzuregen – sie hatte sie von Anfang an gekannt.

Es klopfte ängstlich an der Badezimmertür. „Kann ich jetzt rauskommen?"

Andrew. Sie hatte ihn vergessen. „Ja, komm raus."

Er öffnete die Tür und trat, seinen Hut knetend, vorsichtig in den Salon. Der Anblick seines roten, untröstlichen Gesichts zerriss ihr fast das Herz. Ihr armer Liebling musste denken, all das sei seine Schuld.

„Es ist schon gut, Andrew", sagte sie ermutigend.

„Nein, ist es nicht." Seine Stimme bebte. „Es ist alles schief gelaufen – wie es dein Bruder vorhergesagt hat."

Sie ergriff seine Hände, und seine Hutkrempe drückte hart gegen ihre Haut. „Hör zu. Das ist nicht deine Schuld."

Hinter ihr verdrehte Hastings die Augen. Zweifellos hatte er darauf gesetzt, dass sie es im Spiegel hinter Andrew sehen würde. Sie biss die Zähne zusammen und wiederholte: „Nichts von alledem ist deine Schuld."

Hastings streifte sich seine Weste über. „Bleiben Sie vorläufig hier, Martin. Lassen Sie mich erst mal nachschauen, ob die Luft rein ist. Dann werde ich Sie durch einen Lieferanteneingang hinausschmuggeln."

„Danke", sagte Andrew kaum hörbar. „Sehr freundlich von Ihnen."

„Ach, und Lady Hastings … Ich setze darauf, dass Sie sich schicklich betragen werden." Hastings warf ihr einen Blick zu, der in seiner Intensität fast schon feindselig war. Sie erwiderte ihn ungerührt, musste aber wegschauen, als ihr Herz unangenehm zu klopfen begann.

„Wenn ich wiederkomme, werden wir mit Ihrer Familie sprechen, meine Liebste."

KAPITEL 4

HASTINGS' ZUKÜNFTIGE FRAU SCHAUTE AUS dem Fenster der Mietdroschke. Sie saß stocksteif da, mit entschlossener Miene, die Hände eng verschlungen in ihrem Schoß. So musste Napoleon ausgesehen haben, als er St. Helenas unwirtliche Küste erreichte. Tief in ihrem Inneren wusste sie, dass es dieses Mal keinen Ausweg geben würde.

Es war eng in der Droschke. Sie saßen Schulter an Schulter, ihre Röcke streiften sein Knie. In den Sekunden, ehe die Klatschtanten ins Zimmer geplatzt waren, war sie alles andere als kühl gewesen. Er hatte noch immer den Geschmack ihres Kusses auf der Zunge, spürte noch immer die Hitze ihres schlanken Körpers an seinem. Nun hätte sie sich genauso gut jenseits Sibiriens befinden können, war so kalt und abweisend wie die Beringsee.

Er hatte sie nicht in eine Ehe zwingen wollen: Es war ihm nur einfach nicht in den Sinn gekommen, dass es eine andere mögliche Erklärung dafür geben konnte, warum er beim Liebesakt mit ihr gesehen wurde. Sie hielt ihn offenbar für die Sorte Mann, die Spaß daran fand, das Leben unverheirateter junger Damen aus gutem Hause zu ruinieren.

Sie würde zudem lieber eine Ausgestoßene werden als seine Frau.

Es tröstete ihn nicht, dass vor allem er für ihre Feindseligkeit verantwortlich zu machen war. Es war blind, dieses Mädchen, so blind wie Justitia, nur dass ihre Waage bereits vor Jahren zerbrochen war und das Einzige, was sie abwog, ihre Vorurteile waren.

Er blickte auf seine Hand hinunter, auf seinen Zeigefinger, der auf der Spitze seines Gehstocks ruhte und dabei gerade so viel Druck ausübte, wie nötig war, um ihn am Umfallen zu hindern, als ob er sich um nichts anderes scherte als die Balance dieses Accessoires eines Gentlemans.

„Es ist bedauerlich, dass Ihre Zofe Sie verlassen hat", hörte er sich selbst in einem Ton sagen, der so beiläufig war wie seine

Berührung des Gehstocks. „Sie hätte Sie, ohne mit der Wimper zu zucken, an ihren Bettpfosten festgebunden."

Ihr Rock bewegte sich. Sie sagte nichts.

„Egal", fuhr er fort. „Ich bin sicher, wir werden jemand Geeignetes finden. Vielleicht kann ich Ihnen selbst ein paar Knoten beibringen. Sie sind ein kluges Mädchen. Es spricht nichts dagegen, dass Sie sich nicht selbst mehr als zufriedenstellend fesseln können."

Ihre Stimme klang wie ein tieferes Grollen. „Der Mann, den ich liebe, ist unerreichbar für mich. Ich muss einen Mann heiraten, den ich in keiner Hinsicht anziehend finde. Legen Sie etwas Anstand an den Tag, Hastings. Sparen Sie sich Ihre Häme für nach der Hochzeit."

Da. Er hatte sie erneut erfolgreich provoziert, aus Gewohnheit – fast reflexartig. Mehr denn je fühlte sich seine Genugtuung hohl an, sein Herz hörte beinahe auf zu schlagen.

Er war zu weit gegangen. Lange bevor er den Mund geöffnet hatte, war ihm bewusst gewesen, dass er zu weit gegangen war. Trotzdem hatte er sich nicht anders zu helfen gewusst, ganz wie ein Mann, der auf einem steilen Hügel den festen Boden unter den Füßen verloren hatte und beim Rutschen in Richtung des Abgrundes immer schneller wurde.

„Ich tue nie etwas aus einem so albernen Grund wie Anstand. Ich gestehe Ihnen jedoch eine Atempause des Schweigens zu. Das tue ich aber nur, weil ich dann noch größere Dankbarkeit von Ihnen erwarte, wenn wir erst einmal verheiratet sind."

Sie begegnete seinen Worten mit Schweigen. Minutenlang sah er auf seiner Seite der Mietdroschke aus dem Fenster und richtete seine Aufmerksamkeit auf die vorüberziehende Welt, bevor er wieder zu ihr blickte.

Zum ersten Mal in ihrer langen Bekanntschaft ließ sie in seiner Gegenwart die Schultern hängen. Dann traf ihn die Erkenntnis wie ein Schlag: Sie weinte. Er konnte es weder sehen noch hören – sie hatte das Gesicht vollständig von ihm abgewandt –, doch ihre Verzweiflung war fast greifbar, so schwer wie Blei, sie trieb ihm die Luft aus den Lungen.

Er wandte den Blick ab, richtete ihn wieder auf das Fenster, auf die Straße draußen, auf der sich Kutschen und Fußgänger drängten. Seine eigenen Augen blieben tränenleer, aber nur, weil er sich schon lange an die Verzweiflung gewöhnt hatte, seine alte Freundin.

„ICH MÖCHTE ALLEIN MIT MEINER Familie sprechen, wenn es Ihnen nichts ausmacht", sagte Helena, als die Droschke in die Straße einbog, in der das Stadthaus des Duke of Lexington stand.

Ihre Tränen waren getrocknet. Ihre Stimme klang einigermaßen sicher. Sie würde ihren inneren Aufruhr für sich behalten. Wenn dies das Nagelbrett war, das sie sich als Lager bereitet hatte, so würde sie mit all der Würde und Regungslosigkeit darauf liegen, die sie zustande brachte.

Hastings warf ihr einen unergründlichen Blick zu. „Ich werde eine gewisse Zeit draußen warten, aber nicht länger als fünf Minuten. Ich vertraue darauf, dass Sie mich angemessen rühmen werden. Ich bin schließlich der Held des Tages."

Als solcher würde er in der Tat gepriesen werden, oder nicht? Und Andrew, der sich nichts anderes hatte zu Schulden kommen lassen, als das Verlangen, sie zu sehen, würde man für einen gemeinen Schurken halten.

„Sie werden die Anerkennung erfahren, die Sie verdienen", entgegnete sie.

Als sie vor der Tür des Stadthauses stand, konnte sie den Granit unter ihren Füßen oder den Klingelzug in ihrer Hand kaum spüren. Abgesehen von einem dumpfen Schmerz in ihrem Herzen war ihr gesamter Körper taub.

„Genau zur rechten Zeit, Helena", empfing Venetia sie, als Helena in den Salon trat, wo diese sich mit Fitz und Millie unterhalten hatte.

Mit ihrem rabenschwarzen Haar, den blauen Augen und ihrer unbeschreiblichen Schönheit sah ihre Schwester heute, wenn das überhaupt möglich war, noch umwerfender aus als sonst. Fitz glich in Körperbau und Farben Venetia, obwohl er Helenas Zwillingsbruder war, und ihre Freundinnen hatten ihn immer für atemberaubend und umwerfend attraktiv gehalten. Was seine Ehefrau betraf, so konnte sich Helena dunkel erinnern, Millie bei ihrem ersten Treffen irgendwie farblos gefunden zu haben. Doch nun konnte sie sich nicht mehr entsinnen, warum sie das jemals gedacht hatte, denn die zierliche Millie war mit ihren feinen Zügen auf ihre eigene Art außerordentlich liebreizend.

Venetia zwinkerte Helena zu. „Fitz und Millie haben mir gerade vom Lake District erzählt."

Sie hatten sich alle wahnsinnig gefreut, dass Fitz und Millie, die in Herzensangelegenheiten einige kummervolle Jahre erlebt hatten, endlich miteinander das Glück gefunden hatten, das sie verdienten. Ohne Helenas Antwort abzuwarten, winkte Venetia sie zu einem Stuhl. „Setz dich, meine Liebe. Ich brenne schon den ganzen Tag darauf, euch die Neuigkeit mitzuteilen. Nun, da wir endlich alle beisammen sind …"

„Ich …", begann Helena.

„Der Herzog und ich werden Eltern."

Helena blieb der Mund offen stehen, und Millie erging es nicht besser. Man hatte lange angenommen, Venetia sei unfruchtbar. Kein Wunder, dass sie in letzter Zeit so strahlte.

„Gratulation", riefen Helena, Fitz und Millie fast gleichzeitig.

Helena war jedoch die Erste, die aufgestanden war, um Venetia zu umarmen. „Ich freue mich so für dich, es ist kaum auszuhalten."

Es folgte eine Runde Umarmungen und Küsse und eine weitere voller Lachen und begeisterten Ausrufen.

„Wo ist Lexington?", fragte Fitz. „Ihm sollte man auch gratulieren."

„Er hat sich entschieden, ein paar Minuten später zu kommen, falls es irgendwelche Fragen gibt, die ihr lieber nicht vor ihm stellen wollt."

Fitz legte den Kopf schief. „Zum Beispiel die, wann der Geburtstermin ist?"

Venetia errötete ein wenig. „Ja, genau."

Millie hob eine Braue. „Wann *ist* denn also der Geburtstermin?"

„Ende des Jahres."

„Ende des Jahres? Aber verheiratet seid ihr doch erst seit …" Millie hielt sich die Hand vor den Mund. „Die geheimnisvolle Geliebte des Herzogs während seiner Überfahrt auf der Rhodesia … Das warst *du*."

„Und als du in Ohnmacht gefallen bist und wir Miss Redmayne rufen mussten, littest du nicht an einer geheimnisvollen Krankheit. Du warst schwanger", rief Helena.

„Während wir auf der Rhodesia waren, wusste er zu keinem Zeitpunkt, wer ich war, und ich habe es ihm nicht gesagt, bis ich herausfand, dass ich in anderen Umständen bin."

Helena biss sich auf die Lippe. „Mein Gott, er muss außer sich vor Wut gewesen sein."

„Das war er, aber die Dinge haben sich seitdem ziemlich gut entwickelt, und wir könnten uns nicht mehr über das Baby freuen."

Der Herzog kam herein, ein auf unterkühlte Weise gut aussehender Mann – und ein gefeierter Naturforscher, der die Liebe zu Fossilien mit seiner Frau teilte. „Kann ich mich gefahrlos der Unterhaltung anschließen?"

„Ja, mein Liebster."

Fitz hielt ihm die Hand hin. „Gratulation, Lexington. Sollen wir auf einen Erben anstoßen?"

„Und auf die Möglichkeit, dass es ein Mädchen wird, das so großzügig und begabt ist wie meine Frau", antwortete Lexington.

Helena bekam feuchte Augen. Es war großartig, dies zu einer Frau zu sagen, die immer wieder damit zu kämpfen gehabt hatte, möglicherweise nichts weiter als ein schönes Gesicht zu sein.

Venetia hatte am Ende doch eine gute Wahl getroffen.

„Soll ich Champagner bringen lassen – und Champagner-Cider für Lord Fitzhugh?", fragte Lexington.

Fitz nahm überhaupt keine starken alkoholischen Getränke zu sich und begnügte sich bei feierlichen Anlässen normalerweise mit Champagner-Cider.

Doch ehe irgendjemand antworten konnte, verkündete ein Diener: „Viscount Hastings."

Helenas Lebenswirklichkeit fegte herein, und alle Freude wich aus ihrem Herzen. „Vielleicht noch nicht", stieß sie mit stockendem Atem hervor. „Den Champagner meine ich."

FITZ UND LEXINGTON SCHÜTTELTEN HASTINGS die Hand, wobei Fitz unverkennbar verwirrt wirkte.

„Ich habe nicht erwartet, dich vor heute Abend zu treffen, David. Aber ich freue mich, dich zu sehen."

Hastings schaute zu Helena, dann auf die übrigen Versammelten und bemerkte die allgemein gute Stimmung vielleicht erst in diesem Augenblick.

„Was habe ich verpasst?"

„Der Herzog und ich werden Eltern", erzählte ihm eine noch immer freudestrahlende Venetia.

„Meine Güte, das ist das Beste, was ich heute gehört habe. Ich werde das Kind nach Strich und Faden verwöhnen." Er küsste Venetia auf die Wange und schüttelte dem Herzog noch einmal die Hand. „Gut gemacht, alter Junge."

„Mein Stolz kennt fast keine Grenzen", erwiderte der Herzog trocken.

Venetia bedeutete den Männern, sich zu setzen. „Morgen wird sich die Neuigkeit in der ganzen Stadt verbreitet haben – die Damen Avery und Somersby werden es überall herumposaunen. Aber wir wollten, dass ihr es zuerst erfahrt."

„Verstehe ich es richtig, dass in Anbetracht Ihrer fabelhaften Neuigkeiten über nichts anderes gesprochen wurde?", fragte Hastings.

Helenas Magen zog sich zusammen. „Ja."

Hastings sah sie an. „Ich verstehe, ich bin also zu früh gekommen."

Fitz, scharfsinnig wie immer, runzelte die Stirn. „Was meinst du, David?"

„Möchten Sie es Ihnen sagen, Miss Fitzhugh?", fragte Hastings, die Liebenswürdigkeit in Person. „Oder soll ich?"

Der Punkt, ab dem es kein Zurück mehr gab – sie waren viel zu früh an ihm angelangt. Der dumpfe Schmerz in ihrem Herzen wich nun der völligen Leere, die das Unvermeidbare mit sich brachte. „Ich nehme an, es wird niemanden in diesem Raum überraschen, dass Mr Andrew Martin und ich ein Verhältnis unterhalten haben, das gemeinhin wenig Anklang finden würde."

Alle hielten den Atem an. Die Stimmung war augenblicklich angespannt.

„Seid aber beruhigt. Ich bin noch immer eine blütenreine Jungfrau."

Das Einräumen der Affäre hatte sie überrascht, *dies* aber schockierte sie – besonders Hastings, so schien es. Warum glaubte er, sie sei so dumm, eine Schwangerschaft zu riskieren? Oder dass es Andrew so an Ehre und Verantwortungsgefühl mangelte?

„Ich habe heute allerdings etwas Unbedachtes getan. Ich habe eingewilligt, Mr Martin im Savoy zu treffen, ohne zu erkennen, dass es ein perfider Plan Mrs Monteths war, um uns bloßzustellen. Ich möchte unterstreichen, dass meine Bewegungsfreiheit nicht auf die Nachlässigkeit Bridgets oder des Herrn, der die wenig beneidenswerte Aufgabe hat, Wache unter Fitzhugh & Company zu halten, zurückzuführen ist. Ich habe sie ausgetrickst, um mich ihrer zu entledigen – und bin Mrs Monteths in die Falle gegangen.“

Millie packte Fitz am Arm. Venetia umklammerte die Armlehnen ihres Stuhls. Lexington trat näher an seine Frau heran und legte ihr eine Hand auf die Schulter. Nur Hastings schien vollkommen ungerührt, nun, da er sich von seiner früheren Verwunderung erholt hatte. Er hatte sich in seinem Sessel breitgemacht und drehte im Grunde Däumchen, während er darauf wartete, dass sie fortfuhr.

„Lord Hastings kam in letzter Minute. Um Mr Martin zu retten, versteckten wir ihn. Um mich zu retten, hat Lord Hastings Mrs Monteth und Mrs Martin Senior erzählt, dass wir Hals über Kopf geheiratet haben.“

„Ach du meine Güte“, flüsterte Venetia.

Millie und Fitz wechselten einen Blick.

„Es war ein Gedankenblitz von Lord Hastings, und ich bin ihm zu Dank verpflichtet.“

Die Worte waren dankbar genug, ihre Stimme konnte jedoch nicht anders als leblos klingen, als verläse sie ihren eigenen Nachruf.

Hastings legte die Füße an den Knöcheln übereinander. „Natürlich werden wir so bald wie möglich heiraten. In der Zwischenzeit ist es ratsam, dass Miss Fitzhugh als Lady Hastings angesprochen wird – und dass sie heute noch in mein Haus umzieht, um den Anschein zu wahren. Die Neuigkeit wird sich in Windeseile verbreiten. Wir wollen nicht, dass jemand ihre Richtigkeit infrage stellt.“

Heute noch umziehen? Diese Möglichkeit war Helena nicht einmal in den Sinn gekommen. Sie hatte sich darauf verlassen, wenigstens ein paar Tage in Ruhe und Abgeschiedenheit verbringen zu können, um sich bewusst zu machen, wie der Rest ihres Lebens aussehen würde.

„Wir werden uns natürlich“, fügte Hastings hinzu, „gemäß den Regeln des Anstands verhalten.“

An seiner Rückversicherung ihrer Familie gegenüber gab es nichts zu beanstanden. Dennoch zitterte Helena.

Fitz seufzte. „Bist du dir sicher, Helena?“

Ihr wurde bewusst, dass er ihr die Möglichkeit gab zu wählen und sie wissen ließ, dass sie sich selbst nicht zu dieser Ehe zwingen musste, wenn es sie unglücklich machte. Ihr kamen die Tränen. Ehe sie heruntertropfen konnten, blinzelte sie und machte ein gänzlich ausdrucksloses Gesicht. „Morgen früh wird die Neuigkeit in der ganzen Stadt bekannt sein – es gibt nichts, worüber man jetzt noch zweifeln könnte. Lord Hastings und ich kennen uns schon lange. Wir werden gut miteinander auskommen."

Vielleicht war ihre Gleichgültigkeit nicht ganz gleichgültig genug, denn Niedergeschlagenheit machte sich im Raum breit, was sie nur noch wütender auf sich selbst machte, weil sie einen Moment ruiniert hatte, der eigentlich überschwänglich hätte gefeiert werden sollen.

Sie wandte sich an Venetia. „Genug von Hastings und mir. Lass uns über das Baby sprechen. Erzähl mir, warum die Damen Avery und Somersby vor uns über deinen Zustand Bescheid wussten. Da steckt doch etwas dahinter."

KAPITEL 5

LEIDER LIEß SICH DAS THEMA der Unterhaltung nicht so einfach ändern. Über Venetias Baby würde man sich bis zu seiner Geburt keine Gedanken machen müssen, Helenas „Heirat Hals über Kopf" hingegen war ein äußerst akutes Problem.

Venetia schickte auf der Stelle eine Bekanntmachung an die Zeitungen. Millie und Fitz, die zufällig ein Dinner für den kommenden Abend angesetzt hatten, entschlossen sich, die Gelegenheit als Feier zu Ehren der „Frischvermählten" zu nutzen. Lexington, der ursprünglich nur eine kleine Festlichkeit im August hatte abhalten wollen, sagte, er würde nun die Einladungsliste erweitern und einen Ball auf dem Land veranstalten, um Hastings Aufnahme in die Familie gebührend zu begehen.

Ihr Entgegenkommen führte dazu, dass Helena sich doppelt so elend fühlte. Sie hatte nicht einfach nur ihr Vertrauen missbraucht, sondern das auch noch auf die schlimmstmögliche Weise getan. Doch statt sie zu tadeln, stellten sie sich mit vereinten Kräften hinter sie, sodass niemand es wagen würde, ihr Tun oder ihre gesellschaftliche Stellung infrage zu stellen.

Nichts davon wäre nötig gewesen, wenn sie nur auf Hastings wiederholte Warnungen gehört hätte – und das war die schlimmste Erkenntnis von allen.

Als ihre Geschwister schließlich überzeugt waren, eine gangbare Strategie entwickelt zu haben, durfte Helena in der besten Stadtkutsche des Herzogs mit Hastings zusammen aufbrechen, während ein großer Koffer mit ihren Besitztümern bereits zuvor in einem schlichteren Gefährt losgeschickt worden war.

„Sie werden sich in meinem Haus mehr Mühe geben müssen", sagte Hastings, als die Kutsche sich vom Straßenrand entfernte. „Im Gegensatz zu Ihrer Familie wissen meine Bediensteten nicht, dass Sie sich mit jemand anderem eingelassen haben. Sie werden von einem frisch getrauten Ehepaar weit mehr Enthusiasmus erwarten."

Er klang gelangweilt, als beginne der Reiz des Neuen, sie zur Frau zu haben, bereits zu verblassen. Plötzlich wurde ihr klar: Binnen drei Monaten würde er ihrer vollkommen überdrüssig geworden sein.

Der Gedanke hätte ihr Erleichterung verschaffen sollen, und doch erfüllte er sie mit so etwas wie Entsetzen. „Ich werde den Eindruck vermitteln, vollkommen glücklich zu sein", erklärte sie mit zusammengebissenen Zähnen.

„Tun Sie das. Ich muss meinen Ruf wahren: Man sieht mich nie mit abgeneigten Damen."

„Nein, die heben Sie sich für Romane auf."

„Und verschlossene Türen vielleicht", brummte er. „Aber Sie werden nicht abgeneigt sein. Wenn überhaupt, wird es Ihnen zu sehr gefallen."

Nicht zum ersten Mal drangen die Erinnerungen an ihren Kuss wieder in ihr Bewusstsein. Sie hatte es zu diesem – oder irgendeinem anderen – Zeitpunkt nicht wahrhaben wollen, aber ihr Körper hatte auf ihn reagiert, hatte den Kontakt vollkommen gedankenlos genossen.

Sie hatte Angst vor dieser Gedankenlosigkeit, ihren eigenen heimlichen Gelüsten, die zuließen, dass die intimen Berührungen eines Mannes, den sie zutiefst verachtete, sie derart überwältigten.

„Oh, ich bin sicher, ich werde mich zur Genüge vergnügen, indem ich so tue, als seien Sie jemand anders." Sie ließ ihre Stimme schneidend klingen.

Er schnippte ein unsichtbares Staubkörnchen von seiner Schulter. „Vielleicht nehme ich Sie nur bei völliger Beleuchtung und mit weit offenen Augen."

Langsam glitt sein Blick aus halb geschlossenen Augen über sie. Unendliche Hitze, konzentriert auf einen einzigen Punkt, glomm in ihrem Unterleib auf – während sie überall sonst Eiseskälte spürte.

HELENA HATTE HASTINGS' STADTHAUS SCHON einige Male zuvor betreten – er gab jede Saison ein Dinner, und ihre Geschwister schleppten sie immer mit. Es war ein schönes Haus in einer angesehenen Gegend, repräsentativ, gut geschnitten, und vermittelte eher den Eindruck von Komfort und Beständigkeit, nicht so sehr von überwältigendem Reichtum, auch wenn sein Besitzer sehr vermögend war. Genauer gesagt hatte er reich geerbt. Er hätte sein

Vermögen nach allem, was sie wusste, inzwischen schon verschleudert haben können.

Sie betrat das Haus an Hastings' Arm. Seine Bediensteten, die Spalier standen, um ihr zu gratulieren und sie willkommen zu heißen, schwankten zwischen Verblüffung und Neugier. Sie beschränkte sich auf Nicken und ein halbherziges Lächeln und stützte sich die ganze Zeit auf ihn – wodurch ihr sein Körper zunehmend und auf unbehagliche Weise bewusst wurde. Sein Arm unter ihrer Hand war hart wie Granit. Von Zeit zu Zeit legte er mit besitzergreifender Vertraulichkeit seine Hand auf ihre, und die Wärme dieser Berührung drang durch ihren Handschuh. Schlimmer noch, jedes Mal, wenn er etwas zu sagen hatte, tat er es so, dass seine Lippen dabei ihr Ohr streiften und die zarte Liebkosung seines Atems ihre Nervenenden zu versengen drohte.

Die Haushälterin Mrs McCormick teilte ihr mit, dass ihr Koffer in ihren Gemächern wartete. Sie nutzte die Gelegenheit, um Hastings loszulassen. „Du wirst mich doch entschuldigen, mein Lieber, oder? Ich muss mich um das Einräumen meiner Garderobe kümmern."

Er hob ihre Hand an die Lippen und hauchte ihr einen Kuss aufs Handgelenk, einen ganz kleinen, leicht feuchten Kuss, der ihr einen fast schmerzhaften Schauer empor bis in ihre Schulter jagte. „Natürlich, meine Liebe. Gewöhn dich in deinem neuen Heim ein. Ich lasse uns das Abendessen nach oben bringen."

Sie entkam ihm in dem Wissen, dass dies nur eine kurze Atempause sein würde – dass ihre Atempausen fortan immer kurz sein würden. Mit Mrs McCormick vor sich und zwei Kammerzofen im Schlepptau begab sich Helena nach oben. Sie hatte das Gefühl, als sei die aufgesetzte Freude auf ihrem Gesicht festgefroren. Doch als sie ihr Schlafzimmer betrat, wich diese nicht empfundene Freude rasch echtem Entzücken.

Oberhalb der Vertäfelung waren die Wände des Zimmers nicht tapeziert, sondern bemalt. Einen verwirrenden Augenblick lang hatte sie das Gefühl, auf den Zinnen eines großen Schlosses zu stehen und den Blick über ihr eigenes, privates Königreich schweifen zu lassen. Grüne, terrassenförmig angelegte Hügel erstreckten sich bis zum Horizont, darauf Weinberge und Obstgärten in voller Pracht. Bäche und kleine Wasserläufe ergossen sich in der Ferne in einen blauen See. Karren, voll beladen mit Weinfässern oder

Heuballen, fuhren über die gewundenen Straßen. An einer Wand erhob sich eine golden leuchtende Sonne gerade über den Horizont. Die Farbe des Himmels, genau wie die des Morgenrots – oder auch der Abenddämmerung –, veränderte sich, wenn man den Blick über die Decke schweifen ließ, bis sie an der gegenüberliegenden Wand in ein tiefes Zwielichtblau überging, in dem ein paar Sterne blinkten.

„Meine Güte", murmelte sie. „Wer hat das gemalt?"

„Master Hastings, Mylady", antwortete Mrs McCormick.

Augenblicklich welkte Helenas Begeisterung dahin. Nicht er.

„Sehr hübsch", sagte sie steif. Als sie bemerkte, dass das nicht verliebt genug klang, setzte sie wahrheitsgemäßer hinzu: „Atemberaubend."

Sie verbrachte die nächste Stunde mit Mrs McCormick und den beiden Kammerzofen damit, diese zu unterweisen, wie die verschiedenen Kleider, Blusen und Röcke, die in dem Koffer gekommen waren, den Venetias Zofe für sie gepackt hatte, einzuräumen waren – obwohl es in jenem Augenblick kaum etwas gab, was ihr gleichgültiger war als das Verstauen ihrer Kleider. Aber sie blieb unbeirrbar bei der Sache: Dies war eine jener durch und durch femininen Betätigungen, die jeden Mann auf Abstand hielten.

Nachdem ihre Garderobe keiner Aufmerksamkeit mehr bedurfte, badete sie, und als sie aus dem Badezimmer kam, stand das Abendessen bereit. Zu ihrer Überraschung war Hastings nicht anwesend. Sie wusste nicht, ob das zu ihrer weiteren Erleichterung beitrug oder ob sie beleidigt war.

Das Essen rührte sie kaum an, doch sie konnte nicht umhin, die Wandmalerei mit finsterem Gesichtsausdruck intensiv zu mustern. Sie hätte wohl nicht so überrascht sein sollen. Hastings zeichnete gut. Es gab keinen Grund, warum er nicht auch Ölmalerei studiert haben sollte. Aber allein die Großartigkeit des Werks, seine Erhabenheit und das große Können, das dafür nötig gewesen war, sprachen von einer Hingabe, die sie ihm nicht zugetraut hätte.

Eine Art Déjà vu überfiel sie. Sie war sicher, noch nie in diesem Raum gewesen zu sein. Doch als ihre erste Überraschung verflog, begannen die Wandmalereien ihr wie gute alte Freunde vorzukommen, die sie ein paar Jahre nicht gesehen hatte.

Das Panorama zeigte die Toskana, bekannt durch Renaissance-Meister, die die Landschaften ihres Heimatlandes als das Heilige Land ausgegeben hatten. Es war jedoch kein beliebiger Rundblick über Hügel und Zypressen. Das ockerfarbene Haus mit den grünen Fensterrahmen … Wo hatte sie das schon einmal gesehen? Dasselbe galt für die Leine mit der frisch gewaschenen Wäsche und den kleinen Schrein am Straßenrand, in dem zu Füßen der Jungfrau Maria Ringelblumensträuße lagen.

Ein Zimmermädchen trat ein und räumte Helenas Teller ab. Helena nahm an der Frisierkommode Platz und bürstete sich das Haar. Auf der Kommode stand ein gerahmtes Foto von der Größe ihrer Handfläche, das ein kleines Mädchen mit hellem Haar im Profil zeigte. Sie grübelte einen Augenblick darüber, dann fiel ihr ein, dass es sich um Hastings' Tochter handeln musste.

Es war wohl recht löblich von ihm, sich um das Kind zu kümmern und für sein Wohlergehen zu sorgen. Doch gleichzeitig erzürnte es sie, dass er so viele Sünden auf dem Kerbholz haben konnte – das Zeugen eines unehelichen Kindes mit einer Halbweltdame eingeschlossen – und dennoch in jedem Salon des Landes willkommen war, wohingegen sie den ersten Mann heiraten musste, der bereit war, sie zu nehmen, um nicht für immer von ihrer Familie entzweit zu werden.

„Hübscher Anblick", erklang Hastings' Stimme.

Sie blickte schnell zur Verbindungstür. Er stand in einem schwarzen Morgenmantel im Türrahmen, lehnte mit einer Schulter dagegen.

„Es ist lange her, dass ich Sie mit offenem Haar gesehen habe."

„Sie sprechen von damals, als ich Sie auf meinem Fenstersims erwischt habe und Sie herunterstieß?"

„Das war ein Mordversuch. Ich hätte mir das Genick brechen können."

„Stattdessen haben Sie überlebt und durften die dornige Umarmung der Rosenhecken genießen."

„Ich muss wohl einen Hang zu dornigen Umarmungen haben. Ich wage zu behaupten, dass es keine dornigere gibt als die Ihre." Er stieß sich vom Türrahmen ab und kam zu ihr. „Lassen Sie sich von mir das Haar bürsten."

Ihre Finger schlossen sich fester um die Haarbürste. „Nein, danke."

Sie hätte ihm damit eins übergezogen, hätte er den Versuch gewagt, ihr die Bürste wegzunehmen. Doch er ging nur um sie herum und musterte sie ungeniert von allen Seiten.

Sie holte tief Luft. „Wollen Sie mir etwas sagen?"

„Warum reden, wenn ich schauen kann?"

Seine langsame, affektierte Sprechweise, das Leuchten in seinen Augen, seine Nähe ... es schnürte ihr die Kehle zu.

Er lehnte sich mit einer Hüfte gegen die Frisierkommode. „Tatsächlich muss ich mir selbst widersprechen. Ich habe etwas zu sagen. Was meinten Sie damit, Sie seien noch Jungfrau?"

Sie erhob sich und ging zum Fenster, um Abstand zu ihm zu gewinnen. „Was jede Frau meint, wenn sie sagt, sie sei noch Jungfrau."

Er schnaubte. „Was haben Sie denn dann in all den Nächten mit Martin getan?"

„Angenehme Dinge, die meine Jungfräulichkeit nicht beeinträchtigt haben."

Er hob die Brauen. „Gehörte zu diesen angenehmen Dingen auch Analverkehr?"

Eine andere Frau wäre vielleicht errötet. Sie wurde nur noch wütender. „Nein."

„Ich empfinde es als unvorstellbar, dass Martin eine solche Selbstbeherrschung besitzt. Wie konnte er mit Ihnen im Bett sein und das nicht ausnutzen?"

„Wir behielten beide unsere Kleidung an."

„Auf Ihr Betreiben hin oder auf seines?"

„Seines, aber was spielt das für eine Rolle?"

„Sie hätten sich ausgezogen?"

„Ja, ich hätte mich für den Mann, den ich liebe, gerne ausgezogen."

Er sagte nichts, sondern nahm ihr Creme-Tiegelchen zur Hand, schraubte den Deckel ab und tauchte einen Finger hinein. Sie wusste nicht warum, aber bei dieser Geste errötete sie tief.

Er verrieb die Creme zwischen seinen Fingern. „Nett. Dazu fällt mir später sicherlich noch ein Verwendungszweck ein."

Sie umklammerte mit den Händen das Fenstersims in ihrem Rücken.

Er sah sie an, ein Blick aus halb geschlossenen Augen, den sie dennoch bis in die Zehenspitzen spürte. „Und Sie, meine Liebe, werden die Vorstellung lieben lernen, sich für mich auszuziehen."

*

SIE STAND GANZ STILL, den Blick auf irgendeinen Punkt hinter seinem Rücken gerichtet.

Rothaarige galten als leidenschaftlich und temperamentvoll. Er bezweifelte nicht, dass sie leidenschaftlich war, doch Helena Fitzhugh war immer kühl geblieben, eine Frau, die gerne alles unter Kontrolle hatte.

In diesem Augenblick war sie fast so kalt wie ein Gletscher, was einen scharfen Kontrast zu all dem tizianroten Haar darstellte, das ihr in sanften, schimmernden Wellen um Schultern und Rücken floss. Üblicherweise war er redegewandt, waren ihm Worte ein vielseitiges, formbares Medium, das er übereinanderlegte und ineinanderfließen ließ wie Farben auf einer Palette. Doch wenn es um ihr Haar ging, fiel ihm nichts Phantasievolleres ein als „Feuer" und seine diversen Synonyme.

Flammen. Lohen. Eine Feuersbrunst, die ihn bei lebendigem Leibe verschlingen würde.

Ihr Körper, der da am Fenstersims lehnte, war lang und geschmeidig. Er pflegte sie in ihrer Gegenwart als Giraffe zu bezeichnen, was sie immer als Beleidigung empfunden hatte. Doch eine Giraffe war an sich ein unglaublich schönes Geschöpf, das beredt Zeugnis ablegte von dem Geschick und der Phantasie des Schöpfers.

Noch wenige Stunden zuvor hatte sich dieser Körper an seinen gepresst, waren diese Finger durch sein Haar gefahren.

„Warum?", fragte sie und riss ihn damit aus seiner Träumerei.

Er konnte sich fast nicht erinnern, worüber sie gesprochen hatten. „Warum Sie die Vorstellung lieben lernen sollten, sich für mich auszuziehen?"

„Nein. Warum haben Sie sich überhaupt eingemischt? Wären Sie ein ritterlicherer Mann, hätte ich das vielleicht verstanden. Aber Sie sind kein bisschen ritterlich. Was haben Sie davon?"

Alles, was er tat, tat er aus Liebe zu ihr. Ihre gesamte Familie wusste das. Sie war jedoch entschlossen, es weiterhin nicht zur Kenntnis zu nehmen.

Er dachte an Millies Ratschlag. Sie und ihr Mann waren seit Jahren die besten Freunde gewesen, und dennoch hatte sie gezögert, ihm ihre Gefühle zu offenbaren. Was, wenn sie und Fitz sich ständig gezankt hätten? Wäre sie je ihrem eigenen Ratschlag gefolgt?

„Wenn Sie eine größere Oberweite hätten, hätte ich vielleicht etwas davon gehabt." Er zuckte die Achseln. „Na ja, irgendwann werde ich schon Spaß daran finden, Ihre knochige Gestalt zu begatten."

Sie presste die Lippen zusammen. „Für jemanden, der so wenig an meiner Person interessiert ist, haben Sie ohne Zweifel recht viel Zeit damit verbracht, ein gewisses Maß an Intimität herzustellen."

„Das liegt in der Natur des Mannes. Niemand will wirklich den Südpol erreichen oder die Sahara durchqueren. Wir wollen nur sehen, ob wir es können."

„Ob wir es können", wiederholte sie langsam.

„In der Tat. Sollen wir dann?"

„Sie werden warten, bis wir tatsächlich verheiratet sind", sagte sie kalt.

„Mr Martin musste nicht warten."

„Mr Martin durfte auch nicht wirklich mit mir schlafen."

Er grinste. „Machen Sie mit mir, was Sie mit ihm gemacht haben. Das sollte mir genügen."

Sie holte tief Luft. „Sie sind ein widerliches Schwein, Hastings."

Sie hatte ihn im Laufe der Jahre schon mit wesentlich weniger schmeichelhaften Geschöpfen verglichen, aber etwas in ihrem Tonfall traf ihn. Er war für sie immer nur ein Spiel gewesen, ein etwas anrüchiges Spiel, aber eines, das sie mit Nonchalance und Eleganz spielte. Nun jedoch konnte sie ihm nicht mehr auf die Finger klopfen und von dannen schlendern. Jetzt war er ihre Gegenwart und ihre Zukunft.

Ihre Abscheu war für ihn wie ein Stich ins Herz, ein Gefühl völliger Sinnlosigkeit. Wie immer, wenn ihm war, als trample jemand auf ihm herum, suchte er Zuflucht in noch größerer Frivolität und Abgebrühtheit, den falschen Freunden, die ihn nur noch tiefer in die Verzweiflung führten, die ihn aber zumindest oberflächlich leichtfertig und nonchalant erscheinen ließen.

„Ach, die ‚Pfeil und Schleudern‘, die mich als Lohn meiner Ehrlichkeit treffen", sagte er, auch wenn er kaum merkte, wie ihm die Worte über die Lippen kamen. „Nun gut, dann gebe ich mich mit einer Beschreibung dessen zufrieden, was Sie getan haben."

„Das geht Sie nichts an."

„O doch. Ich muss genau dasselbe tun, wissen Sie. Um seine Fingerabdrücke von Ihrem Körper zu wischen, sozusagen."

Sie lächelte mit arktischer Gewissheit. „Das brauchen Sie nicht einmal zu versuchen. Seine Fingerabdrücke werden immer auf meinem Körper bleiben."

LANGSAM KAM ER AUF SIE zu, und irgendwie vervielfachten sich seine Größe und Breite mit jedem Schritt, genau wie seine Bedrohlichkeit. Zum ersten Mal in ihrer langen Bekanntschaft wurde ihr klar, dass sie ihn nie zornig gesehen hatte. Sie hatte nicht einmal gewusst, dass dieses Gefühl Teil seiner sonst so aalglatten Persönlichkeit war.

Doch seine Stimme war samtig – wenn man eine gepolsterte Abrissbirne denn als samtig bezeichnen konnte. „Ich werde es nicht ‚versuchen' müssen, meine Liebe. Meine Berührung wird die seine ausbrennen."

Sie bekam keine Luft mehr.

„In seinem Bett waren Sie immer leise", fuhr er fort, „aber in meinem werden Sie das nicht sein. Sie werden vor Lust schreien – und zwar immer und immer wieder."

Wenn sie das Fenstersims noch fester umklammerte, würde sie ein Stück abbrechen. „Wenn Sie dann mit Ihrem theatralischen Geschwätz fertig sind … Ich bin müde und möchte mich ausruhen, und zwar allein."

Er ragte über ihr auf, sein Blick war hart. Einen Moment lang dachte sie, er würde ihre Bitte einfach abtun und sie gegen die Wand pressen. Aber im nächsten Augenblick zuckte er die Achseln und war wieder ganz er selbst. Während die Spannung sich löste, verspürte sie in ihrer Brust eine seltsame Leere.

„Natürlich. Angenehme Nachtruhe. Ich bin sicher, eines der Mädchen wird mich nur zu gern an Ihrer statt noch ein paar Stunden unterhalten."

Plötzlich war sie es, die sich ihm näherte und ihm den Finger gegen die Brust stieß. „Ich kann Sie nicht daran hindern, Ihre Affären zu haben, aber ich werde keine Techtelmechtel mit dem Personal dulden."

„Das ist schrecklich. Sie sind solch ein bequemer Quell der Befriedigung, diese Mädchen. Man muss nicht einmal außer Haus gehen."

„Sie werden die Finger von den Mädchen lassen."

„Gut. Was ist mit der Haushälterin?"

Mrs McCormick war noch recht jung, erst Ende dreißig. Helena verzog das Gesicht. „Mrs McCormick auch nicht."

Hastings seufzte, als stelle ein unvernünftiges Kleinkind seine Geduld auf eine harte Probe. „Können wir eine Abmachung treffen? Sie dürfen sich mit meinen Dienern vergnügen, während ich mit den Hausmädchen schäkere – vorausgesetzt natürlich, ich darf zusehen."

Sie hoffte, dass er scherzte. Doch Hastings war ein solches Schwein, dass sie es durchaus für möglich hielt, dass er wirklich auf ein solch unsittliches Arrangement hoffte.

„Nein. Auch nicht mit Ihren Lakaien, Ihren Kutschern, Ihren Gärtnern oder irgendjemandem sonst vom Personal."

„Mein Gott, Sie verwandeln sich in Mrs Monteth."

„Vergleichen Sie mich nicht mit dieser Harpyie. Ich habe kein Interesse daran, Sie bloßzustellen. Aber ich werde das Personal vor Ihren Übergriffen beschützen."

Es war ihr nicht richtig bewusst gewesen, doch sie hatte sich auf ihn zubewegt und er war rückwärts gewichen, und nun standen sie beide wieder an ihrem Ausgangsort, der Frisierkommode, auf der sich das Bild seiner Tochter befand, die auf der Fotografie klein und brav aussah.

Das arme Mädchen musste in einem derart verderbten Haushalt aufwachsen.

„Wann treffe ich Miss Hillsborough?"

Er schaute perplex ob des plötzlichen Themawandels – und ausnahmsweise einmal ehrlich überrascht. „Sie meinen meine Tochter? Sie möchten sie treffen?"

„Natürlich möchte ich sie treffen. Ich bin forthin für ihre Erziehung verantwortlich."

„Sie haben noch nie nach ihr gefragt."

„Ihr uneheliches Kind ist kein Thema, das anzusprechen sich für eine unverheiratete Frau geziemt. Aber das ist nicht der Fehler Ihrer Tochter, sondern allein Ihrer. Sie kommt in ein Alter, in dem sie gute Unterweisung schrecklich dringend benötigen wird – oder zumindest jemanden, der ihr den Anblick erspart, wie Sie mit ihrem Kindermädchen kopulieren."

„Ich kopuliere nicht mit Beas Kindermädchen – jedenfalls nicht vor ihren Augen. Es langweilt sie schrecklich, und zudem beeinträchtigt es meine Stimmung, wenn sie ohne Unterlass fragt, wann ich fertig bin."

Seine Oberflächlichkeit und Frivolität waren wieder an Ort und Stelle. Sie wusste nicht, ob sie erleichtert oder verwirrt sein sollte.

„Wann treffe ich sie?"

„Wir können London verlassen, sobald das Dinner Ihres Bruders stattgefunden hat. Es würde ohnehin seltsam wirken, wenn wir weiterhin in der Stadt blieben."

„Das ist akzeptabel. Gute Nacht, Lord Hastings."

Er nickte. „Lady Hastings."

An der Verbindungstür drehte er sich jedoch um. „Eine erfahrene Jungfrau, meine Liebe – Sie sind ein fleischgewordener Traum. Ich werde die ganze Nacht an Sie denken."

„DU SCHLÄFST ÜBERHAUPT NICHT MEHR in deinem eigenen Bett", zog Millie Fitz auf.

Ihr schönes Gesicht und die hinreißenden Augen … er konnte nicht genug davon bekommen, sie anzusehen. Er nahm eine Strähne ihres Haars und hielt es sich an die Lippen. „Was für ein Jammer. Und dabei mag ich mein eigenes Bett doch auch so gern."

Sie hob eine Braue. „Ich habe eine Idee: Von Zeit zu Zeit können wir beide in deinem Bett schlafen."

Er strich ihr mit dem Ende der Haarsträhne über die Nase und hob ebenfalls eine Braue. „Bedeutet das, dass du tatsächlich nachts in mein Gemach kommen, mich ausziehen und Befriedigung verlangen wirst?"

Sie fuhr ihm mit einem Finger über den Oberkörper. „Ich dachte, ich hätte das bereits getan – zwei Mal –, als wir im Urlaub waren."

„Dass es ein drittes Mal geben wird, erstaunt mich dennoch. Du hast beinahe acht Jahre lang nicht enthüllt, wie innig der Wunsch in dir gebrannt hat, mich zu verführen."

„Dann habe ich erst recht einen Grund, es so oft und so schamlos wie möglich zu tun."

Er lachte zärtlich. „Soll ich dir noch einmal sagen, wie durch und durch glücklich ich bin?"

Sie rieb die Innenseite ihres Handgelenks an seinen Bartstoppeln. „Obwohl Helena den heutigen Tag beinahe ruiniert hätte?"

„Du machst dir nicht immer noch Vorwürfe, oder?"

„Lass dir versichert sein, Liebster, dass ich mich nach meiner Reise nach Amerika, nachdem ich Helena diese Saison durch die ganze Stadt geschleift habe, damit sie niemals allein ist, nicht so schuldig fühle, wie ich es vielleicht sollte. Meine Mutter pflegte immer zu sagen, ‚einen entschlossenen Tunichtgut kann man nicht aufhalten'."

„Und deine Mutter, Gott hab sie selig, hatte immer recht."

„Aber ich mache mir Sorgen. Helena wird Hastings so gut sie kann ignorieren, und Hastings … würde sich eher lebendig begraben als ignorieren lassen."

Fitz schüttelte den Kopf. „Die zwei. Ich werde morgen ein ernstes Wort mit ihm reden."

„Ich habe bereits ein ernstes Wort mit ihm geredet, im letzten Telegramm, das ich ihm geschickt habe. Aber ich nehme nicht an, dass er sich meinen Ratschlag zu Herzen genommen hat."

„Du wärst demselben Ratschlag auch nicht bereitwilliger gefolgt, wenn er ihn dir vor ein paar Wochen gegeben hätte."

„Das stimmt, aber ich habe mich verändert. Ich stehe nun offen zu meinen Gefühlen, und zwar", sie räusperte sich theatralisch, „bin ich felsenfest entschlossen, die Freude und das Licht deines Lebens zu sein."

Er musste unweigerlich lächeln: Welches Glück er doch hatte, wie privilegiert er war, in dieser Nacht mit ihr zusammen sein zu können, und für immer und ewig. „Komm her, Freude und Licht", raunte er. „Lass dich von mir im Arm halten."

HASTINGS WÜNSCHTE SICH SEHNLICHST, mit dem Kopf gegen den Bettpfosten zu schlagen. Zu einem anderen Zeitpunkt hätte er das vielleicht getan, doch Helena war im benachbarten Zimmer. Sie würde sofort annehmen, dass er sich ihrer Anordnung widersetzte und absichtlich laut ein Dienstmädchen beglückte, wenn sie irgendwelche verdächtigen Geräusche aus seinem Zimmer hörte. Er war beinahe versucht, sein Bett zum Quietschen zu bringen, nur um zu sehen, ob sie vor Wut seine Tür eintreten würde.

Er hatte sich in keiner Weise vorgestellt, dass es so sein würde, wenn er sie schließlich im Zimmer der Dame des Hauses hatte. Zu dieser Stunde der Nacht hätten sie beide, erschöpft vom Liebesakt, unter die Decke gekuschelt liegen sollen, flüsternd und kichernd wie Kinder, die einander schmutzige Witze erzählten, nahezu unmögliche Sexstellungen beschreibend, die sie auszuprobieren planten, sobald sie wieder genug Kraft geschöpft hatten.

Eine solche Zukunft hätte sich nicht weiter entfernt anfühlen sollen denn je.

KAPITEL 6

HASTINGS HATTE SEINE BEDIENSTETEN ANGEWIESEN, die neue Dame des Hauses bis acht Uhr am Morgen unbehelligt zu lassen. Sie war jedoch bereits bei Tagesanbruch wach, bewegte sich in ihrem Zimmer – so nah und doch so unerreichbar.

Er wusch sich, zog sich an und betrat nach einem kurzen Klopfen ihre Gemächer. Sie war nicht in ihrem Schlafzimmer, sondern im Wohnraum, stand in ihrem Ausgehkleid vor einem Bücherregal und inspizierte die nebeneinander aufgereihten Werke. Die Titel standen dort, weil sie entweder irgendwann eine Vorliebe dafür zum Ausdruck gebracht hatte oder er auf Basis dessen, was er über ihren Geschmack wusste, geschlussfolgert hatte, dass sie daran Gefallen finden würde.

Als sie sich beim Klang seiner Schritte umdrehte, hatte sie tatsächlich einen leicht verwunderten Gesichtsausdruck. „Wer hat diese Bücher hier hereingestellt?"

Er zuckte die Achseln. „Wer weiß? Vielleicht quoll das Arbeitszimmer über, und die Angestellten haben das Regal benutzt, um der Flut Herr zu werden?"

„Verstehe." Sie stellte das Buch mit Sapphos Gedichten zurück, das sie in der Hand gehalten hatte. „Was tun Sie hier?"

„Ich dachte, es wäre nicht verkehrt, sich nach unserer Hochzeitsnacht freundlich guten Morgen zu sagen – und ein paar Tropfen meines Bluts für das Laken zu opfern, um Ihren Ruf zu wahren."

„Das habe ich längst getan."

„Ach?"

„Vergewissern Sie sich doch."

Er ging in ihr Schlafzimmer, hob das Federbett und verzog beim Anblick der verschmierten Blutstropfen auf dem Laken das Gesicht. „So würde es nur aussehen, wenn ich Ihr Jungfernhäutchen mit einem Messer zerstochen hätte."

Sie erschien in der Türöffnung. „Was meinen Sie?"

„Wenn ein Mann auf natürlichem Wege ein Jungfernhäutchen zerstört, befindet sich nie nur Blut auf dem Laken."

„Es gibt nichts, was ich diesbezüglich tun kann."

„Ich schätze, ich muss meinen Teil zu den Flecken beitragen."

Sie zog die Mundwinkel angewidert nach unten. „Wie Sie wollen. Ich bin unterwegs."

„Wohin gehen Sie so früh?"

„Meine Familie besuchen. Sie möchte sicher gern erfahren, dass mir das Eheleben nicht schrecklich schlecht bekommen ist – und ich werde dahingehend lügen."

Etwas an ihrem Gebaren ließ ihn fragen: „Und dann?"

Sie sah ihn kaum an, sprach vielmehr zum Türrahmen. „Dann habe ich vor, Mr Martin zu treffen. Am liebsten in den Büroräumen von Fitzhugh & Company. Wenn nötig bei ihm zu Hause."

Er fühlte sich, als hätte ihn jemand geohrfeigt. „Um zu beenden, wofür gestern keine Zeit mehr blieb?"

„Mr Martin wird sich Sorgen um mich machen. Er wird sich Vorwürfe machen. Ich will ihm versichern, dass es mir gut geht, öffentliche Hochzeit hin oder her."

„Er sollte sich auch Vorwürfe machen. Hätte er sein Wort gehalten, wären Sie nicht in die derzeitige Zwangslage geraten."

„Wenn er es nicht getan hat, dann nur, weil ich ihn davon überzeugt habe, es nicht zu tun."

„Warum übernehmen Sie weiter die Verantwortung für sein Tun?"

„Er bedeutet mir etwas, und daher werde ich alles tun, was in meiner Macht steht, damit er glücklich ist, ein Konzept, dass Ihnen sicher vollkommen fremd ist."

„Eines, das Mr Martin kein bisschen weniger fremd ist. Was hat er je dafür getan, dass Sie glücklich sind? Denken Sie gut nach, bevor Sie antworten. Dass er sich Ihren Wünschen gefügt hat – dass er sich den Wünschen eines jeden fügt –, bereitet ihm keinerlei Mühe."

Er war froh, einen Funken Zweifel in ihren Augen zu sehen, doch als sie erneut das Wort ergriff, klang ihre Stimme so überzeugt wie immer. „Es ist meine Entscheidung, ob Mr Martin genug für mich getan hat."

„Und es ist an mir zu entscheiden", hörte er sich sagen, „ob eine Frau, die ein Treffen mit einem Mann plant, der sie kompromittiert hat, nicht zu dumm und zudem von zu fragwürdiger Moral ist, um meine Tochter zu treffen oder gar Einfluss auf ihr Leben zu nehmen."

HASTINGS SAß ZUSAMMENGESUNKEN IN FITZ' Arbeitszimmer, die Hand über den Augen.

Gottseidank trank Fitz seinen Kaffee und ließ Hastings in Ruhe.

Für ungefähr eine Viertelstunde.

„In Ordnung, David, du hast genug Trübsal geblasen", erklärte Fitz, während er seine Tasse abstellte.

Widerwillig nahm Hastings die Hand herunter und setzte sich aufrecht hin. „Ich habe dir noch nicht ausdrücklich dazu gratuliert, oder, Fitz, in Bezug auf die Ehe die richtige Wahl getroffen zu haben und aufgrund dessen selig und zufrieden zu sein?"

Fitz lachte. „Danke. Obwohl es in der Rückschau keine Wahl war, sondern eine Kette richtiger Entscheidungen."

Hastings seufzte. „Ich fürchte, dasselbe lässt sich über Helena und mich sagen, Jahre, in denen ich mich alles andere als herausragend verhalten habe, was bis zum heutigen Tag andauert."

„Meine Frau würde dir raten, ihr bei der ersten sich bietenden Gelegenheit deine Liebe zu gestehen und es dabei zu belassen. Wenn du dich aber dagegen sträubst – und irgendwas sagt mir, dass du das tust –, dann wäre es vielleicht keine schlechte Idee, wenn du einfach damit aufhören würdest, Helena ständig herauszufordern. Ich weiß, dass du in ihrer Gegenwart den Verstand verlierst, aber in deinem Alter ist das keine ausreichende Entschuldigung mehr. Wenn du ihre Bewunderung willst, kannst du nicht weiter alles dafür tun, dir ihre Verachtung zu verdienen. Gestatte ihr, dich zu meiden. Gib ihr Zeit. Zeig ihr, dass du nicht nur eine Anhäufung von Beleidigungen und anzüglichen Anspielungen in maßgefertigten Schuhen bist."

Hastings musste unweigerlich lächeln. „Du hast natürlich recht, und ich hatte es nötig, den Kopf gewaschen zu bekommen."

„Geduld, mein Freund", sagte Fitz. „Rom wurde nicht an …"

Es klopfte.

„Ja", rief Fitz.

Cobble, sein Butler, deutete eine Verneigung an. „Mr Andrew Martin ist hier, um Sie zu sehen, Sir. Werden Sie ihn empfangen?"

*

71

„ARMES MÄDCHEN", BEMERKTE VENETIA, die Duchess of Lexington, als sie am Fenster ihres Gesellschaftszimmers stand und dabei zusah, wie Helenas Kutsche vom Bordstein rollte.

„Sie wirkte recht niedergeschlagen." Ihr Mann legte ihr die Hand auf den Rücken. „Auch wenn sie unter großer Anstrengung versucht hat, uns vom Gegenteil zu überzeugen."

„Ich hoffe, das Dinner heute Abend zehrt nicht zu sehr an ihren Kräften." Venetia schlang einen Arm um seine Taille. „Außerdem vielen Dank, Liebster, dass du ihnen dein Haus in den Highlands für ihre Hochzeitsreise angeboten hast."

„Sie können sich dort legendäre Gefechte liefern, ohne dass es jemand mitbekommt", sagte Lexington trocken. „Abgesehen davon habe ich deine Schwester recht gern. Wenn sie nicht so einen Unfug machen würde, wärst du nie in Harvard bei meiner Vorlesung gewesen. Wenn es also je etwas gibt, das ich für sie tun kann, mein Liebling, musst du nur ein Wort sagen."

„Hm." Venetia schmiegte ihre Wange an die leichte Wolle seines Rocks. „Ich weiß nicht, was wir im Moment für sie tun können, außer abzuwarten. Allerdings gibt es wesentlich mehr, das für mich getan werden kann, die zarte werdende Mutter, die mir nichts dir nichts in eine Situation gebracht wurde, die ihr sehr viel abverlangt."

„Ah", sagte er mit einem Lächeln. „Ich habe gestern Nachmittag einen Brief vom British Museum of Natural History erhalten. Aber nachdem das Schicksal deiner Schwester unseren gesamten Abend überschattete, hatte ich das völlig vergessen."

Ihr Herz schlug vor Aufregung schneller. Sie liebte das Naturkundemuseum über alle Maßen. „Wirklich? Was steht in dem Brief?"

„Nur, dass soeben eine ganze Ladung riesiger Saurierknochen eingetroffen ist und man sich freuen würde, wenn wir in Ruhe einen Blick darauf werfen wollen. Soll ich eine Nachricht schicken und einen Termin für zehn Uhr vereinbaren?"

„Ja. Ja", entgegnete sie. „Nichts erfreut und besänftigt eine zarte werdende Mutter mehr als Kisten über Kisten voller riesiger Dinosaurierüberreste."

Er lachte. „Ich hätte nie gedacht, dass ich mal eine Frau haben würde, die sich mehr darüber freut, ins Naturkundemuseum zu gehen als ich."

„Und wie froh du doch darüber bist, Liebster." Sie küsste ihn auf die Lippen. „Nun geh diese Mitteilung schreiben, und ich werde mich so schnell ausgehfertig machen, wie ich kann."

MARTIN WAR GEKOMMEN, UM SICH zu geißeln. Er verhielt sich genau so, wie man es von einem Büßer erwartete, war demütig, voller Reue und nahm jegliche Schuld auf sich. Hastings blieb jedoch unbeeindruckt. Martin hätte die Grenze schon beim ersten Mal unter keinen Umständen überschreiten dürfen. Nachdem er dann Fitz sein Wort gegeben hatte, hätte er sie wiederum nicht ein weiteres Mal überschreiten dürfen.

Vielleicht, so dachte Hastings grimmig, war er aber auch nur wütend, weil Martin bei einem neuerlichen Rückfall mit seiner Ehefrau im Bett landen würde.

Martin redete noch immer. „Miss ... Lady Hastings beharrte darauf, dass ich keine Entscheidungen für sie treffen dürfte. Sie bat mich, nicht nur an ihren Ruf zu denken, sondern auch an ihr Glück. Ich war fürchterlich hin- und hergerissen. Einerseits hatte ich Ihnen mein Wort gegeben, Sir. Andererseits hatte ich zu einem früheren Zeitpunkt auch ihr mein Wort gegeben, alles in meiner Macht Stehende zu tun, um sie glücklich zu machen, und da war sie und forderte, dass ich mich an dieses Versprechen hielt. Als mich ein Telegramm erreichte, das von ihr zu kommen schien ... ich fürchte, da hallten ihre Worte lauter als Ihre in meinen Ohren wider."

Er hielt inne, biss sich auf die Lippen und schien Fitz' und Hastings' Reaktionen einschätzen zu wollen. Hastings schwieg. Martin war nicht gekommen, um mit ihm zu sprechen.

„Ich kann Ihre Taten nicht gutheißen, ebenso wenig wie die meiner Schwester", erklärte Fitz. „Ich kann nur hoffen, die Tatsache, dass sie gemeinsam dafür gesorgt haben, dass sie nun wahrhaftige Konsequenzen zu tragen hat, ist Ihnen Strafe genug, Mr Martin."

Fitz' Worte waren nicht angenehm, aber sie waren gerecht. Martin wurde puterrot. Hastings wandte den Blick ab. Martins Erniedrigung brachte ihm keine Freude. Tatsächlich fühlte er sich fast so unwohl wie Martin selbst, da er die „wahrhaftigen Konsequenzen" war, die Helena widerfahren waren.

„Was geschehen ist, ist geschehen", fuhr Fitz fort. „Meine Schwester wird Lady Hastings werden. Auf mehr als diese Rettung hätte man unter den gegebenen Umständen nicht hoffen können.

Ich vertraue darauf, dass Sie diesbezüglich äußerste Verschwiegenheit wahren."

„Natürlich, gewiss." Martin katzbuckelte fast. „Und meine Glückwünsche für Sie, Lord Hastings."

Hastings verweigerte ihm eine Antwort. Martin, dessen Gesicht einen noch tieferen Rotton angenommen hatte, murmelte eine Verabschiedung und verließ den Raum.

Hastings öffnete seine geballte Faust. „Was für ein Wicht."

Fitz seufzte. „Er mag ein Wicht sein, aber vergiss nicht, David: Nicht er steht dir im Weg, sondern du selbst."

HELENA WAR GERADE VOR FITZ' Haus angekommen, als sie Andrew hinter einer Ecke verschwinden sah. Ein stechender, tiefer Schmerz durchbohrte ihr Herz. Sie hob ihren Rock ein Stück an und wollte ihm nachgehen, als jemand sie am Arm festhielt.

„Lassen Sie ihn gehen", sagte Hastings. „Es geziemt sich wohl kaum für meine Frau, einem anderen Mann auf der Straße hinterherzulaufen."

„Das ist ganz allein Ihre Schuld. Mr Martin und ich hätten einander in einer angemesseneren Weise begegnen können, doch Sie mussten mich ja mit Ihrer Tochter erpressen. Wenn Sie also glauben, ich würde ein zufälliges Treffen nicht ausnutzen, sollten Sie für Ihre dämliche Arroganz von einem Omnibus überfahren werden."

Sie riss sich los und rannte. Bittersüße Erinnerungen schossen ihr durch den Sinn: Andrews ängstliches Geständnis vor langer Zeit, dass er hoffte, ein Buch zu schreiben, das es wert war, von ihr veröffentlicht zu werden. Gepresste Blüten, die aus einem seiner Briefe auf ihre Füße rieselten, eine für jeden Tag, den sie getrennt gewesen waren. Ein Spaziergang an der Küste Norfolks, bei dem Andrew ihr erzählte, es sei sein sehnlichster Herzenswunsch, mit ihr noch auf diesen rauen und unsagbar schönen Klippen zu wandeln, wenn er ein alter Mann wäre und sie in Stühlen hergetragen werden müssten. Hand in Hand dazusitzen, während sie gemeinsam aufs Meer blickten, wenn sie das Alter zu schwach gemacht haben würde, selbst zu gehen.

Sie bog um die Ecke, konnte ihn jedoch nirgends sehen. Dann, als hätte sie ihn heraufbeschworen, entdeckte sie ihn auf der anderen Straßenseite.

Sie lief auf die Straße und tat ihr Bestes, nicht laut seinen Namen zu rufen. Er ging langsam. Sie verkürzte den Abstand zwischen ihnen. Er hatte sie noch nicht bemerkt.

Dann tat er es. Er drehte sich um. Schreie waren zu hören. Auch er schrie. Blankes Entsetzen stand ihm ins Gesicht geschrieben.

Viel zu spät sah sie, dass sie einer vierspännigen Kutsche direkt in den Weg gelaufen war. Der Kutscher versuchte verzweifelt, die Pferde zu zügeln, doch die vorderen stiegen bereits, ihr Wiehern ging im Lärm der Straße unter.

Das Letzte, was sie sah, war ein Huf von der Größe eines Tellers, der direkt auf sie zukam.

KAPITEL 7

DIE STILLE NAHM HASTINGS DEN ATEM.

Im Vergleich zum Chaos und der blanken Angst am Morgen – als er vor Helenas leblosem Körper kniete, den stechenden Geruch ihres Blutes in der Nase hatte, als die Schreie der versammelten Menschenmenge anschwollen wie seine Panik, das Wiehern der noch immer scheuenden Pferde in seinen Ohren hallte – hätten ihm die Ruhe und Ordnung wie das Paradies vorkommen müssen.

So war es auch für eine Weile gewesen. Nachdem sie unter Miss Redmaynes Aufsicht zurück in Fitz' Haus gebracht worden war, nachdem das Speisezimmer in eine Notambulanz verwandelt worden war, um die Wunde an ihrem Kopf zu nähen, nachdem Miss Redmayne jedem versichert hatte, dass keine unmittelbare Gefahr für Helenas Leben bestand, hatte sich Hastings, noch immer zitternd, aber über alle Maßen erleichtert, hingesetzt, um darauf zu warten, dass sie aufwachte.

Er hatte gewartet und gewartet und gewartet. Er hatte das Angebot eines zweiten Frühstücks ebenso abgelehnt wie das Mittagessen und den Tee – letzteren zweimal. Beim dritten Mal hatte Millie das Tablett auf seinem Schoß abgesetzt und ihm unmissverständlich klar gemacht, dass er zu essen hatte oder andernfalls des Hauses verwiesen werden würde.

Helena, deren Gesicht geschwollen und von einem großen Bluterguss verunstaltet war, lag mit einem weißen Verband um den Kopf ganz friedlich da. Viel zu friedlich. Von Zeit zu Zeit hob Venetia ihr linkes Handgelenk und fühlte den Puls, wobei sie sich immer auf die Unterlippe biss. Sie hielten den Atem an – und holten erst wieder Luft, wenn Venetia nickte und ihnen damit bedeutete, dass alles unverändert war, wenn auch nicht gut, dann wenigstens nicht schlimmer.

Jemand kam, um Hastings das Teetablett abzunehmen. Er wusste nicht, ob er etwas gegessen hatte oder das Tablett nur für eine Weile in seiner Obhut verblieben war. Die Hand seiner Frau fest umklammert, saß Fitz am Bett. Venetia, die noch immer die beiden unterschiedlichen Schuhe trug, in denen sie am Morgen eingetroffen war, hatte eine Hand auf dem Ärmel ihres Mannes und in der anderen ein Taschentuch.

Eine rege Unterhaltung war entbrannt, nachdem sie sich das erste Mal gefragt hatten: „Sollte sie nicht längst wach sein?" Sie hatten die Krankenschwester gelöchert, die Miss Redmayne im Zimmer stationiert hatte. Diese hatte ihnen versichert, dass Miss Redmayne keinerlei Narkotika, sondern nur ein leichtes Schmerzmittel verabreicht habe. Es befanden sich weder Morphium noch Opium in Lady Hastings' Körper, die ein Aufwachen verhindern könnten. Doch ja, sie hatte wahrscheinlich eine Gehirnerschütterung, daher würden sie also vielleicht etwas länger warten müssen.

In der vergangenen Stunde hatte niemand ein Wort gesagt.

„Würde es jemandem etwas ausmachen, wenn ich ihr vorlese?", brach Hastings schließlich die Stille.

Einen Moment lang antwortete niemand, dann wischte sich Venetia mit dem Taschentuch die Augen und sagte: „Nur zu."

Er saß neben dem kleinen Regal. Ihre Kleider hatte man in sein Haus gebracht, doch die Besitztümer, die ihr wirklich etwas bedeuteten, ihre Bücher, waren hiergeblieben. Er zog das nächstgelegene Buch heraus, schob seinen Stuhl neben ihr Bett und begann zu lesen.

„„ICH WERDE IMMER WIEDER GEFRAGT: ‚Soll ich mich in Unkosten stürzen und mein Manuskript mit der Maschine schreiben lassen?' Ja, ohne Zweifel. Die Vorteile, die das Schreiben mit der Maschine im Gegensatz zur alten Methode des Schreibens mit dem Stift mit sich bringt, sind mannigfaltig. Erstens erhöht sich die Schreibgeschwindigkeit. Handschrift wird unleserlich, sobald mehr als zwanzig bis dreißig Wörter pro Minute geschrieben werden. Mit der Schreibmaschine kann man fünfzig bis sechzig Wörter erreichen, und diese Geschwindigkeit kann für einige Stunden aufrecht erhalten werden, ohne dass der Bediener einen ‚Schreibkrampf' erleidet. Eine eindeutige Ersparnis von vierzig Minuten pro Stunde bedeutet echten finanziellen Gewinn.'"

„Sie sagen, sie hat das selbst geschrieben?", fragte Lexington.

Hastings nickte. „Ja, und es Ende letzten Jahres veröffentlicht, um Autoren die Abläufe des Verlagsgeschäfts näherzubringen."

Er hatte sie dafür aufgezogen, wie er es bei jeder ihrer Anstrengungen getan hatte, und ihr gesagt, dass es einfachere Wege als die Gründung eines eigenen Verlags gab, wenn sie lediglich einen Verleger für sich selbst suchte.

Beim Gedanken daran, dass er es für möglich gehalten hatte, dass sie sich in ihn verliebte, während er die Verkörperung widerlicher Selbstgefälligkeit mimte, wand er sich innerlich.

Er sah sie an. In den vergangenen zehn Stunden, seit sie zurück in ihr Zimmer gebracht worden war, hatte sie nicht viel mehr als ein Wimmern von sich gegeben. Träumte sie, oder war ihr Geist ganz und gar in anderen Gefilden?

„„Zweitens kommt es zusätzlich zur immensen Zeitersparnis beim Schreiben mit der Maschine zu einer wesentlich besseren Lesbarkeit und Klarheit, die auch die gestochenste Handschrift nicht erreichen kann. Drittens kann man unter Verwendung von Durchschlagpapier bis zu sieben Exemplare auf einmal erstellen, zwanzig beim Gebrauch dünnen Durchschlagpapiers und zwei- bis dreitausend mithilfe von Vervielfältigungsmatrizen.'"

„Das wusste ich nicht", sagte Millie. „Worüber schreibt Helena sonst noch?"

„Werbung, den gesamten Produktionsablauf und alles, was es beim Teilen der Kosten und Gewinne zu bedenken gibt."

Venetia betupfte sich nochmals die Augen. „Sie ist sehr gut in ihrem Beruf, nicht?"

„Helena ist immer sehr gut in allem, was sie tut", erklärte Fitz. Auch in seinen Augen funkelten Tränen.

Sie sprachen im Präsens über sie – natürlich taten sie das. In Hastings' Ohren hatten ihre Worte jedoch genau den Klang, den man in einer Trauerrede hörte. Er fühlte sich wie eine leere Hülle, in der nur Angst war.

„Tut mir leid", sagte Millie. „Ich wollte Sie nicht unterbrechen. Bitte, fahren Sie fort."

Er rieb sich mit dem Handballen die Stirn. „Sie hätte längst wach werden sollen."

„Nicht nur Miss Redmayne sagte, dass ihr Leben nicht in unmittelbarer Gefahr ist", erinnerte ihn Venetia, obgleich Angst auch ihre Stimme färbte. „Fitz' Arzt, Lexingtons und Ihr eigener – sie alle haben dasselbe gesagt."

Er wusste, was sie gesagt hatten – Worte, die der Angst in seinem Inneren nichts entgegenzusetzen hatten.

„Es gibt einen Spezialisten für diese Art Trauma mit sehr gutem Ruf in Paris", sagte Lexington ruhig. „Soll ich ihm ein Telegramm schicken?"

Hastings wandte sich dankbar Lexington zu. „Ich wäre Ihnen sehr verbunden. Ich möchte sichergehen, dass wir alles in unserer Macht Stehende für sie tun."

Der Franzose würde aller Wahrscheinlichkeit nach auch nicht mehr tun können als die Mediziner in London. Nach ihm schicken zu lassen würde aber wenigstens den Anschein erwecken, dass etwas getan werden konnte, und so die Sinnlosigkeit des Wartens lindern.

„Ich werde das Telegramm aufsetzen", sagte Lexington. „Dürfte ich um Stift und Papier bitten, Lord Fitzhugh?"

„Nenn mich Fitz. Ich zeige dir mein Arbeitszimmer. Venetia, warum kommst du nicht mit nach unten? Du hast den ganzen Tag nichts gegessen. Das kann für das Kind nicht gesund sein. Millie, du auch."

„Ich bleibe", sagte Hastings. „Ich bin noch satt vom Teeimbiss."

Fitz legte Hastings eine Hand auf die Schulter. „Wir sind bald zurück."

Der Raum leerte sich, nur die Krankenschwester blieb. „Möchten Sie zu Abend essen, Schwester Jennings?", fragte Hastings.

„Oh, nein danke, Eure Lordschaft, ich hatte eine reichliche Mahlzeit zum Tee", antwortete die Angesprochene. Sie hatte eine tiefe, kratzige Stimme. „Aber wenn es Ihrer Lordschaft nichts ausmacht, würde ich gerne ein paar Minuten frische Luft schnappen."

„Es macht mir ganz und gar nichts aus."

„Ich werde nicht länger als fünf Minuten weg sein."

Als Schwester Jennings gegangen war, richtete er den Blick wieder auf Helena. „Ich glaube, die Schwester hat sich nach einer Zigarette gesehnt", teilte er ihr mit.

Sie blieb so still und regungslos wie Dornröschen, gefangen in einem verwunschenen Schlaf.

„Wach auf, Helena. Wach auf."

In ihrem Antlitz regte sich nichts.

Er kämpfte eine unverhoffte Woge Tränen nieder und sah hinab auf das Buch in seinen Händen. „Ich habe … ich habe die Stelle verloren. Was willst du hören? Den Abschnitt über Werbung in Büchern? Den Nutzen und Schaden von Buchbesprechungen? Händlerpreise und Nachlässe?"

Es spielte keine Rolle. Sie kannte all das längst. Es waren ihre Worte, ihre Expertise. Er dachte nur – idiotisch von ihm –, dass sie die bedrückende Stille ebenso hassen würde wie er.

Behutsam nahm er ihre Hand. „Komm, wach auf. Sag mir, ich soll meine Hände bei mir behalten. Sag mir, ich soll das Zimmer verlassen. Sag mir …"

Er konnte die Tränen nicht länger zurückhalten. Mit ihnen kamen die Worte, die er ihr in seinem ganzen Leben nie hatte sagen können. „Ich liebe dich. Ich habe dich immer geliebt. Wach auf und lass es mich dir beweisen."

VIERUNDZWANZIG STUNDEN SPÄTER WAR SIE noch immer bewusstlos.

Die Hämatome in ihrem Gesicht hatten sich lila und grün gefärbt. Die Schwellung begann abzuklingen, doch ihre Wangen und fest geschlossenen Augen begannen eingefallen auszusehen. Es war ihnen nicht gelungen, ihr viel Wasser zu geben, geschweige denn etwas zu essen.

Sie war immer schmal gewesen, doch hatte ihr eine energiegeladene Stärke innegewohnt – etwas, das mehr war als ihr Körpermaß. Nun sah sie zum ersten Mal, seit er sie kannte, zerbrechlich aus, als würde sie davontreiben, vermochte die Decke sie nicht an Ort und Stelle zu halten.

Hastings stand in einer Ecke des Raumes, die Arme verschränkt, mit einer Schulter an die Wand gelehnt. Er hatte aufgehört, ihr Buch über das Verlagswesen zu lesen. Er hatte die gesamte Tageszeitung vorgelesen. Er war seiner eigenen Stimme überdrüssig geworden. Venetia stand draußen im Flur und schluchzte in den Armen ihres Ehemannes. Fitz hatte ebenso gerötete Augen wie Millie. Hastings hatte nicht noch einmal geweint, war aber dazu übergegangen, starke Alkoholika zu sich zu nehmen, allerdings so, dass Fitz es nicht sah, der Hastings angehalten hatte, keine Flasche in seine Reichweite zu lassen, da er so versucht war wie schon seit Jahren nicht mehr.

Weitere der besten Mediziner Londons waren gekommen, um sich die Patientin anzusehen, ebenso wie der Experte aus Paris. Sie hatten alle dasselbe gesagt: Die Familie müsste sich gedulden. Lexington hatte einen weiteren Arzt aus Berlin herbeordert, Hastings bezweifelte aber, dass dieser eine andere Diagnose stellen würde.

Hin und wieder zitterte und murmelte Helena, und dann eilten alle an ihr Bett und riefen gleichzeitig ihren Namen, flehten sie an aufzuwachen. Doch jedes Mal sank sie zurück in die Leere, die sie gefangen hielt, als wolle der feste Griff eines Alptraums sie einfach nicht freigeben. Sie hatten es mit Kälte und Wärme versucht. Venetia und Millie rieben ihre Hände und Unterarme. Venetia hatte Helena in einem Anflug von Verzweiflung sogar eine Ohrfeige gegeben, nur um dann in Tränen auszubrechen.

Miss Redmayne hatte die Familie beiseitegenommen und mit ihnen über die Notwendigkeit gesprochen, mit künstlicher Ernährung zu beginnen, sollte ihr komatöser Zustand anhalten. Hastings war es vorgekommen, als habe er mit ungeheurem Gleichmut zugehört. Erst später merkte er, dass er die ganze Zeit gezittert hatte.

Er war in seiner Zeit in Oxford mit einigen Medizinstudenten bekannt gewesen. In lang vergangenen Nächten des Trinkens und Feierns hatten sie ihn mit den ausgefalleneren Einzelheiten ihres Wissens ergötzt. Künstliche Ernährung beinhaltete das Einführen einer mit Glyzerin geölten Röhre ins Nasenloch des Patienten. Damals hatte er über die Kuriosität dieser Methode gelacht. Nun versetzte der Gedanke ihn in Angst und Schrecken.

Weil sie es furchtbar fände. Denn sie würde es mitbekommen, irgendwie. Während sie in Ohnmacht gefangen war, musste sie gegen die Gitterstäbe dieses unsichtbaren Gefängnisses hämmern, um herausgelassen zu werden und endlich wieder ihr Schicksal in die eigenen Hände nehmen zu können.

Auch wenn sie sie am Leben erhalten konnten, würden ihre Muskeln aufgrund der Untätigkeit verkümmern. Sie würde zur lebenden Leiche werden, zu jemandem, dessen Körper weiterhin funktionierte, obgleich der Geist geflohen war.

Draußen im Flur beruhigte Lexington sanft Venetia, überzeugte sie, sich ein paar Stunden auszuruhen, wenigstens zum Wohle des ungeborenen Kindes. Sie willigte widerstrebend ein. Im Zimmer saßen Fitz und Millie Schulter an Schulter auf einer kleinen Couch und hielten einander fest.

Hastings' Angst war von Reue geprägt. Nichts mehr davon. Keine Lügen mehr. Keine Angst mehr. Nie mehr die wahren Gefühle hinter Hohn und Spott verstecken. Ach, wenn sie doch nur erwachte, er würde sich als ihrer würdig erweisen.

Ach, wenn sie doch nur erwachte.

Er las ihr „Alice im Wunderland" vor und gab jeder Figur eine eigene Stimme. Der Märzhase brabbelte in hohen Tönen. Die Grinsekatze schnurrte wohlgefällig. Die Herzkönigin kreischte ungestüm und inbrünstig. Alice selbst ließ er verschmitzt klingen, mit einem Anflug von Übermut und Naivität.

Er wusste nicht, warum er sich die Mühe machte. Helena hatte keine Anzeichen gezeigt, auch nur ein einziges seiner Worte gehört zu haben. Er fuhr dennoch fort.

Am Ende des Kapitels fragte Fitz: „Bist du nicht müde, David? Deine Stimme muss erschöpft sein."

Seine Stimme war erschöpft, doch er schüttelte den Kopf. „Es geht mir gut. Ich will ihr nicht das Gefühl vermitteln, dass wir hier in stummer Andacht sitzen."

„Wir waren wohl nicht gerade ein fröhlicher Haufen?" Fitz seufzte. „Danke, David. Niemand von uns hätte nur halb so gut vorgelesen."

„Eigentlich kann niemand von uns auch nur ein Viertel so gut vorlesen", berichtigte ihn Venetia.

Hastings schlug das Buch zu. Seine Stimme musste Helena mittlerweile anwidern. Wäre sie dazu in der Lage gewesen, hätte sie niemals zugestimmt, ihm mehrere Stunden lang zuzuhören. Er wünschte sich nur, sie hätte ihm selbst sagen können, dass er den Mund halten sollte.

„Nun geht schon zum Abendessen", forderte er die anderen auf. „Du besonders, Venetia, du solltest für zwei essen."

Sie erklärten sich lustlos einverstanden. „Kommst du auch?", fragte Fitz.

„Ich habe vor zwei Stunden gegessen. Geht ruhig ohne mich."

Als die Familie nach unten gegangen war, fragte er Schwester Jennings, ob sie nicht frische Luft schnappen wollte. Die

Krankenschwester willigte umgehend ein und beeilte sich, ihre Zigarette rauchen zu gehen.

Er nahm Helenas Hand und strich zart über die unverletzte Seite ihres Gesichts.

„Das Abendessen unten wird traurig verlaufen", erzählte er ihr. „Ich bin nicht sicher, ob du das Gespräch vorhin mitbekommen hast. Wir haben versucht, dir Wasser und etwas Brei zu geben, aber das wird nicht reichen, um dich bei Kräften zu halten. Morgen früh werden sie eine Röhre einführen."

Er musste tief Luft holen, ehe er weitersprechen konnte. „Ich habe ihnen gesagt, dass du nicht so bist. Du wirst es dir nicht erlauben, in einem so leblosen Zustand zu bleiben. Du wirst zu dir kommen. Du wirst sprechen, du wirst gehen, du wirst tanzen. Du wirst noch tausend Bücher publizieren. Du wirst dein Leben so leben, wie du es leben sollst, auf eigenen Beinen und mit eigenen Entscheidungen.

Wach auf, Geliebte. Ich liebe dich schon sehr lange, und du warst immer ausgesprochen stur. Du musst jetzt noch sturer sein als je zuvor. Wach auf. Davon hängt alles ab – einschließlich meines Lebens."

KAPITEL 8

HELENA HATTE DAS GEFÜHL, als bearbeitete jemand ihren Kopf mit Hammer und Meißel. Sie zuckte zusammen und öffnete langsam die Augen. Ihr Blick fiel auf ein Rund aus Stuck – ein Rund aus Stuck mit einem Durchmesser von einem Meter, das an einer ihr unbekannten Zimmerdecke angebracht war.

Wo war sie? Im Haus eines Verwandten? Hatten ihre Cousins aus der Familie Norris eine solche Decke? Oder die Carstairs? Sie versuchte sich aufzusetzen, ihr Körper war aber schwer und träge, und es kostete sie überraschend viel Kraft, sich auf die Ellbogen zu stützen. Die Anstrengung tat ihr in den Schultern weh, und die Bewegung hatte das Pochen in ihrem Kopf noch verschlimmert.

Die Lichtquelle des Raumes bestand aus einem Wandleuchter hinter dunklem Papier. Sie starrte auf das Licht. Etwas daran war seltsam. Es flackerte nicht, sondern brannte mit befremdlicher Gleichmäßigkeit. Schaute sie ... schaute sie auf eine elektrische Lampe?

Sicher nicht. Elektrische Lampen waren etwas, das Erfinder neugierigen Menschenmengen vorführten, nichts, das man in einem gewöhnlichen Haushalt fand.

Als sie merkte, dass sie nicht allein war, vergaß sie darüber den seltsamen Wandleuchter. Eine Frau in einem grünen Morgenkleid hatte den Kopf und ihre verschränkten Arme auf Helenas Bettkannte gelegt und schlief. Venetia. Doch sie wirkte ... älter. Ein ganzes Stück älter.

Der Mann hinter Venetia, den Helena nie zuvor gesehen hatte, saß mit geschlossenen Augen auf einem Stuhl, seine Schulter seitlich an einen Kleiderschrank gelehnt. Helena schreckte alarmiert zurück und wollte Venetia gerade am Arm rütteln, als sie einen weiteren Mann sah, der mit nach hinten gekipptem Kopf schlafend auf einer kleinen Couch neben ihrem Bett lag.

Ihr blieb der Mund offen stehen, als sie ihn erkannte. Fitz. Er hatte sich äußerlich stark verändert. Sein Gesicht, auf dem sich dunkle Stoppeln – Stoppeln! – abzeichneten, war länglicher und kantiger geworden. Er sah nicht mehr aus wie der Junge aus ihrer Erinnerung, sondern wie ein Mann Ende zwanzig. Zu ihrem weiteren Entsetzen war eine Frau bei ihm auf der Couch, die mit einem Arm um seine Knie und dem Kopf auf seinen Schenkeln schlief.

Träumte sie noch immer?

Sie musste ein Geräusch von sich gegeben haben, ein Wimmern möglicherweise, weil das Bild vor ihren Augen so außerordentlich seltsam und fremd war. Ihre Familie wachte nicht auf, aber in der einen Ecke regte sich jemand, den sie zuvor nicht bemerkt hatte. Die Person erhob sich und trat an ihr Bett. Ein anderer Mann. War die Situation nicht schon verwirrend genug?

Seine Kleidung war zerknittert, die Krawatte ungebunden. Er war unrasiert, sein Haar zu lang, blonde Locken, die eine ganze Weile keinen Kamm gesehen hatten, und er hatte Ringe unter den Augen, als hätte er seit Tagen nicht geschlafen.

„Helena", sagte er sanft. „Du bist wach."

Seine Stimme kam ihr seltsam bekannt vor. Nachdem sie allerdings keine Ahnung hatte, wer er war, konnte sie ihm unmöglich das Privileg erteilt haben, sie beim Vornamen zu nennen. Sie wollte ihn gerade fragen, wer er war – und ihn für seine Dreistigkeit rügen –, als Fitz' schlaftrunkene Stimme ertönte. „Du bist wach, David? Wie spät ist es?"

Helena wandte sich ihm zu. „Was ist los, Fitz? Warum schaust du so …"

„Mein Gott, Helena!" Fitz wollte aufspringen, erinnerte sich aber gerade noch an die Frau auf seinem Schoß. Er rüttelte sie. „Millie, Liebes. Helena ist aufgewacht."

Die Frau setzte sich augenblicklich auf und stieß dabei mit dem Kopf fast gegen sein Kinn. „Was? Was hast du gesagt?"

Fitz zog sie auf die Beine und zum Rand des Bettes. Er griff nach Helenas Hand. Die feingliedrige Frau mit den zarten Gesichtszügen, die er Millie nannte, legte ihre Hand um seine.

In ihren Augen glitzerten Tränen. „Wir haben uns solche Sorgen gemacht. Ich kann dir gar nicht sagen, wie froh ich bin, dass du zu dir gekommen bist."

Helena war schockiert zu sehen, dass Fitz' Augen – wenigstens sahen seine Augen noch genauso aus – ebenfalls feucht wurden. Er schien nicht in der Lage zu sprechen. Ihr Magen zog sich krampfhaft zusammen. „Was ist denn lo…"

Ehe sie ihre Frage beenden konnte, gab Venetia einen quietschenden Laut von sich. „Helena! Gütiger Himmel, Helena! Christian, sie ist wach!"

Der Mann hinter Venetia, den sie beim Vornamen genannt hatte, erhob sich, um Venetia beim Aufstehen zu helfen. Er lächelte Helena an. „Willkommen zurück."

„Wahrlich, willkommen zurück", wiederholte Millie.

Sie alle schienen sie sehr gut zu kennen. Warum erkannte sie sie nicht? „Wenn ich keine Angst hätte dir wehzutun, würde ich dich so fest drücken", sagte Venetia und nahm Helenas andere Hand.

„Sollen wir dir ein paar Kissen in den Rücken stopfen, damit du bequemer sitzen kannst?"

„Das ist nicht nötig." Beim Gedanken daran, sich wieder bewegen zu müssen, wurde ihr erneut flau im Magen. „Würde mir bitte jemand erklären, was hier vor sich geht?"

Venetias Hand wanderte an ihren Hals. „Meine Güte, du kannst dich nicht erinnern?"

„Woran erinnern?"

„Deinen Unfall natürlich."

Unfall? Sie sah sich um und bemerkte eine weitere Frau in einer Ecke des Raumes. Sie trug das Häubchen einer Krankenschwester und die passende Tracht. Waren die anderen Männer im Zimmer Ärzte? Den, den Venetia Christian genannt hatte, umgab unzweifelhaft eine Aura distanzierter Kompetenz. Sie sah zu dem Mann namens David. Er starrte sie an, als sei sie die menschliche Verkörperung des Koh-i-Noors, etwas unfassbar Schönes und Wertvolles.

Verwirrt und vielleicht auch ein wenig geschmeichelt ob seiner Bewunderung wandte sie den Blick ab. Trotz seiner leicht unordentlichen Erscheinung war er durchaus attraktiv. „Wann ist der Unfall passiert, und über was für eine Sorte Unfall reden wir denn?"

„Einen Kutschenunfall", entgegnete Fitz. „Es geschah vor drei Tagen, und du warst seither bewusstlos. Wir haben schon begonnen, uns zu fragen", seine Stimme stockte, „ob du jemals wieder aufwachen würdest."

Der Unfall war augenscheinlich die Ursache für ihre Schmerzen und ihr Unbehagen. Ein drei Tage anhaltendes Koma war ein triftiger Grund für Tränen und große Aufregung bei ihrem Erwachen. All das lieferte jedoch weder eine Erklärung für die Vertrautheit, mit der ihr all diese Fremden begegneten, noch konnte es dafür gesorgt haben, dass Fitz und Venetia über Nacht zehn Jahre gealtert waren. „Vielleicht ist es gar nicht schlecht, dass du dich nicht erinnerst", sagte Millie. „Es war ein schrecklicher Unfall. Grundgütiger, als ich dich sah, wie du mitten auf der Straße lagst und das Blut aus deiner Kopfwunde langsam in den Asphalt sickerte, ich dachte …"

Ihre Lippen zitterten. Fitz gab ihr sein Taschentuch. „Es ist in Ordnung. Alles wird gut."

„Natürlich." Millie wischte sich über die Augen. „Bitte verzeih."

Auch Venetia tupfte sich die Augenwinkel trocken. Der Mann namens Christian hatte ihr seine Hand auf die Schulter gelegt.

Helena konnte ihre Irritation, die sich allmählich in ein kaltes, verkrampftes Gefühl verwandelte, das Angst nicht unähnlich war, nicht länger zurückhalten. Sie war nicht sicher, ob sie vor aller Ohren verlangen sollte, den Grund für das erhebliche Altern ihrer Geschwister zu wissen, daher fragte sie: „Venetia, Fitz, könnte ihr mir bitte die Anwesenden vorstellen? Ich wüsste gerne, wer unsere Gäste sind."

Ihre Bitte verursachte einen Augenblick allgemeiner Fassungslosigkeit, ehe die fünf Menschen, die um ihr Bett versammelt waren, bestürzte Blicke wechselten, was dazu führte, dass sich ihr Magen in einer dunklen Vorahnung verkrampfte.

„Wir sind keine Gäste", sagte Millie. „Wir sind deine Familie."

Helena hatte nicht erwartet, dass ihr die Antwort auf ihre Frage gefallen würde, sie hatte aber nicht geahnt, dass sie ihre aufkommende Angst in blankes Entsetzen verkehren würde. Sie setzte sich augenblicklich auf, ignorierte den Schmerz in ihrem Kopf und das Rumoren in ihrem Bauch, die von ihrer plötzlichen Bewegung verursacht wurden, und versuchte eine logische Erklärung zu finden. Waren sie entfernte Cousins? Oder vielleicht … „Habe ich Sie alle erst kurz vor meinem Unfall kennengelernt? Was diesen Zeitraum angeht, fehlt mir jede Erinnerung."

„Nein." Millie schüttelte den Kopf, als könne die bloße Kraft ihrer Ablehnung die Tatsachen tatsächlich ändern. „Wir – du und ich – haben uns vor acht Jahren im Lord's Stadion beim Cricketspiel Eton gegen Harrow kennengelernt."

Helenas Vater war ein begeisterter Verehrer dieser Sportart gewesen. Die gesamte Familie hatte einige Begegnungen zwischen Eton und Harrow gemeinsam mit ihm besucht, sie konnte sich jedoch absolut nicht daran erinnern, je diese Millie getroffen zu haben. „Tut mir leid. Das muss ich vergessen haben. Ich nehme an, wir haben uns seitdem nicht oft gesehen?"

Millie blickte sie fassungslos an. Helena spürte, wie sie der Mut verließ. Sie war nicht sicher, ob sie hören wollte, was Millie antworten würde. Millie, so schien es, zögerte auch. Sie sah zu Fitz, der vollkommen entgeistert wirkte, ehe sie den Blick wieder auf Helena richtete.

„Wir haben uns seither sehr oft gesehen. Ich bin deine Schwägerin."

Helenas Hände krallten sich in die Bettdecke. Das war unmöglich. „Du bist verheiratet, Fitz? Wann hast du geheiratet?"

„Vor acht Jahren." Fitz' Worte klangen so kraftlos, dass sie fast von einem Geist zu kommen schienen.

„Vor acht Jahren? Welches Jahr haben wir?"

„Achtzehnhundertsechsundneunzig", entgegnete Millie.

Achtzehnhundertsechsundneunzig? Es war kein Wunder, dass Fitz wie ein Mann Ende zwanzig aussah – er war ein Mann Ende zwanzig. Und sie, die am gleichen Tag geborene Helena, war eine Frau Ende zwanzig.

Sie schüttelte den Kopf, versuchte ihre rasenden, zusammenhanglosen Gedanken zu sammeln. Die Bewegung verursachte aber einen Anflug schlimmer Übelkeit. Sie biss die Zähne zusammen und wandte sich an Venetia. „Ist der Mann neben dir dein Gatte?"

„Ja", entgegnete Venetia ruhig.

„Seid ihr ebenfalls bereits seit langer Zeit verheiratet?"

„Nein, wir haben erst diese Saison geheiratet."

Beklommene Stille legte sich über den Raum. Helenas Erschütterung begann neue, schwindelerregende Höhen zu erklimmen, als ihre Geschwister und deren Ehepartner einer nach dem anderen zu David sahen, der, wenn das überhaupt möglich war, noch fassungsloser schien, als sie es bereits waren.

„Was ist mit David?" Fitz' Frage klang wie ein Flehen. „Du erinnerst dich sicher an ihn. Du kennst ihn schon dein halbes Leben."

Sie starrte diesen David an, ein großer Mann mit elegantem Körperbau. Markante Wangenknochen, ein kantiges Kinn und eine Nase, die beinahe zu perfekt ausgesehen hätte, wäre sie nicht ein oder zwei Mal gebrochen gewesen – ein Gesicht, das sie bei einem zufälligen Aufeinandertreffen in Gesellschaft gerne angesehen hätte. Sie wollte ihn aber nicht *hier* haben, diesen Fremden, dem eine solche Nähe zugestanden worden war, einen Mann, der von ihr erwartete, dass sie ihn erkannte.

„Und wie sind wir miteinander verwandt?"

Ihr Magen rebellierte, als sie sich auf die Antwort gefasst machte.

Er warf Fitz einen Blick zu. Sie verständigten sich ohne Worte. Er schaute Helena wieder an, holte tief Luft und begann mit der Vorsicht, die man an den Tag legte, wenn man ein Kind über den Tod seines Welpen unterrichten musste, zu sprechen. „Ich bin allgemein als dein Gatte bekannt."

Es war genau die Antwort, die sie nicht zu hören gehofft hatte. Ihr Magen rebellierte noch heftiger. Sie biss sich entschlossen auf die Unterlippe, wollte ihren Körper mit aller Macht dazu bringen, sich zu beruhigen und sie in Ruhe zu lassen. Stattdessen erfasste sie eine noch größere Übelkeitswelle.

Sie riss ihre Decke beiseite. „Meine Herren, verlassen Sie bitte den Raum. Ich werde mich gleich außerordentlich heftig übergeben."

SIE SCHAFFTE ES, GESTÜTZT AUF ihre Schwester und Schwägerin und dicht gefolgt von der Krankenschwester, gerade noch rechtzeitig zum Abort. „Entschuldigt", murmelte sie, als sie ihren Mageninhalt vollständig ausgespien hatte. Seit dem Scharlachfieber, das sie als Neunjährige befallen hatte, hatte sie sich körperlich nicht mehr so elend gefühlt, und emotional hatte sie sich nicht mehr so elend gefühlt seit …

Es fiel ihr kein Vergleich zu dem ein, was ihr augenblicklich widerfuhr. Ihre Eltern zu verlieren war schrecklich für sie gewesen, aber wenigstens hatte sie den Kummer mit ihren Geschwistern teilen können. Dies hingegen … aufzuwachen und zu erkennen, dass ihr halbes Leben aus ihrer Erinnerung verschwunden war und dass sie nun die Bürde eines Ehemanns zu tragen hatte, sich nicht an das Kennenlernen zu erinnern, ganz zu schweigen vom Auserwählen. Sie fühlte sich vollkommen haltlos.

„Mein armer Liebling", sagte Millie, als sie den Deckel auf die blau-emaillierte Toilette legte und an der Kordel zog, um zu spülen.

Venetia geleitete Helena zum Waschtisch. „Miss Redmayne hat vorausgesagt, dass du eventuell unter Übelkeit und Erbrechen leiden würdest, wenn du aufwachst. Das sind ganz gewöhnliche Symptome für Menschen, die eine Gehirnerschütterung erlitten haben."

„Miss Redmayne ist unsere Ärztin", fügte Millie hilfreich hinzu. „Sie ist auf dem Weg hierher."

Eine Ärztin? Helena hieß das gewiss gut, sie hatte jedoch keine Ahnung gehabt, dass die Zahl weiblicher Ärzte ausreichte, dass man im Hause Fitzhugh eine von ihnen konsultierte.

Über dem Waschtisch hing ein Spiegel. Ihr Anblick ließ sie erschrocken zusammenfahren. Eine Hälfte ihres Gesichts war blutunterlaufen, die Hämatome hatten eine grünliche Färbung angenommen. Dennoch konnte sie nicht anders, als sich anzustarren. Sie fühlte sich nicht im Mindesten wie ein Kind, doch wie seltsam – und irgendwie aufregend – es war, plötzlich sein eigenes, erwachsenes Gesicht zu sehen.

Sie hielt sich die Hand vor den Mund. In einer Lücke zwischen den Verbandslagen sah sie klar und deutlich ihre Kopfhaut. „Was ist mit meinen Haaren passiert?"

„Miss Redmayne musste sie rasieren, um die Wunde an deinem Kopf zu nähen", entgegnete Millie.

„Komplett?" Ihre Frage klang wie ein Wimmern. Das Schicksal schien unnötig grausam zu ihr zu sein.

„Deine Haare werden wieder wachsen." Venetias Augen röteten sich. „Wenn ich mir vorstelle, dass du an Ort und Stelle hättest sterben können …"

Millie strich Venetia zärtlich über den Arm. „Du darfst dich nicht mit Gedanken daran quälen, was nicht passiert ist. Das wird dich nur aufwühlen und wäre nicht gut für das Kind."

Ein Kind? Helena wirbelte herum – und musste sich an Millies Schulter festhalten, um das Gleichgewicht nicht zu verlieren. „Du bist schwanger?"

„Ja."

Sie blickte auf Venetias Bauch herab. „Du siehst gar nicht so aus."

„Ich habe noch sehr viele Monate vor mir. Tatsächlich haben wir die gute Neuigkeit erst in der Nacht vor deinem Unfall mit euch geteilt."

Der Unfall.

Plötzlich wurde Helena von der Last, so vieles nicht über ihre Familie zu wissen, erdrückt, die Unwissenheit nahm ihr die Luft. „Hast du schon Kinder, Venetia? Und du, Millie – es macht dir nichts aus, dass ich dich Millie nenne, oder?"

Ehe eine der beiden ihr darauf antworten konnte, überkam Panik sie mit der Wucht eines Faustschlags. „Um Gottes willen, habe *ich* Kinder?"

„Das ist nicht gerade ein vielversprechender Neuanfang, nicht wahr?", murmelte Hastings.

Es kam ihm vor, als könnte sich ein Teil von ihr genau daran erinnern, wer er war und wie sehr sie ihn nicht ausstehen konnte.

Fitz und er standen im Flur vor ihrer Zimmertür. Lexington hatte sich daran gemacht, dem Doktor aus Berlin eine Nachricht zu schreiben und ihn zu informieren, dass seine Dienste nicht länger benötigt wurden, er jedoch für seine Zeit und die angefallenen Kosten, sollte er sich bereits auf die Reise nach London begeben haben, entschädigt werden würde.

„Miss Redmayne sagte, dass sie beim Aufwachen anfällig für Übelkeit und Erbrechen sein würde", führte Fitz vernünftig an. „Das weißt du doch."

Das stimmte wohl. Hastings seufzte. „Wenigstens ist sie wach. Gott sei Dank."

Wenn er nur irgendwie hätte begreifen können, dass er ihr nun vollkommen fremd war.

Millie kam aus dem Zimmer. „Wie geht es ihr?", fragten Fitz und Hastings gleichzeitig.

„Sie ist wieder im Bett, löchert die Schwester aber bereits, wann sie nicht länger unter medizinischer Beobachtung stehen wird."

„Beobachtung ist ihr grundlegend zuwider, oder?", bemerkte Fitz. „Was ist mit ihrem Erinnerungsvermögen?"

„Sie hat uns ausgefragt – tut es im Moment noch mit Venetia. Sie erinnert sich nicht daran, Verlegerin zu sein. Oder die Universität besucht zu haben. Ebenso wenig wie an Venetias erste beiden Ehen. Wir haben sie über die wichtigsten Ereignisse in ihrem und unseren Leben aufgeklärt."

„Was ist mit Andrew Martin?", fragte Fitz, um es Hastings zu ersparen.

„Sie hat ihn bisher nicht erwähnt, es würde mich aber extrem schockieren, wenn sie sich ausgerechnet an ihn erinnern könnte, während sie alles andere vergessen hat."

Hastings wollte wissen, ob Helena Fragen über ihn gestellt hatte, konnte sich aber nicht dazu überwinden, sich danach zu erkundigen.

Schritte waren zu hören, jemand kam die Treppe herauf. Miss Redmayne. „Lord Fitzhugh, Lady Fitzhugh, Lord Hastings."

„Danke, dass Sie so schnell gekommen sind", sagte Hastings.

„Gibt es etwas, das ich über Lady Hastings' aktuellen Zustand wissen sollte?"

Hastings hatte sich noch nicht daran gewöhnt, dass man Helena Lady Hastings nannte. „Sie hat sich ein paar Minuten nach ihrem Aufwachen übergeben."

Miss Redmayne notierte es sich. „Das ist normal und kein Grund zur Beunruhigung."

„Sie hat außerdem ihr Gedächtnis verloren", fügte Hastings hinzu.

Miss Redmayne hob eine Braue. „Sie meinen, sie kann sich nicht an den Unfall erinnern? Auch das ist nicht ungewöhnlich."

Hastings schüttelte den Kopf. „Ich fürchte, ihr Gedächtnisverlust ist umfangreicher. Sie kann sich nicht erinnern, je Lady Fitzhugh oder meine Person getroffen zu haben – und wir kennen sie seit Jahren."

Miss Redmayne tippte mit dem Stiftende gegen ihr Kinn. „Das ist eine ausgeprägtere Form von Amnesie, als man sie sonst vorfindet."

Amnesie. Das Wort klang bedrohlich. „Wie lange wird dieser Zustand wohl anhalten?"

„Nach allem, was ich darüber weiß, kann man dazu keine Prognose abgeben. Ihr Gedächtnis könnte am Ende des Tages, des Monats oder des Jahres zurückkehren." Miss Redmayne hielt taktvollerweise einen Augenblick inne. „Wiewohl es ebenso möglich ist, dass sie es gar nicht wiedererlangt."

„Was?", platzte Fitz heraus. „Das kann nicht sein. Wir sprechen von mehreren verlorenen Jahren. Wie können sich so viele Erinnerungen in Luft auflösen?"

Miss Redmayne sprach behutsam weiter, klang fast entschuldigend. „Einige solcher Fälle sind bekannt, und leider ist es der Medizin bisher noch nicht gelungen, diesen Zustand in seiner Gänze zu verstehen, geschweige denn zu heilen." Sie wandte sich Millie zu. „Lady Fitzhugh, würden Sie mich nach oben geleiten?"

Fitz fuchtelte wütend und hilflos mit den Armen. „Ich kann nicht fassen, dass ihr gesamtes Gedächtnis für immer verloren sein könnte. Wenigstens teilen Venetia und ich noch ein paar Kindheitserinnerungen mit ihr, aber was dich und Millie betrifft …"

„Ganz besonders Millie. Sie waren gute Freunde."

„Ja, aber selbst du …"

Hastings zuckte die Achseln. Sein Kopf begann zu schmerzen. Helena und er waren nie im eigentlichen Sinne befreundet gewesen, ihr jedoch vollkommen fremd zu sein, nach all den Jahren?

„Geh dich ausruhen, David", sagte Fitz. „Ich weiß, dass du von uns allen am wenigsten geschlafen hast."

„Ich werde nicht schlafen können." Er war so hellwach, dass es beinahe wehtat, als habe er mehrere Liter Kaffee getrunken. „Ich werde hier mit dir warten."

Was waren schon ein paar Minuten, nachdem er Tage gewartet hatte?

Jahre.

Miss Redmayne war etwa in Helenas Alter, hübsch, adrett gekleidet und strahlte ungeheure Kompetenz aus. „Ihr Bruder und Ihr Mann haben mir erzählt, dass Sie unter einer ziemlich dramatischen Form des Gedächtnisverlustes leiden, Lady Hastings."

Helena brauchte einen Moment, ehe sie verstand, dass mit „Lady Hastings" sie gemeint war. Ihr Gatte war demnach Lord Hastings. Gatte – beim bloßen Klang des Wortes hatte sie das Gefühl, als drückte ihr jemand die Luft ab. Sie wusste absolut gar nichts über diesen Mann. Wie konnte sie mit ihm verheiratet sein?

„Als ich aufwachte", sagte sie, bemüht, dabei kontrolliert zu klingen, „war ich von Mitgliedern meiner Familie umgeben, und ich habe weniger als die Hälfte von ihnen erkannt."

„Welchen von denen, die Sie nicht erkannten, kennen Sie am längsten?"

„Den anderen zufolge … Lord Hastings." Sie konnte sich nicht dazu überwinden, „meinen Gatten" zu sagen,

Miss Redmayne schaute zu Venetia. „Können Sie mir sagen, wann sie einander begegnet sind, Euer Gnaden?"

„Im Sommer, als Lady Hastings vierzehn war. Lord Hastings kam zu Besuch nach Hampton House, unserem Wohnsitz in …"

„Oxfordshire", sagte Helena, dankbar, wenigstens das zu wissen.

„Welches ist der letzte Zeitpunkt in Ihrem Leben, an den Sie sich erinnern können?", fragte Miss Redmayne.

Sie dachte angestrengt nach. „Weihnachten, nachdem unsere Mutter starb."

Helena hatte ihre Mutter abgöttisch geliebt und war an diesem Weihnachten todunglücklich gewesen. Venetia und Fitz hatten ihr unablässig Witze erzählt, bis sie endlich lächelte.

„Das war, kurz bevor du vierzehn geworden bist", sagte Venetia. „Ein paar Monate, bevor du Hastings kennengelernt hast."

Helena wollte sich an ihre erste Begegnung mit Hastings erinnern – und an jeden einzelnen Tag der letzten dreizehn Jahres ihres Lebens, ganz besonders jedoch an ihn. Sie konnte nicht mit einem Fremden vermählt sein. „Sagen Sie bitte, dass ich mein Gedächtnis zurückerlangen werde."

„Ich kann es nicht versprechen", erwiderte Miss Redmayne. „Amnesie ist ein außergewöhnliches Phänomen, das üblicherweise nur in Begleitung wesentlich schwererer Hirnschäden auftritt, als es bei Ihnen der Fall ist."

Sie schrieb einige Zeilen in ihr Notizbuch. „Wenn ich mich recht erinnere, haben Sie Altphilologie in Lady Margaret Hall studiert?" Helena nickte. Die Tatsache, dass sie die Universität besucht hatte, schockierte sie noch immer. Nicht, dass sie es nicht vorgehabt hatte, aber wie war es dazu gekommen, dass ihr Vormund Colonel Clements dem zugestimmt hatte? Sie hatte immer angenommen, dass sie dazu nicht nur alt genug, sondern auch in den Besitz ihres kleinen Erbanteils kommen müsse, ehe an einen derartigen Kraftakt überhaupt zu denken war.

„Haben Sie vorher schon Lateinunterricht erhalten?"

„Ich erinnere mich, dass Helena sich mithilfe der Lateinbücher unseres Bruders selbst ein wenig Latein beigebracht hat", antwortete

Venetia an ihrer statt. „Aber da war sie schon etwas älter. Sechzehn, vielleicht."

„*Qui caput tuum valet?*", fragte Miss Redmayne. *Wie geht es Ihrem Kopf?*

„*Non praecipue iucunde. Quasi equo calcitrata sum, ita aliquis dicat*", gab Helena mühelos zurück. *Nicht besonders angenehm. Man könnte sagen, als ob mich ein Pferd getreten hat.*

Miss Redmayne nickte. „Es ist seltsam. Amnesie nimmt einem die Erinnerungen an Ereignisse und Menschen. Es hat für gewöhnlich jedoch keine Auswirkung auf Sprachkenntnisse oder andere erlernte Fähigkeiten. Wenn Sie beispielsweise vorher wussten, wie man Fahrrad fährt, müssten Sie es nicht erneut lernen."

„Du kannst Radfahren", sagte Venetia und blickte dabei fast optimistisch.

Helena versuchte, Venetia ein beruhigendes Lächeln zu schenken, aber das gelang ihr nicht ganz – das Dehnen ihrer Gesichtsmuskulatur verursachte einen teilweise reißenden, teilweise brennenden Schmerz an ihrer Kopfhaut. Sie hätte die Fähigkeiten, fließend Latein zu sprechen und Fahrrad zu fahren, auf der Stelle aufgegeben, wenn sie dafür ihr Gedächtnis wiedergewonnen hätte.

Miss Redmayne wickelte Helenas Verband ab, um die Naht zu überprüfen. Ohne Haar fühlte sich Helenas Kopf seltsam leicht an – und die Luft im Raum war unerwartet kühl auf ihrer Kopfhaut. „Ihre Kopfwunde blutet nicht mehr", verkündete Miss Redmayne, „die Fäden müssen jedoch noch ein paar Tage drinbleiben."

Sie bat Helena aufzustehen und ein paar Schritte geradeaus zu gehen, einfache Rechenaufgaben zu lösen und logische Schlussfolgerungen zu ziehen. „Ihr Denkvermögen ist ebenso in Ordnung wie Ihr Gleichgewichtssinn. Die Unsicherheit, die Sie möglicherweise empfinden, wird eher von der Schwächung Ihrer Muskeln verursacht, als von einer Verletzung des Gehirns. Die einzige verbleibende Gefahr besteht in einer möglichen Hirnblutung. Ich werde Sie in den nächsten achtundvierzig Stunden unter Beobachtung halten lassen."

Helena atmete scharf ein. Sie hatte geglaubt, die Gefahren seien bereits alle vorüber.

„Wenn sich hingegen herausstellt", fuhr Miss Redmayne fort, „dass Sie nicht unter Hirnblutungen leiden, befinden Sie sich auf dem Weg der Besserung und können Schritt für Schritt Ihre gewohnten Tätigkeiten wieder aufnehmen. Derweil werden Sie höchstwahrscheinlich sporadisch unter Kopfschmerzen leiden, sich hin und wieder übergeben und vielleicht sogar zeitweise das Bewusstsein verlieren. Darüber hinaus ist es möglich, dass Sie ob der Aufregung rund um Ihr Erwachen Ihre Schmerzen nicht in vollem Umfang spüren. Ihre Wunde zieht sich jedoch bis in die Nähe Ihrer Schläfe, wo einige Gesichtsnerven sitzen, daher könnten einige Muskelbewegungen – das Runzeln der Stirn beispielsweise – an der Naht ziehen und sich sehr unangenehm anfühlen."

Die Schmerzen kümmerten Helena nicht, die Möglichkeit einer Hirnblutung bereitete ihr hingegen extreme Angst. „Was soll ich tun?"

„Nehmen Sie ein wenig leichte Kost zu sich und ruhen Sie sich aus. Sie sollten sich im Augenblick nicht überanstrengen", entgegnete die Ärztin. „Strapazieren Sie Ihren Kopf nicht damit, nach Erinnerungen zu suchen. Es wird die Rückkehr Ihres Gedächtnisses nicht beschleunigen."

„Darf ich lesen?"

„In ein paar Tagen ja. Im Moment würde es allerdings höchstwahrscheinlich Ihre Kopfschmerzen verschlimmern. Auch wenn Sie das Bewusstsein wiedererlangt haben, Lady Hastings, vergessen Sie nicht, dass Sie erst vor drei Tagen eine schwere Verletzung erlitten haben."

Allein der Gedanke daran, tagelang im Bett zu sitzen, ohne etwas tun zu können, verschlimmerte ihren Kopfschmerz. Doch etwas an Miss Redmaynes ruhiger Autorität hinderte sie daran zu protestieren: Helena wäre sich viel zu sehr wie ein nörgelndes Kind vorgekommen.

Miss Redmayne erlaubte Fitz und Hastings, das Zimmer zu betreten. Helenas Blick haftete einen Moment lang an letzterem. Seine Wangenknochen waren wie gemeißelt. Er erwiderte die ihm geschenkte Aufmerksamkeit, doch statt sie wie vorher mit unverhohlener Liebe anzusehen, sah er sie nun unsicher an, als sei er an eine weit entfernte Küste gespült worden und begegnete zum ersten Mal den Eingeborenen.

„Wo ist mein Mann?", fragte Venetia.

„Er ist draußen im Flur", entgegnete Fitz. „Nun, da es Helena besser geht, will er nicht länger in ihre Privatsphäre eindringen, zumal er ja kein Blutsverwandter ist."

Miss Redmayne wiederholte vieles von dem, was sie zuvor Helena erzählt hatte, fügte aber an: „Euer Gnaden, Mylords, Lady Fitzhugh, ich möchte Sie bitten, sich nun zu entfernen. Es ist niemandem geholfen, wenn Sie hier sitzen. Lassen Sie die Krankenschwester über Lady Hastings wachen. Sie muss sich ausruhen, genau wie Sie. Sie können auch etwas Bewegung und frische Luft vertragen, denn Sie waren lange genug eingesperrt."

„Ich möchte, dass Lord Hastings bleibt", hörte Helena sich sagen. Sie hatte Venetia und Millie keine Fragen über ihn gestellt, zum Teil deswegen, weil sie sich immer noch wünschte, dass er einfach verschwinden würde, und andererseits weil sie glaubte, dass er ihre Fragen selbst beantworten sollte.

Seiner Reaktion nach zu urteilen, war er so verblüfft, als ob sie den Mann gerade dazu aufgefordert hatte, genau in diesem Moment einen Handstand zu machen. Er gewann aber schnell die Fassung zurück. „Selbstverständlich. Nichts, was ich lieber täte."

Seine Stimme … Sie hatte sie zuvor schon gehört, war aber nun von ihrer vollen, reinen Klangfarbe überrascht.

Venetia, Fitz und Millie umarmten Helena nacheinander, wobei sie vorsichtig darauf achteten, ihr nicht wehzutun.

„Falls Sie eine Weile für sich sein möchten, kann ich Schwester Jennings' Schicht etwas früher beenden", sagte Miss Redmayne.

„Danke", entgegnete Helena.

„Sie haben Zeit, bis Schwester Gardner eintrifft, Mylord, Mylady. Danach muss sich Lady Hastings ausruhen."

Ärztin und Krankenschwester verabschiedeten sich. Helena und Hastings blieben allein im Raum, er näherte sich aber nicht dem Bett. Stattdessen stand er an der Wand, die Hände hinter dem Rücken verschränkt. Nach einiger Zeit begriff sie, dass er darauf wartete, dass sie etwas sagte.

„Ich bin nicht sicher, ob ich mich bei dir dafür entschuldigen soll, dich nicht zu erkennen, oder ob ich von dir eine Entschuldigung verlangen soll dafür, mich aus heiterem Himmel an einen Gatten zu fesseln. Was empfiehlst du?"

Er starrte sie an. Dann schüttelte er den Kopf, als könne er nicht glauben, was er da hörte. „Du erinnerst dich wirklich nicht an mich."

Es war weniger eine Frage als vielmehr eine Mahnung für sich selbst.

„Nein, ich erinnere mich nicht an dich."

Er fuhr sich mit der Hand durch die Haare. Sein Haar war wunderbar dicht und lockig. „Es mag dich überraschen, dass ich für gewöhnlich erstaunlich geist- und wortreich bin. Im Augenblick fehlen mir jedoch die Worte."

Sie legte den Kopf ein wenig zurück. „Du hast eine hohe Meinung von dir."

„Ebenso wie du. Eine hohe Meinung von sich selbst haben, meine ich", gab er mit einem angedeuteten Lächeln zurück. „Du glaubst – glaubtest –, dass Bescheidenheit nur etwas für diejenigen sei, die einen Grund zur Bescheidenheit hätten."

Das klang tatsächlich wie etwas, dem sie hätte zustimmen können.

Sie merkte, wie sie sich entspannte. Die Vorstellung, mit einem Mann verheiratet zu sein, an den sie sich nicht erinnern konnte, hatte ihr die Kehle stärker abgeschnürt als ein darum gelegter Strick. Mit ihm zu sprechen war jedoch bis dahin eine angenehme Erfahrung. Seine Stimme – wenn ein Cello hätte sprechen können, hätte es das vermutlich mit seiner Stimme getan, und dieses Lächeln …

Er war vielleicht nicht im herkömmlichen Sinne gut aussehend, aber doch sehr ansehnlich – in gewisser Weise vielleicht sogar ausgesprochen attraktiv: glatte Haut, lange Augenbrauen, eine Kerbe dicht unter der Unterlippe, die durch die leichte Vorwölbung seines Kinns zustande kam. Seine Augen waren gerötet, doch ihre Farbe war die eines warmen Meeres, im einen Augenblick aquamarin, im nächsten türkis.

„Überrascht, verheiratet zu sein?", fragte er verschwörerisch, als ob er ihre Vorbehalte verstand. „Ich meine damit nicht, mit mir verheiratet zu sein, sondern überhaupt?"

Sie entspannte sich ein wenig mehr. „Schockiert. Ich … dachte immer, ich würde es vorziehen, eine alte Jungfer zu werden."

„Mit Anfang zwanzig begannst du zu glauben, dass eine Ehe mit dem richtigen Mann möglicherweise gar nicht so schlecht wäre."

Sie hob die Brauen gerade so weit, dass ihre Naht nicht schmerzte. „Dieser richtige Mann bist du?"

„Ich habe immer daran geglaubt, dass wir ein schönes Paar abgeben würden", entgegnete er. „Du möchtest als Königin über dein Reich herrschen, und ich mag es, den ränkeschmiedenden Wesir zu mimen, der dir listige Ideen ins Ohr flüstert."

Ein unerwartet reizvolles Bild einer Ehe, in der ein Ehemann nicht den Platz eines Königs einnehmen musste.

Es klopfte. Hausmädchen kamen mit Tabletts mit Frühstück, eines mit Haferbrei und Tee für sie, eines mit Hefebrötchen und einfachem Toast für ihn. Nah, aber nicht zu nah, nahm er auf dem Stuhl Platz, auf dem zuvor Venetias Ehemann gesessen hatte.

„Das isst du zum Frühstück?", fragte sie. „Ziemlich genügsam."

„Stimmt. Wir dachten, es wäre besser, wenn ich keinen Speck oder gegrillte Makrele auf meinem Teller hätte, falls der Geruch deinen Magen in Aufruhr versetzt."

Sie rührte in ihrem Haferbrei und wartete darauf, dass er abkühlte. „Erzähl mir etwas über dich."

Sie hätte auch sagen können: „Erzähl mir etwas über uns", hatte sich jedoch dagegen entschieden. Sie wollte nicht – noch nicht – hören, wie großartig die Zeit seines Werbens um sie gewesen war, die mit ihr als strahlender Braut in einer Märchenhochzeit gegipfelt hatte. Ihre jetzige Inkarnation mochte fasziniert von ihm sein, doch sie war nicht in ihn verliebt und wollte nicht dazu verpflichtet sein, etwas zu empfinden, das einfach nicht da war.

Er dachte einen Augenblick nach, während er gedankenverloren auf einem Stück Hefebrötchen kaute. Wieder konnte sie ihren Blick nicht von seinem perfekt geformten Kinn abwenden. Als er schluckte, lenkte das ihre Aufmerksamkeit auf seinen Hals. Er war ein sportlicher Mann, sein Hals war jedoch in keiner Weise dick oder wuchtig. Er war ganz einfach … elegant.

„Ich mag ‚Alice im Wunderland'", sagte er.

Sie musste sich anstrengen, ihm wieder in die Augen zu sehen. „Das ist es, was du mir über dich erzählen willst?"

„Warum nicht? Aber iss. Es ist uns nicht gelungen, dir viel Nahrung einzuflößen. Tatsächlich bist du gerade noch rechtzeitig aufgewacht. Es war geplant, dich ab dem heutigen Tag künstlich zu ernähren."

Sie hatte dem Gedanken, so bald nach ihrem Magenaufruhr zu essen, kritisch gegenübergestanden. Seine Worte erinnerten sie aber daran, dass ihr Körper nach dem langen Schlaf entkräftet sein musste, also schluckte sie einen Löffel Haferbrei.

„Du weißt schon, dass ‚Alice im Wunderland' eines meiner Lieblingsbücher ist, nicht wahr?"

„Ja."

Seine Antwort rief ihr die ungleiche Verteilung ihres Wissens übereinander ins Gedächtnis – er wusste mehr über sie als sie selbst. So bezaubernd sein Anblick – diese Augen schienen bei jeder kleinsten Bewegung die Farbe zu ändern – und so wohlklingend seine Stimme auch war, sie durfte nicht vergessen, dass er höchstwahrscheinlich ein Mann war, der ein Ziel verfolgte.

Ein Ziel, das sich unter ihrer Gürtellinie befand.

Sie kniff die Augen zusammen. „Versuchen Sie, mir durch Schmeicheleien beizukommen, Lord Hastings?"

HASTINGS KONNTE NICHT GENUG DAVON bekommen, für sie ein Fremder zu sein. Wie zuvorkommend und aufmerksam sie war. Ganz zu schweigen davon, dass sie auf jegliches Gespött verzichtete und ihn in keiner Weise verachtete. Ja, sie war argwöhnisch. Aber wer wäre das an ihrer Stelle nicht gewesen?

„Du liebst Bücher, ich auch", entgegnete er. „Nachdem wir uns nicht länger auf unsere gemeinsame Vorgeschichte stützen können, wenn es um Gespräche geht, scheint mir ein Buch, das uns beiden gefällt, ein guter Anfang."

Sie antwortete nicht sofort. Er war bewegt: Sie dachte sorgfältig über seine Antwort nach, statt sie sofort als Unfug abzutun.

„Welches ist deine Lieblingsfigur aus dem Buch?", fragte sie, während sie einen weiteren Löffel Haferbrei an den Mund hob. Ihre Oberlippe war aufgeplatzt gewesen, zum großen Teil aber schon verheilt. Ein rötlicher Streifen war jedoch noch zu sehen.

„Die Grinsekatze", antwortete er, ohne zu zögern.

„Warum?" Ihre Augen sahen im Kontrast zu ihrem schneeweißen Rahmen aus Verband grüner aus, als er sie in Erinnerung hatte, die Farbe von liebevoll gepflegtem Rasen.

„Sie ist schelmisch und unberechenbar, und sie kommt und geht, wann sie möchte. Als Kind hätte ich es geliebt, einfach verschwinden zu können, wenn ich es gewollt hätte."

Sie musterte ihn. Sie hatte ihn von dem Augenblick an, als sie ihn gebeten hatte zu bleiben, die ganze Zeit gemustert. „Wie hättest du dir eine solche Fähigkeit zunutze gemacht? Indem du andere belauschst?"

Keine besonders bohrende Frage, und doch würde er mit einer ehrlichen Antwort mehr über sich preisgeben, als er ihr grundsätzlich von sich zeigen wollte.

„Nur um dort wegzukommen, wo ich war", sagte er.

„Wo warst du denn?"

„Unter der Kontrolle meines Onkels." Er senkte den Kopf fast bis zu seinem Teller, war offensichtlich verlegen, weil er so offen über sich selbst gesprochen hatte.

„War er so schrecklich streng?"

Er hob den Kopf. Ihr Blick ruhte nach wie vor auf ihm, zeugte von einer Neugier, die nicht von Vorurteilen gefärbt war.

Er hatte oft davon geträumt, dass sie ihn eines Tages plötzlich so sehen würde, wie er wahrgenommen werden wollte. Es war zwar nicht die Erfüllung dieses Kindheitstraumes, aber doch etwas jenseits von allem, worauf er realistisch gesehen hatte hoffen können: ein echter Neuanfang.

„Ja", sagte er, wenn er sich durch das Geständnis auch verletzlich fühlte.

Sie sah ihn noch einen Augenblick an, ehe sie hinabblickte und ihre Teetasse nahm. „Tut mir leid, das zu hören. Mein Vater war Offizier, aber kein Drillmeister. Er liebte es zu lachen und war auf wunderbare Art liebevoll."

So sahen alle Fitzhugh-Kinder ihren Vater. „Fitz hat mir einmal erzählt, er habe dich immer seine ‚Schönheit' genannt."

„Ja, dadurch konnte ich an Venetias Seite aufwachsen, ohne ständig das Gefühl zu haben, in ihrem Schatten zu stehen." Um ihre Lippen spielte ein Lächeln. „Vermutlich hat das dazu geführt, dass ich eine übertriebene Wahrnehmung meiner körperlichen Anziehungskraft habe."

„Vielleicht war er aber auch einfach wie ich", sagte er, ohne nachzudenken.

Ihre Miene wurde fragend. „Wie das?"

„Fitz hatte mich vor meinem ersten Besuch vor Venetia gewarnt. Er sagte, erwachsenen Männern würden bei ihrem bloßen Anblick die Knie weich. Nun, meine Kutsche fuhr vor dem Haus vor, ein junges Mädchen streckte den Kopf aus einem Fenster im oberen Stockwerk, und mir wurden umgehend auf dem Sitz in der Kutsche die Knie weich." Er brach mit unangenehm rasendem Herzen ein

Stück vom verbleibenden halben Brötchen auf seinem Teller ab. „Das Mädchen war aber nicht Venetia. Das warst du."

Er hatte ihr nie erzählt, dass er sich von Anfang an so heftig zu ihr hingezogen gefühlt hatte – in Anbetracht ihres Desinteresses und ihrer späteren Verachtung hatte er es nicht vermocht.

Es war schwer zu sagen, ob sein Geständnis sie freute. Sie hob die Teekanne, um sich nachzuschenken und schien nur Augen für diese Tätigkeit zu haben. „Was muss ich sonst noch über dich wissen?" Ihre Stimme war so gleichmütig wie ihr Auftreten.

Vermutlich hatte er ihr Unbehagen bereitet, ein Fremder, den sie auf Abstand zu halten versuchte, der sich darüber ausließ, wie bezaubernd er sie gefunden hatte. Er brach ein weiteres Stück Brötchen ab. „Ich habe eine Tochter namens Beatrice."

Dass er ein uneheliches Kind gezeugt hatte, hatte Helena nie gefallen. Sie musste aber von Bea wissen.

Seine Aussage überraschte sie. „Du warst vorher schon einmal verheiratet?"

„Nein."

Sie blinzelte, während sie Schlüsse aus seinen Worten zog. Unmut zeigte sich in Form gefurchter Brauen auf ihrem Gesicht – dann noch mehr Unmut, als sie ob des Drucks auf ihre Naht zusammenzuckte.

Ihre Blutergüsse schienen dunkler zu werden, als hätte sie Gewitterwolken im Gesicht. „Wer ist ihre Mutter?"

„Eine Halbweltdame aus London namens Georgette Chevalier. Ihr echter Name war Florie Mims. Sie war eine Weile meine Mätresse und starb an einer Lungenentzündung, als Bea drei Monate alt war."

„Wie alt ist Bea?"

„Sie wird in zwei Monaten sechs."

Argwohn und Wut flackerten in ihren Augen auf. „Seit wann sind wir verheiratet?"

„Noch nicht lange. Seit dieser Saison."

Sie atmete geräuschvoll aus. Ihr Gesicht verlor ein wenig der Strenge. „Ich habe einen Moment lang geglaubt, du hättest dieses Kind während unserer Ehe gezeugt."

„Ich würde niemals so leichtfertig mit unserem Ehegelübde umgehen."

Und doch hatte er sie sich mit größerem Eifer als je zuvor zum Feind gemacht, nachdem ihr nichts anderes übrig geblieben war, als seine Frau zu werden.

Diese Helena erinnerte sich aber nicht an sein früheres Verhalten. Sie konzentrierte sich vollkommen auf die Gegenwart. „Lebt sie in deinem … unserem Haus, deine Tochter?"

Als sie das Wort „unserem" sagte, pochte sein Herz lauter. „Sie lebt in Easton Grange, meinem … unserem Anwesen in Kent."

Sie war eine Weile still und bedachte ihn mit einem durchdringenden Blick. Dann fragte sie: „Hast du je darüber nachgedacht, dass es äußerst ungewöhnlich ist, ein uneheliches Kind unter dem gleichen Dach aufwachsen zu lassen wie deine künftigen Stammhalter?"

Das Missfallen, das in ihren Worten mitklang, verunsicherte ihn, doch er hielt ihrem Blick stand. „Ja. Aber ich bin ihr Vater, und das ist meine Art, ihre Erziehung zu übernehmen: nicht aus der Ferne und nicht, indem ich lediglich den Geldgeber spiele."

„Ich lehne das kategorisch ab", erklärte sie. „Ich verlange, dass sie mein Anwesen verlässt."

Ihm sank das Herz. Nur wenige Tage zuvor war sie bereit gewesen, Bea an die Hand zu nehmen. Hatte sie sich durch den Verlust ihres Gedächtnisses so verändert? Was konnte er erwidern, das sie nicht verstimmen und ihre noch schwache neue Bindung in Gefahr bringen würde?

„Ich verstehe deine Einwände", hörte er sich sagen. „Allerdings werde ich meine Tochter nicht an den Rand meines Daseins drängen, nur um meiner Gattin einen Gefallen zu tun."

Ihre Miene war starr wie Stein. Er bekam kaum Luft. Wenn sie bei diesem Thema aneinandergerieten … wenn sie sich als so stur erweisen würde, wie sie sein konnte …

Ihr Blick wurde milder. „Gut. Es ist nicht ihr Fehler, dass sie unehelich ist."

Er schwankte. „Aber du hast gerade …"

„Ich habe dich getestet." Sie lächelte entschuldigend, fast verlegen. „Du bist ein Fremder, und dennoch muss ich mit dir leben und, nun ja, deine Gemahlin sein. Ich wollte bei dieser Gelegenheit etwas über deinen Charakter erfahren. Vergib mir meine Taktlosigkeit."

Er atmete schwer. „Ich habe also bestanden."

„Ja, mit fliegenden Fahnen."

Dies war womöglich das erste ernstgemeinte Lob, das er je von ihr bekommen hatte.

Es war nicht nur ein Neuanfang, es war eine neue Welt.

ER DREHTE DEN KOPF. Helena blinzelte. Sein Profil war perfekt. Mehr noch – die Kamee-Broschen mussten eigens erfunden worden sein, damit man eines Tages die Umrisse seines Profils eingravieren konnte.

„Ich möchte Bea so schnell wie möglich treffen", sagte sie, um ihn nicht weiter wortlos anzustarren.

Er schaute wieder zu ihr. „Ich werde dich nach Easton Grange bringen, sobald dein Zustand eine Reise zulässt. Danke, dass du Interesse an ihr hast."

„Dafür musst du mir nicht danken. Ich bin immerhin ihre Stiefmutter."

Ein warmes, zauberhaftes Lächeln spielte um seine Lippen. „Dann macht es dir hoffentlich nichts aus, dass ich heute abreisen muss, um bei Bea zu sein."

Das überraschte sie. „Du reist heute noch nach Kent? Hat sie Geburtstag?"

„Nein, aber sie hat bereits am Mittwoch mit mir gerechnet. Es ist schon Freitag."

„Warum hast du sie nicht nach London bringen lassen?"

„Iss noch etwas", mahnte er sie. „Leider verlässt Bea Easton Grange nicht."

Sie rührte in ihrem Brei. „Warum nicht?"

„Sie möchte nicht." Er seufzte kaum hörbar. „Sie gehört nicht zu der Sorte Kinder, die man mit der Aussicht auf Süßigkeiten und Puppen bestechen kann."

„Nicht einmal auf die Frau, die sie großzieht?"

„Sie kennt dich noch nicht. Du hättest sie am Tag deines Unfalls kennenlernen sollen."

„Verstehe." Helena vermutete, dass es sinnvoll war, London erst gegen Ende der Saison zu verlassen. Sie fand es jedoch nicht gerade rühmlich, dass sie das Treffen mit dem Kind hinausgeschoben hatte. Sie hätte sich Bea gleich vorstellen müssen, als sie sich mit ihrem Vater verlobt hatte, besonders in Anbetracht der Tatsache, dass Bea niemand zu sein schien, der sich leicht an Veränderungen gewöhnte. „Brichst du umgehend auf?"

„Nein, ich weiche nur ungern von deiner Seite. Vielleicht muss ich Fitz bitten, mich wegzuzerren. Vielmehr bedarf es wahrscheinlich seiner, Lexington und einiger Dienstboten, um mich in die Kutsche und in den Zug zu schieben."

Als er ihr erzählt hatte, wie ihm die Knie weich geworden waren, als er sie das erste Mal gesehen hatte, hatte sie eher ernst darauf reagiert. Etwas in ihr wehrte sich dagegen, sich mir nichts, dir nichts in ihn zu verlieben. Es war das, was man von ihr erwartete und was angebracht schien, und sie wollte sich ihm nicht einfach aus Bequemlichkeit verschreiben.

Doch diesmal konnte sie ihm nicht mehr dieselbe Gleichgültigkeit entgegenbringen. Sie senkte den Blick auf das Tablett und aß den Rest ihres Haferbreis, ohne etwas zu sagen.

Krankenschwester Gardner kam gemeinsam mit dem Dienstmädchen ins Zimmer, das die Frühstückstabletts abräumen wollte. „Mein Lord, Miss Redmayne bittet darum, nach dem Frühstück von weiteren Unterhaltungen mit der Dame abzusehen. Wenn Sie möchten, dürfen Sie der Dame aber vorlesen, damit sie die Augen schließen und sich ausruhen kann."

„Aber es ist noch nicht einmal Vormittag", protestierte Helena, „und ich habe drei Tage geschlafen, oder nicht?"

„Nichtsdestoweniger sind das die Anweisungen der Ärztin", erklärte die Krankenschwester.

Hastings erhob sich, um ein kleines, vollgepacktes Bücherregal am Fenster zu inspizieren.

„Mach dir keine Umstände. Ich mag es nicht besonders, wenn man mir vorliest. Zu langsam."

„Dann betrachte es einfach als wohltuende Therapie. Man sagt meiner Stimme nach, sie habe die Macht, Einhörner aus ihren geheimen Wäldern zu locken."

Sie vergaß beinahe, dass sie ihre Brauen nicht zu weit hochziehen durfte. „Sind wir nicht ein wenig selbstgefällig?"

„Du hast immer gesagt, dass ich genug heiße Luft produzierte, um eine ganze Armada lenkbarer Luftschiffe anzutreiben, und wenn ich damit konterte, dass Menschen meine Stimme schön genug fanden, um es mit einem Engelschor aufnehmen zu können, hast du stets entgegnet, dass diese Chöre dann ganz gewiss mit den Hinterteilen gesungen haben müssen."

Erst als sie den Druck auf ihre Naht spürte, merkte sie, dass sie lächelte. Ja, es tat weh, aber sie hörte dennoch nicht auf. Es war so unerwartet wie wundervoll, Freude und Vergnügen zu empfinden.

„Bereit für ein paar Sonette von Mrs Browning?" Er setzte sich wieder und öffnete das Buch, das er aus dem Regal genommen hatte. „Wie ich dich liebe? Lass mich zählen, auf wie viele Arten.'"

KAPITEL 9

WÄHREND SIE LANGSAM EINSCHLIEF, wurde Helena bewusst, dass Hastings keine schöne, sondern eine außergewöhnliche Stimme hatte. Sie war betörend, wohlig warm, und doch lag eine gewisse Kraft in ihr, wie fernes Donnergrollen oder das Rauschen eines weit entfernten Meeres.

An der Schwelle zum Schlaf beugte er sich über sie und flüsterte: „Wenn du dich an alles erinnerst, ehe ich wiederkomme …"

Vielleicht übermannte sie der Schlaf, vielleicht beendete er den Satz nie. Das nächste, das sie wahrnahm, war ein sanftes Rütteln an ihren Armen. Schlaftrunken öffnete sie die Augen und sah in Venetias schönes Gesicht.

„Hallo, liebste Schwester", murmelte sie.

Venetia lächelte. Ihr Lächeln war so besonders wie Hastings' Stimme, konnte ihre Sorge aber nicht vollkommen verbergen. „Entschuldige, dass ich dich störe, meine Liebe. Wir sind angehalten, dich von Zeit zu Zeit zu wecken, um sicherzugehen, dass du nicht wieder das Bewusstsein verloren hast."

Sie half ihr sich aufzusetzen, reichte ihr ein Glas Wasser. Helena nahm es und trank durstig. „Wie lange habe ich geschlafen?"

„Etwa fünf Stunden."

„Ist Lord Hastings schon zurück?"

Wie seltsam es war, dass seine bloße Existenz ihr am selben Morgen einen Schock versetzt hatte und sie nun wissen wollte, wo er war.

„Nein, tut mir leid. Er sagte, wir sollen ihn nicht vor dem Abendessen erwarten. Willst du etwas essen? Du könntest noch ein sehr spätes Mittagessen oder einen sehr frühen Tee zu dir nehmen."

„Wieder Haferbrei?"

„Da du dein Frühstück bei dir behalten hast, hat Schwester Gardner verfügt, dass du ein wenig Bouillon und etwas Pudding zur Genesung bekommen darfst."

„Mhm, Pudding. Ich kann es kaum erwarten."

Venetia lächelte erneut und stand auf, um nach der Mahlzeit zu läuten.

„Konntest du dich auch etwas ausruhen, Venetia?"

„Ich war mit meinem Mann auf einer kurzen Spazierfahrt, und wir sind durch den Park spazieren gegangen. Ich bin schwanger, nicht krank. Allerdings habe ich mich gerade eben eine halbe Stunde hingelegt, er hat mich nämlich mit etwas Unwiderstehlichem bestochen."

Venetia zeigte ihr diese „unwiderstehliche Bestechung" mit Glanz und Gloria. Was Helena sich als hübschen Plunder ausgemalt hatte, war nichts dergleichen – sofern es in der Zeit, an die sie sich nicht erinnerte, nicht in Mode gekommen war, unheimliche Reißzähne als Accessoires zu Seiden- und Musselinkleidern zu tragen.

„Was ist das?"

„Der Zahn eines prähistorischen Krokodils. Diese Viecher waren ungeheuer groß. Sie konnten vermutlich aus ihren sumpfigen Löchern auftauchen und die meisten kleineren Saurier, die zum Trinken kamen, einfach entzweireißen."

„Gütiger Himmel, und dein Ehemann hat es als Bestechung benutzt?"

Venetia machte ein langes Gesicht. „Oh, ich vergaß, dass du dich nicht erinnerst. Ich – wir – haben ein Dinosaurierskelett an der Küste in Devon ausgegraben, in dem Sommer, als du vierzehn warst."

„Ein ganzes Skelett?"

„Zu fünfundachtzig Prozent komplett, würde ich sagen."

Die Ohnmacht in ihrem Kopf ärgerte Helena. Wie konnte sie sich an etwas so Bedeutendes, wie ein nahezu vollständiges Dinosaurierskelett zu bergen, nicht erinnern?

„Wenn es dich interessiert, ich habe Bilder", sagte Venetia zögernd. „Du bist auch darauf."

Helena zwang sich zu lächeln. „Natürlich. Ich würde sie liebend gerne sehen."

Doch wäre es nicht unangenehm, die Bilder zu sehen, als würde sie Zeugin, wie jemand anderes ihr Leben führte?

Sie wechselte das Thema. „Apropos, wo bin ich hier? Anhand dessen, wie die Luft riecht, kann ich mit Sicherheit sagen, dass wir uns in London befinden, aber ist das mein Haus, deines oder …"

„Es gehört Fitz, er hat es zusammen mit dem Titel geerbt."

„Ich dachte immer, der Titel würde an unseren zweiten Cousin gehen, falls der Earl nicht selbst männliche Erben hervorbrächte."

„Das taten wir alle, aber Randolph Fitzhugh war schon in fortgeschrittenem Alter – er starb vor dem Earl."

„Hat niemand sonst vor Fitz den Titel für sich beansprucht?"

„Doch, ein anderer Cousin – auch er starb vor dem Earl."

„Haben irgendwelche unserer Cousins und Cousinen überlebt?" Helena versuchte, es humorvoll klingen zu lassen, konnte aber nicht verhindern, dass sich Angst in ihrem Herzen breit machte.

„Unseren Norris-Cousins und -Cousinen geht es gut. Margaret hat einen Marineoffizier geheiratet. Bobby *ist* Marineoffizier, und Sissy betätigt sich als Missionarin in Hong Kong."

Die Sissy, die in der Kirche nie hatte stillsitzen können?

Eine Woche zuvor hätte Helena gewusst, dass Sissy tiefreligiös geworden war. Eine Woche zuvor hätte sie detaillierte Beschreibungen des prähistorischen Monsters liefern können, das Venetia ausgegraben hatte. Eine Woche zuvor wäre ihr Leben in vollkommener Ordnung gewesen: glückliche Geschwister, ein florierendes Geschäft, ein hingebungsvoller Gatte.

Sie aß etwas Pudding und versuchte sich zu beruhigen. „Was ist mit den Carstairs-Verwandten?"

Venetias Miene wurde auf der Stelle ernst. „Von den Carstairs ist keiner mehr übrig."

„Was? Sie waren zu viert."

„Unglücklicherweise sind sie alle innerhalb von eineinhalb Jahren verstorben. Lydia bei einer Geburt, Crespin an der Grippe, Jonathan an verdorbenen Austern, und Billy", Venetia verzog das Gesicht, „Billy fand durch seine eigene Hand den Tod. Man munkelte, dass er an Syphilis im fortgeschrittenen Stadium litt."

Nun schmeckte der Pudding wie Dreck. Helena legte den Löffel ab. Sie hatte Billy Carstairs, einen exzentrischen, aber freundlichen jungen Mann, der immer die Reste vom Tisch aufhob, um sie den Streunern im Dorf zu geben, gemocht. Die restlichen Carstairs waren ein quirliger, lustiger Haufen gewesen, deren jüngstes Mitglied genau am gleichen Tag geboren war wie sie.

Sie waren alle gestorben, alle tot, und nichts blieb von ihnen außer einer Reihe Grabsteine auf dem Friedhof einer Pfarrkirche.

Sie nahm Venetias Hand. „Ich bin so froh, dass du noch da bist, genau wie Fitz. Wenn ich aufgewacht wäre und einer von euch …"

Sie konnte nicht weitersprechen.

„Jetzt weißt du, wie wir uns gefühlt haben, Liebes." Venetia küsste Helenas Handrücken. „Du kannst dir kaum vorstellen, wie sehr wir uns freuen, dich wiederzuhaben. Mach dir keine Gedanken über alte Erinnerungen. Wir werden neue schaffen. Wir sind jetzt alle beisammen, und das ist das Einzige, was zählt."

HASTINGS SCHWANKTE ZWISCHEN WILDER GLÜCKSELIGKEIT und wüster Angst.

Helena mochte ihn. Sie mochte ihn wirklich. Es war, als habe er von seinem einsamen Altar in der Sahara aufgeblickt und gemerkt, dass es regnete. Gewiss war es bisher nur ein leichtes Nieseln, aber eben doch echter Niederschlag, nachdem dort jahrhundertelang nichts als sengende Hitze und staubtrockener Boden gewesen war.

Doch bis er an ihre Seite zurückkehrte …

Es war eine Sache, nie einen Tropfen Regen gesehen zu haben. Die kühlen, erquickenden Sprenkel aber auf dem Gesicht zu spüren und dann zu erfahren, dass sich dieses Erlebnis nie wiederholen würde, war eine ganz andere.

Wenn er nur bei ihr hätte bleiben können, um jede Sekunde ihrer wohlwollenden Aufmerksamkeit in sich aufzusaugen, und wenn er nur in diesem Augenblick an ihre Seite hätte zurückkehren können. Stattdessen kniete er vor Beas Schrankkoffer und würde dies wahrscheinlich noch eine ganze Weile lang tun.

„Ich weiß, dass ich nicht zur abgemachten Zeit gekommen bin, und es tut mir sehr leid", wiederholte er zum hundertsten Mal. „Aber es ging nicht, verstehst du. Miss Fitzhugh – Lady Hastings, meine Ehefrau, deine neue Mama – ist verletzt worden, und ich wusste nicht, ob sie überleben würde. Ich konnte sie nicht allein lassen." Keine Antwort. In den vergangenen sechs Monaten hatte es keinen derart schlimmen Koffervorfall mit Bea gegeben. Andererseits hatte er die meiste Zeit über auch gewissenhaft auf die Einhaltung seines Zeitplans geachtet.

„Wenn du schwer verletzt wärst, würdest du auch wollen, dass ich bei dir bleibe, oder? Du würdest nicht wollen, dass ich mich einfach aus dem Staub machte und jemand anderen besuche."

Noch immer keine Antwort.

Er seufzte. Er wusste nicht, wie lange sie das Spiel schon spielten. Mittlerweile hatten sich drei Telegramme von Fitz in seiner

Jackentasche angesammelt. Er hatte ihn gebeten, stündlich über Helenas Zustand zu berichten. Wenigstens hatte sie keine Hirnblutung erlitten. Er setzte sich auf den Boden und lehnte sich gegen den Koffer. „Soll ich dir etwas aus einem Buch vorlesen? Oder eine unserer Geschichten?"

„Ich bin schwer verletzt", erklang ihr helles Stimmchen.

Es war das Erste, das sie seit seiner Ankunft zu ihm gesagt hatte. Er lächelte schuldbewusst, aber auch erleichtert. „Wo denn, Süße?"

Am Boden des Schrankkoffers war eine kleine Klappe. Sie öffnete sich, und heraus kam ein kleiner, schmaler Fuß. Er legte die Hände darum, bewegte ihn in die eine, dann in die andere Richtung.

„Abhören", verlangte sie.

„Ah, natürlich. Wenn du mich einen Augenblick entschuldigen würdest." Er holte das Stethoskop aus seinen Räumlichkeiten, kehrte ins Kinderzimmer zurück und rieb das Metall mit der Handfläche, damit es nicht mehr so kalt war. Er platzierte die Ohrstücke – Bea, die ihre ärztlichen Untersuchungen sehr ernst nahm, konnte ihn durch die Luftlöcher, die in die Seiten des Schrankkoffers gebohrt waren, genau beobachten – und hörte ihren Fuß ab.

„Dein Blut scheint sich sehr träge durch die Adern zu bewegen, und das ist absolut nicht gut für die Gliedmaßen. Es könnte Verkümmerungen zur Folge haben. Meiner Meinung nach, liebe Bea, solltest du spazieren gehen. Bewegung kräftigt die Muskulatur und wird umgehend zu einer Besserung deines Fußes führen."

Sie antwortete nicht.

„Ich gehe natürlich mit spazieren."

Es folgte eine lange Stille. „Was ist mit dem Abendessen?"

„Ich werde zum Abendessen bleiben, und ich werde dir auch eine Gutenachtgeschichte vorlesen. Kommst du jetzt heraus? Oder sagst du mir wenigstens, wann du herauskommst?"

Wieder herrschte lange Stille. „Vier."

Es war erst wenige Minuten nach drei, aber wenigstens hatte er jetzt einen Anhaltspunkt. Leise murmelte er ein Dankgebet.

„Sir Hartschale?"

„Natürlich, Süße."

Sir Hartschale war Beas Schildkröte und etwas, das Hastings Kopfschmerzen bereitete. Abgesehen davon, dass sie Easton Grange seit seiner Erbauung vor sechzig Jahren bewohnte, also lange bevor Hastings Onkel das Anwesen erworben hatte, wusste niemand genau, wie alt das Tier war. Davor hatte Sir Hartschale fast dreißig Jahre als Maskottchen auf diversen Handelsschiffen gedient.

Hastings konnte nur beten, dass Sir Hartschale ein biblisches Alter erreichen würde. Bea verkraftete Veränderungen nicht gut, und es gab keine permanentere Veränderung als den Tod. Mit übertriebenem Ernst hörte er das Herz und einige Organe der Schildkröte ab. „Er klingt alt, Süße, uralt. Mindestens hundertundzwanzig. Du solltest dich darauf gefasst machen, dass er eventuell keinen weiteren Winter übersteht.“

Bea gab keine Antwort. Er atmete aus. Wenigstens war Sir Hartschale im Augenblick noch am Leben. Er setzte die Schildkröte auf den Boden, damit sie durch das Kinderzimmer wandern konnte. „Soll ich Tee und Kekse für dich heraufbringen lassen, Bea, und dir in der Zwischenzeit eine Geschichte vorlesen?“

„Ja“, sagte sie. „Ja, Papa.“

Immer wenn sie ihn Papa nannte, schmolz er innerlich dahin. Er läutete nach ihrem Tee, setzte sich wieder neben den Schrankkoffer und schloss überwältigt von Erschöpfung und Erleichterung für einen Moment die Augen, ehe er das Bilderbuch aufschlug, das er für sie gemacht hatte. „Sollen wir mit deiner Lieblingsgeschichte beginnen, die über Nanettes Geburtstag?“

DER GONG ZUR ZEHNTEN STUNDE BEZEUGTE, dass Fitz und Millie sich einander schon seit über fünfzehn Minuten innig küssten.

Helena hatte sie gar nicht heimlich beobachten wollen. Gegen halb neun, nachdem sie sich eine Weile mit ihrem Bruder und ihrer Schwägerin unterhalten hatte, war sie eingenickt. Beim nächsten Viertelstundenschlag hatte sie sich gezwungen, wach zu bleiben, da sie nicht riskieren wollte, durch zu viel Schlaf am Tag nachts hellwach im Bett zu liegen.

Zudem wollte sie Hastings nicht verpassen. In einem Telegramm hatte er sie über seinen Aufbruch informiert, ehe er Kent verlassen hatte. Als sie davon erfahren hatte, war ihr vor Aufregung ein wenig flau im Magen geworden.

Doch als sie die Augen geöffnet hatte, war sie unfreiwillig Zeugin geworden, wie Fitz und Millie sich leidenschaftlich umarmten. Fitz' Hände waren in den Haaren seiner Frau versunken, ihre eine lag im Nacken ihres Ehemannes, die andere etwas tiefer, sodass Helena sie aus ihrer liegenden Position nicht sehen konnte.

Helena entschied, höflich zu sein und sie ihren Kuss beenden zu lassen, ehe sie sich bemerkbar machte. Doch offenbar gab es, zumindest was die beiden betraf, nicht so etwas wie das Ende eines Kusses.

Sie war beschämt. Die Geräusche der beiden waren nicht zu überhören und sie wäre nie wieder in der Lage, einem von beiden in die Augen zu sehen. Doch gleichzeitig war sie …

Sie hätte nichts dagegen, ebenfalls einen solchen Kuss zu teilen.

Wie würde es sich anfühlen, in Hastings weichen Locken zu wühlen? Seine Lippen auf ihren zu spüren? Und zu hören, wie er unweigerlich Laute des Verlangens und der Lust ausstieß?

Es klopfte leise an der Tür. Endlich ließen Fitz und Millie voneinander ab. Leises Kichern und Flüstern war von den beiden zu hören, während sie versuchten, Millies Frisur wieder herzustellen.

Es klopfte erneut, dieses Mal ein bisschen lauter.

Wieder kicherten und flüsterten sie, bevor Fitz sich räusperte und ein „Herein" hervorbrachte.

Die Tür wurde geöffnet. „Entschuldigt", sagte Hastings. „Habt ihr schon geschlafen?"

Diese Stimme. Sie mochte vielleicht keine Einhörner aus versteckten Wäldern locken, doch bestimmt konnte sie schlechte Verse wie ein verschollenes Meisterwerk des Dichters Byron klingen lassen. Die Frage war zudem äußerst taktvoll, da sie Fitz und Millie eine Entschuldigung dafür gab, erst so spät geantwortet zu haben.

„Wir waren gerade eben ein wenig eingedöst", antwortete Millie.

Helena war erstaunt darüber, wie unschuldig ihre Schwägerin dabei klang. Sie war wohl vielschichtiger, als Helena ihr in Anbetracht ihrer niedlichen Erscheinung und zurückhaltenden Art zugetraut hatte.

„Du kommst spät", sagte Fitz. „Ich nehme an, Bea war nicht zufrieden mit dir?"

„Ich habe eine Ewigkeit gebraucht, um sie aus dem Schrankkoffer zu locken. Wie geht es Helena?"

„Besser. Sie möchte morgen ein Steak essen."

„Ich dachte, sie mag kein Steak."

Tat sie das nicht?

„Sie sollte wohl selbst herausfinden, ob das immer noch so ist", antwortete Fitz. „Bezogen auf das Steak … und andere Dinge."

Welche anderen Dinge? Helena entschied, dass es Zeit war, sich am Gespräch zu beteiligen. Sie gab ein leises, verschlafenes Seufzen von sich.

„Ist sie noch wach?", fragte Hastings.

„Vorhin hat sie geschlafen. Vielleicht stören wir sie mit unserer Unterhaltung."

Helena seufzte ein weiteres Mal und öffnete langsam die Augen. Hastings ging einen Schritt auf sie zu. „Haben wir dich geweckt, Helena?"

Seine Worte klangen sanft, kamen jedoch durch gepresste Lippen. Tatsächlich war er insgesamt angespannt, als ob er sich einem Kampf stellte, den er unmöglich gewinnen konnte.

„Du bist zurück", murmelte sie.

Diese Aussage musste eine beruhigende Wirkung auf ihn haben, denn sein Gesichtsausdruck verwandelte sich umgehend in unbeschreibliche Erleichterung. Er lächelte. „Ja, ich bin zurück."

„Ich habe mich nicht an dich erinnert." Sie fühlte sich verpflichtet, es ihm zu sagen.

Er legte die Fingerspitzen auf ihr Bett, was etwas erschreckend Intimes an sich hatte, obgleich er dahingehend keinerlei Andeutungen machte. „Das mindert meine Freude, dich wiederzusehen, nicht im Geringsten, meine Liebe."

Fitz räusperte sich. Hätte Helena nicht an ihre Naht gedacht, ihre Augenbrauen wären in die Höhe geschossen. Es war ihr unbegreiflich, wie ein Mann, der seine Frau auf eine Art und Weise küsste, die einem Ausgehungerten beim Verzehr eines frischen Laibes Brot gleichkam, einen anderen Mann dabei unterbrechen musste, wie er seine Frau auf völlig geziemende Weise begrüßte.

„Hast du zu Abend gegessen, David?", fragte Fitz.

„Danke, das habe ich." Hastings drehte sich zu Fitz um. „Wo ist die Nachtschwester?"

„Wir haben ihr gesagt, sie solle hoch gehen und sich hinlegen. Sie hat stundenlang auf diesem Stuhl ausgeharrt", sagte Millie.

Hastings nickte. „Verstehe."

„Fitz, Millie, warum ruht ihr euch nicht ebenfalls etwas aus?", fragte Helena. *Oder seid die halbe Nacht vernehmlich mit Unanständigkeiten beschäftigt, wenn ihr das bevorzugt.* „Lord Hastings kann so lange bei mir bleiben, bis die Nachtschwester zurückkommt."

Auf ihren Vorschlag hin wechselten Fitz, Millie und Hastings einige Blicke. Helena war leicht irritiert. Warum taten alle immer so überrascht, wenn sie etwas Zeit allein mit ihrem Mann verbringen wollte?

„Also gut, David, übergeben wir ihre Sicherheit und Gesundheit in deine Obhut", pflichtete Fitz ihr bei.

Nachdem sie Gute Nacht gesagt hatten, küsste er sie genau wie Millie auf die gesunde Wange. Hastings schloss leise die Tür hinter ihnen. „Wie geht es dir, meine Liebe?"

„Viel, viel besser. Keinerlei Magenprobleme, abgesehen von einem leichten Anflug von Übelkeit, und ..." Als er das Bettende erreichte, wusste sie einen Augenblick lang nicht mehr, was sie hatte sagen wollen. Seine langen Finger fuhren über das spitz zulaufende Ende des Bettpfostens neben ihm − Finger, die aufgrund ihrer noch jungen Ehe erst vor wenigen Tagen ihre Kurven nachgezeichnet haben mussten.

„Und was?", hakte er nach.

„Und ... die Kopfschmerzen sind wesentlich erträglicher."

„Hervorragend." Nun legte er seine Finger nacheinander auf den Bettpfosten. Sie schluckte. „Entschuldige bitte, dass ich dich geweckt habe. Ich wollte früher zurück sein, aber Bea wollte einfach nicht aus ihrem Koffer kommen."

Das hatte er vorher schon Fitz und Millie gegenüber erwähnt.

„Was für ein Koffer?"

„Wenn sie aufgewühlt ist, verkriecht sie sich in ihrem Schrankkoffer."

Erst jetzt fiel ihr auf, dass er verändert aussah. Er hatte so viel Pomade im Haar, dass nur die Spitzen sich lockten und sein Haar zudem dunkler aussah, eher braun als blond. „Besteht darin nicht die Gefahr, dass sie erstickt?"

„Ich habe Löcher in die Seiten bohren lassen. Außerdem gibt es am Boden eine kleine Öffnung, durch die man ihr eine Tasse Tee und einen Keks reichen kann."

Ein seltsames Kind. Helena konnte sich nichts Schlimmeres vorstellen, als sich selbst einzusperren. „Sie ist nicht wie andere Kinder, oder?"

„Kein Kind gleicht dem anderen, ihr fehlen jedoch die Grundinstinkte und Fähigkeiten, die normale Kinder ausmachen." Er seufzte leise. „Unter uns gesagt habe ich keine Ahnung, ob ich das

Richtige tue, wenn ich neben ihrem Koffer ausharre und versuche, sie herauszulocken. Mein Onkel hätte das Ding einfach in Brand gesetzt und vermutlich sie selbst dazu gezwungen, das Streichholz zu entzünden."

Warum sie seine Unsicherheit so anziehend fand, wusste sie nicht. Sie nahm an, dass es ihr einfach gefiel, wenn ein Mann bescheiden genug war, die eigenen Entscheidungen infrage zu stellen und gleichzeitig mutig genug, es zuzugeben. „Ist sie denn wirklich verzweifelt, wenn sie dort hineingeht?"

„Ja."

„Dann machst du nichts falsch damit, geduldig und freundlich zu bleiben."

Wieder schenkte er ihr ein Lächeln, es sah müde und glücklich zugleich aus. Ihr lag etwas auf dem Herzen. Sie strich mit den Fingern über den Rand ihrer Bettdecke. „Ich hatte nie einen Schrankkoffer. Ich hätte es nicht ausgehalten, in einem zu sein, nicht einmal beim Versteckspiel. Wir hatten aber einen sehr großen Baum in Hampton House. Wenn mich irgendetwas sehr aufgeregt hat, bin ich auf den höchsten Ast geklettert. Da war ich dann gefangen, denn ich wusste nicht, wie ich wieder herunterkommen sollte.

Mein Vater hat extra eine Leiter bauen lassen, um mich zu bergen. Er hat ziemlich spät geheiratet und war schon fünfundvierzig als Fitz und ich geboren wurden. Als ich mir das Wutbaumsteigen angewöhnte, war er also mindestens fünfzig. Doch statt einen Bediensteten zu schicken, kam er stets selbst. Einige meiner glücklichsten Kindheitserinnerungen bestehen daraus, wie er mich auf dem Rücken vorsichtig diese lange, lange Leiter heruntertrug."

Er hatte die Augen nicht von ihr gewandt, während sie ihre Geschichte erzählte, aber nun, da sie schwieg, fiel es ihr schwerer, seinem Blick standzuhalten. „Du kennst die Geschichte vermutlich schon", sagte sie, um die Pause zu überbrücken.

„Nein, ich höre sie zum ersten Mal", antwortete er und klang erfreut. „Meinst du, Bea wird irgendwann jemandem von dem Koffer und ihrem davor wartenden Vater erzählen?"

„Das sollte sie. Ich würde es tun."

Das Lob fühlte sich zu herzlich an – so herzlich, dass ihre Wangen davon ganz heiß wurden. Aufgrund der Art, wie er sie ansah, war sie sich sicher, dass er spürte, wie ihre Körpertemperatur anstieg. Sie suchte nach weniger schmeichelnd klingenden Worten. „Was hast du mit deinen Haaren gemacht? Es gefällt mir nicht besonders."

Er legte die Stirn in Falten. „Wie gefällt es dir denn?"

„Ich ziehe die Locken vor."

Er machte ein Gesicht, als ob sie ihm gesagt hätte, dass er ihr mit drei Augen besser gefallen würde. „Du hast dich immer über sie lustig gemacht und gesagt, dass meine Haare wie Schafwolle aussehen."

Sie brach in Gelächter aus – und schnappte nach Luft, als ihr ein stechender Schmerz in den Kopf fuhr. „Das denkst du dir nicht aus, oder? Habe ich das wirklich gesagt?"

„Manchmal hast du mich Goldlöckchen genannt."

Sie musste sich zurückhalten, um nicht wieder loszulachen. „Und du hast mich geheiratet? Es klingt so, als ob ich ein ziemlich schreckliches Mädchen war."

„Ich war ein äußerst schrecklicher Junge. Man könnte also sagen, dass wir gut zusammenpassen."

Sie wusste nicht genug, um das zu kommentieren, aber wenn er in ihrer Nähe war, war sie … glücklicher.

Für eine Weile schwiegen sie beide. Als die Stille langsam unangenehm wurde, blickte er zu Tür und fragte: „Fitz und seine Frau haben nicht wirklich gedöst, oder?"

Dieses Gesprächsthema schien wesentlich sicherer. Sie ging darauf ein. „Nein, sie haben sich geküsst, als ob es kein Morgen gäbe."

Er grinste. „Und du hast sie dabei beobachtet, als ob es kein Morgen gäbe?"

Wenn sie nur den Kopf hätte in den Nacken werfen können. „Du kannst dir sicher sein, dass ich die Augen fest geschlossen hielt, sobald ich bemerkt hatte, was sie taten. Sie hätten sich aber erst vergewissern sollen, dass ich schlafe, ehe sie übereinander hergefallen sind."

„Möglicherweise konnten sie sich gerade noch so der Schwester entledigen." Er schaute zum Bettpfosten, an dem seine Finger die Tiefe der eingeschnitzten Rillen ertasteten. „Wenn einem danach ist, sich zu küssen, wird es schwierig, an viel anderes zu denken."

Dieser Mann machte etwas mit ihr. Trotz ihrer Schwäche und ihrer Beschwerden aufgrund des Unfalls, und ungeachtet der

Tatsache, dass sie nur einige Stunden zuvor nicht gewusst hatte, wer er war, verspürte sie so etwas wie … Erregung. „Haben wir uns so geküsst?"

Sie hatte diese Frage mit Sicherheit nicht stellen wollen. Doch da war sie, hing klar und deutlich zwischen ihnen in der Luft.

Seine Finger bewegten sich nicht mehr. „Zuweilen."

Sie biss sich auf die Innenseite der Unterlippe. „Nur zuweilen?"

Mit einem Lächeln auf den Lippen blickte er sie schräg von der Seite an. „Wie oft hättest du denn für richtig gehalten?"

Nun blieb ihr keine andere Wahl, als es gerade heraus zu sagen. „So oft, wie ich wollte, natürlich."

Wäre es nicht tief in der Nacht gewesen, hätte sie womöglich gar nicht gehört, wie sein Atem einen Moment stockte – oder wie ungleichmäßig er daraufhin ausatmete. Ihr Unterleib begann zu kribbeln.

„So betrachtet haben wir es getan, so oft du wolltest." Seine Hand lag wieder an der Bettkante. Er rieb das Bettlaken zwischen den Fingern. „Und es hat dir ausnehmend gut gefallen, wenn ich das hinzufügen darf."

Das Kribbeln spürte sie mittlerweile im ganzen Körper. „Soll ich dir das einfach so glauben?"

Er kam einen Schritt näher. Seine Augen waren so blau wie der Himmel. „Ich kann es dir zeigen, wenn du mir nicht glaubst."

Ein Klopfen an der Tür ließ sie zusammenzucken. „Das … muss die Schwester sein."

„Verflixt", sagte er mit einem Anflug des Bedauerns auf dem Gesicht. „So großes Können, so wenige Gelegenheiten, es unter Beweis zu stellen."

„Vielleicht wenn du wieder Locken hast."

„Vielleicht bringe ich dich auch dazu, mich zuerst zu küssen und damit zu beweisen, dass du es ernst meinst", sagte er, während er zur Tür ging, „ehe ich aufhöre, mir Pomade ins Haar zu schmieren."

Statt den Raum zu verlassen, als die Schwester sich setzte, nahm er auf dem gleichen Stuhl Platz, auf dem er ihr am Morgen schon Mrs Brownings Sonette vorgelesen hatte.

„Mylord, die Lady muss sich ausruhen", erinnerte ihn die Schwester.

„Ja, natürlich. Ich werde Lady Hastings in Ruhe lassen und still hier sitzen bleiben."

Helena war sowohl überrascht als auch erfreut. „Du selbst möchtest nicht in einem komfortablen Bett schlafen?"

Er schüttelte energisch den Kopf. „Ich war heute schon lange genug weg von dir."

Ihr Herz pochte. „Es wird unbequem werden."

Er hob ihre Hand und küsste sie. „Was ist schon ein wenig Unbequemlichkeit gegen die Freude, in deiner Nähe zu sein? Schlaf jetzt, Liebes, du hast noch einen weiten Weg der Genesung vor dir."

ES DAUERTE NICHT LANGE, bis sie wieder eingeschlafen war. Hastings blieb eine ganze Weile länger wach und genoss jeden Augenblick ihrer Nähe.

Es fühlte sich noch immer wie ein Traum an, stundenlang neben ihr sitzen zu können. Die innige Vertrautheit, der es bedurfte, um ihr beim Einschlafen zusehen zu dürfen, war ein Privileg, auf das er nie zu hoffen gewagt hatte, nicht einmal, als er Geschichten über sie beide geschrieben hatte. Und sich so zu unterhalten, wie sie es taten, sich über Bedeutungsvolles auszutauschen – das war wahrhaftig eine neue Welt.

Er wusste nicht, wann er eingeschlafen war, aber als er mit einem schrecklichen Gefühl der Angst plötzlich aufschreckte, war es kurz nach vier Uhr nachts. Sein Blick richtete sich sofort auf sie. Im gedimmten Licht des abgedunkelten elektrischen Leuchters sah er sie auf dem Rücken liegen. Ihr Brustkorb hob und senkte sich mit beruhigender Gleichmäßigkeit. Er seufzte vor Erleichterung – und sah erst dann, dass ihre Augen offen waren und entlang ihrer Schläfe eine Tränenspur glänzte.

Er berührte ihre Hand. „Was ist los?", flüsterte er, um die leise schnarchende Schwester nicht aufzuwecken.

„Nichts." Helena wischte die Tränen weg und verzog das Gesicht ein wenig, als ihre Finger die noch immer verfärbte Haut berührten. „Ich bin einfach nur sentimental."

„Darf ich fragen weshalb oder wegen wem?"

Sie atmete unruhig. „Meine Carstairs-Cousins und -Cousinen. Kanntest du sie?"

„Ja. Ich war auf einer ganzen Menge Beerdigungen."

Eine weitere Träne rann ihr seitlich die Schläfe herunter. „Ich kann nicht glauben, dass sie alle tot sind – Billy vor allem."

Er riss die Augen auf.

Sie starrte an die Decke und bekam nichts von seiner Reaktion mit. „Wahrscheinlich war er der Liebling meines Vaters unter all meinen Cousins und Cousinen. Und meiner auch. Wie behutsam er mit Tieren umging – sie liebten ihn alle. Und es ist so schrecklich, wie er gestorben ist, ich kann einfach nicht anders, als seinetwegen schrecklich traurig zu sein. Was natürlich dumm ist, da ich bereits unzählige Tränen um ihn vergossen haben muss."

„Du hast überhaupt nicht um ihn geweint", erwiderte er.

Ihre Lippen bebten. „Da wir damals noch nicht verheiratet waren, habe ich vermutlich nicht zugelassen, dass du mich weinen siehst."

„Du warst nicht auf seiner Beerdigung, Helena."

Sie hörte abrupt auf zu weinen. „Was? War ich krank?"

„Nein, es ging dir ausgesprochen gut. Du bist nicht hingegangen, weil du Billy verabscheutest."

Sie richtete sich ruckartig in eine aufrechtere Position auf, lehnte den Kopf an das Kopfende des Bettes. „Das ist unmöglich. Ich habe Billy angehimmelt. Du hättest sehen sollen, wie liebevoll er mit meinem Welpen umging, ja, selbst mit streunenden Hunden."

Er bemerkte, dass sie sich innerlich stur stellte. Und ausgerechnet er besaß das fragwürdige Talent, sie dazu zu bringen, nur noch mehr auf ihrem Standpunkt zu beharren. Es blieb ihm jedoch nichts anderes übrig, als weiterzusprechen. „Billy war nett zu Welpen, Frauen gegenüber aber verabscheuenswert. Er hat fünf Frauen, die in seinem Haushalt angestellt waren, vergewaltigt. Es wurde jedes Mal vertuscht, aber alle wussten es. Als er starb, gab es im Haus der Carstairs kein weibliches Personal mehr."

Sie starrte ihn mit offenem Mund an.

„Anfangs hattest du auch Schwierigkeiten, es zu glauben. Erst als du achtzehn warst und ihn dabei ertappt hast, wie er ein vierzehn Jahre altes Dienstmädchen in die Enge trieb, hast du deine Meinung geändert. Von daher verstehe ich es, wenn du mir nicht glaubst."

Sie schüttelte wesentlich heftiger den Kopf, als ihr gut tat. „Nein, nein, du hast mich missverstanden. Selbstverständlich glaube ich dir."

Nun starrte er sie an, ungläubig und – begeistert. Sie nahm ihn beim Wort. Sie vertraute ihm. Nichts dergleichen war jemals zuvor geschehen.

„Du hast keinen Grund, schlecht über Tote zu sprechen", fuhr sie fort, während die Finger ihrer freien Hand nervös zuckten. „Im Gegenteil, es wäre dir zum Vorteil geraten, etwas Nettes über ihn zu sagen, als ich um ihn trauerte. Es macht mich nur einfach sprachlos, wie sehr ich mich getäuscht habe. Vater starb, als Billy zwölf war, man muss es ihm also nachsehen, dass er nicht sah, zu was für einem Monster sich Billy entwickeln würde. Aber was habe ich in den vielen darauffolgenden Jahren getan? Ich hätte nicht so lange brauchen dürfen, um die Wahrheit zu erkennen. Für wie klug ich mich doch in jeglicher Hinsicht gehalten habe."

„Du bist in fast jeder Hinsicht klug", bekräftigte er. „Klug, scharfsinnig und schlau. Aber du hast auch eine empfindsame Seite. Und es fällt dir schwer, Bindungen einzugehen. Doch wenn du es tust, dann bist du unheimlich liebevoll und vergibst Fehler und Schwächen."

Sie schien überrascht davon, dass er sie verteidigte, dankbar und schließlich verlegen. „Du sprichst aber nicht von dir, oder? Du wirkst wie ein Mann voller Fehler und Schwächen", sagte sie mit neckendem Unterton.

„Das könnte stimmen. Mir hast du jedoch keinen einzigen Fehler jemals vergeben, was mich sehr enttäuscht hat."

Sie wandte einen Moment lang den Blick ab und zupfte an der Bettdecke. „Nun denn, wenigstens findet mein dummes Geflenne dadurch ein Ende."

Er legte eine Hand auf ihre. „Warum schläfst du nicht noch ein wenig? Du musst dich ausruhen."

Sie schaute ihn von der Seite an, sagte aber nichts.

„Was ist los?", fragte er.

In ihren Augen spiegelte sich lediglich ein Lächeln – oder vielleicht sogar ein Grinsen – wider.

Sein Herz schlug schneller. „Du denkst doch an irgendetwas."

„Vielleicht tue ich das."

„Sag schon."

Seine Hand lag noch immer auf ihrer. Nun aber drehte sie sie und fuhr langsam mit dem Daumen über seine Handfläche. Ihm stockte der Atem, und sein ganzer Arm wurde warm.

„Die Demonstration deiner Künste, von der du gesprochen hast – ich würde sie gerne erleben." Sie blickte ihn noch eine Spur ungezogener an. „Nur noch nicht jetzt. Du wirst noch etwas warten müssen."

„Wirklich?", sagte er betont dramatisch.

Er erhob sich, legte die Arme um sie und näherte sich ihren Lippen bis auf wenige Zentimeter.

Sie war überrascht – und erregt. Trotz des gedimmten Lichtes konnte er sehen, wie sich ihre Pupillen weiteten. Sie befeuchtete sich die Lippen, und er umklammerte mit den Händen das Kissen. Ihr erregtes Atmen verschmolz, und er musste nur den Kopf noch ein wenig senken …

Er wich zurück, setzte sich wieder und grinste wie schon zuvor. „Du hast recht – jetzt noch nicht. Du musst dich noch ein wenig gedulden müssen, mein Liebling."

IM MORGENLICHT BETRACHTETE HELENA IM Spiegel ihren Kopf und fragte sich, ob Hastings sie in der Nacht wohl geküsst hätte, wenn sie eine wallende Mähne seidigen Haars vorzuweisen gehabt hätte, die sich wie das optische Pendant eines Sirenenliedes auf ihr Kopfkissen ergoss. „Ich glaube, ich kann mit Fug und Recht behaupten, dass ich es vorzöge, keine Glatze zu haben", erklärte sie bedauernd.

Sie war von Frauen umgeben: Die Tagesschwester wartete darauf, ihr einen neuen Verband anzulegen, Venetia hielt den Spiegel, und Millie stand da, einen Finger an die Wange gelegt.

„Du bist nicht vollständig kahl", hob Millie hervor. „Dein Haar wächst bereits nach."

„Mach dir keine Gedanken wegen deiner Haare", sagte Venetia. „Der Huftritt hätte dich ein Auge kosten können, dein Haar wächst wenigstens wieder."

Helena seufzte. Das war vollkommen richtig. „Abgesehen davon, dass ich mich absolut nicht an dein Dino…"

In ihrem Geist tauchte wie aus dem Nichts die Erinnerung an warme Sommerluft auf, die die Haut ihres Nackens streifte und sich mit der salzigen, kühlen Brise der Küste abwechselte. Sie hatte mit einem Buch in den Händen unter einem Baum gesessen – „Sturmhöhe", um genau zu sein – so war es doch gewesen? Und Venetia hatte von irgendwo hinter ihr gerufen: „Fitz, Helena, kommt und schaut, was ich gefunden habe."

„Ich erinnere mich", sagte sie ganz vorsichtig, damit sich die wiedergewonnene Erinnerung nicht wieder zerstreute. „Ich *erinnere* mich. Es war ein Monstrum, dein Fossil. Wir haben drei Stunden damit verbracht, ehe wir entschieden, dass wir es zu dritt nicht damit aufnehmen konnten. Fitz schlug vor, dass wir im Dorf nach Hilfe fragen und das haben wir dann auch getan. Und alle männlichen Bewohner, die älter als fünf waren, haben sich freiwillig gemeldet."

Venetia starrte sie einige Sekunden lang an. Dann quietschte sie vor Freude und umarmte Millie so fest, wie es mit Helena noch nicht möglich war. „Ganz genau so war es. Du erinnerst dich! Das tust du, ja wirklich."

Sie ließ von der verwunderten Millie ab, lachte und wischte sich gleichzeitig die Tränen aus den Augen. „Nun ja, eigentlich ist es nicht ganz genau so passiert. Mir sind keine Fünfjährigen zur Hilfe geeilt, Siebenjährige vielleicht, aber keine Fünfjährigen."

Helena begann ebenfalls zu lachen und scherte sich nicht darum, dass es ihr nach wie vor Schmerzen bereitete. „Möglicherweise keine *Fünf*jährigen, aber da war dieser kleine Junge, nicht älter als vier, der dich die ganze Ausgrabung über aus wenigen Metern Entfernung angestarrt hat." Sie wandte sich Millie zu. „Du hältst Venetia zwar jetzt für schön, aber das ist nichts im Vergleich dazu, wie sie mit sechzehn aussah. Ihretwegen kam es auf der Straße zu Menschenaufläufen."

Venetia hatte ein breites Lächeln auf dem Gesicht. „Warte bis ich Lexington erzähle, was für einen schlechten Handel er eingegangen ist, dass er die alte, hässliche Venetia abbekommen hat statt der jungen, frischen."

Sie musste ihren Ehemann nicht suchen gehen. Die Tür schwang auf, und genau er stand auf der Schwelle. „Geht es dir gut, meine Liebe? Ich habe dich schreien gehört."

Venetia lief zu ihm und packte ihn am Arm. „Es geht mir hervorragend. Helena hat sich an unsere Ausgrabung erinnert."

„Des Cetiosaurus'?", fragte Lexington begeistert und legte seine Hand dabei auf die seiner Frau. „Großartig. Das war wann? Sechs Monate später als ihre vorherige letzte Erinnerung?"

„Mindestens sieben", korrigierte ihn Venetia.

Nun gesellten sich Fitz und Hastings zu Lexington in den Türrahmen, in dem es langsam ziemlich eng wurde. „Warum die ganze Aufregung?", fragte Fitz.

„Ich erinnere mich an Venetias Dinosaurier", verkündete Helena mit dem gleichen Stolz, den sie beim Lesen ihres allerersten Buches empfunden hatte.

„Gottseidank", rief Fitz. „Das sind großartige Neuigkeiten."

Helena richtete ihre Aufmerksamkeit auf Hastings, dessen Haar vom Bad noch feucht war. Auch er hatte ein Lächeln auf dem Gesicht, das jedoch irgendwie unecht wirkte. „Venetia entdeckte den Dinosaurier nur wenige Wochen, bevor ich das erste Mal nach Hampton House zu Besuch kam. Erinnerst du dich auch daran?"

Helenas Freude bekam einen kleinen Dämpfer. „Nein, daran nicht. Zumindest noch nicht."

Hastings atmete hörbar aus. „Ich gehe davon aus, dass es dann wohl zu einem anderen Zeitpunkt geschehen wird."

Seine Reaktion verwirrte sie. Wenn man bedachte, dass er in der Nacht zuvor erleichtert darüber gewesen war, dass sie sich weiterhin nicht erinnerte und dass er der Tatsache relativ gleichgültig gegenüberstand, dass sie sich an ihre gemeinsame Vergangenheit nicht erinnern konnte, hätte man versucht sein können zu glauben, er sei nicht besonders erpicht darauf, dass sie ihr Gedächtnis wiedererlangte.

„Mylady", sagte Schwester Gardner, „wir sollten Ihnen einen neuen Verband anlegen."

Erst jetzt wurde sich Helena wieder ihres kahlen Kopfes bewusst. „Würde es Ihnen etwas ausmachen, sich zu verabschieden, meine Herren?"

Sie entschuldigten sich murmelnd und gingen. Hastings schaute zu ihr zurück, in seinem Blick lag Angst, als ob sie sich nicht auf dem Wege der Besserung befand, sondern sich ihr Zustand verschlimmerte und jeder Moment ihr letzter gemeinsamer sein konnte.

Es war nur eine Frage der Zeit.

Hastings saß neben ihrem Bett und hatte den Kopf in die Hände gestützt. Er wusste, dass es so kommen würde. Er hatte es die ganze Zeit gewusst. Doch er hatte sich mehr Zeit erhofft, mehr Zeit für dieses Wunder.

„Wie ich sehe, hast du dich klugerweise dazu entschlossen, deine Locken nicht länger vor meinem interessierten Blick zu verstecken", sagte sie und erstaunte ihn damit.

Er richtete sich auf. „Du bist wach."

„Schon seit einigen Minuten."

Er half ihr sich aufzusetzen und läutete nach dem Mittagessen. „Bewunderst du mein Haupthaar, diese Kreuzung aus Golden Retriever und Pudel?"

Sie zog einen Mundwinkel nach oben. „Ich finde deine Locken entzückend."

Wären sie nicht allein gewesen, hätte sie vermutlich nicht in diesem flirtenden Ton mit ihm gesprochen. Die Tagesschwester hatte kurz das Zimmer verlassen müssen. „Entzückend, hm?"

„Absolut. Ich wäre aber noch entzückter gewesen, wenn ich mich nicht zur selben Zeit hätte fragen müssen, warum du so niedergeschlagen aussiehst."

Sie hatte es bemerkt. War er es nicht gewesen, der ihr nur wenige Stunden zuvor versichert hatte, sie sei klug, scharfsinnig und schlau? Abgesehen davon hatte er seine Reaktion nicht vor ihr verborgen, das Schwanken zwischen Furcht und Hoffnung, das sich in schwindelerregender Geschwindigkeit fortwährend wiederholte.

Er fuhr sich mit den Fingern durchs Haar. „Entschuldige. Ich wollte dich nicht von dem puren Entzücken ablenken, das dir meine Haare bereiten."

Sie musterte ihn einen Moment lang. Die Blutergüsse auf ihrem Gesicht verblassten nun rasch, in ein paar Tagen würden die Verfärbungen kaum noch zu sehen sein, und ihre Augen … ihr Blick war sowohl eindringlich als auch verständnisvoll. Er hatte gesehen, wie sie andere so angeschaut hatte, nie zuvor jedoch ihn.

„Warum möchtest du nicht, dass ich mein Gedächtnis zurückbekomme?"

Es brachte ihn ins Schwitzen, mit welcher Offenheit sie diese Frage stellte. Er erwiderte jedoch ihren Blick und entgegnete wahrheitsgemäß: „Ich will, dass du deine Erinnerungen wiedergewinnst. Du hast viele Freunde gewonnen und ein interessantes, erfolgreiches Leben geführt. Es wäre eine Schande, wenn du nicht zurückblicken und den Weg sehen könntest, den du gegangen bist."

Sie dachte einen Moment über seine Antwort nach. „Aber?"

War sie bereit für die ganze Wahrheit? War er es?

„Erinnerst du dich, was ich über meine Knie sagte, was mit ihnen geschah, als ich dich das erste Mal sah?"

Sie lächelte kaum merklich. „Ja."

„Du hast meine Gefühle nicht erwidert. Du hast einen Blick auf mich geworfen und dich wieder deinen Büchern zugewandt. Du warst keines dieser Mädchen, die sich schnell verlieben, ganz abgesehen davon, dass ich zehn Zentimeter kleiner war als du. Ich dagegen ..."

Er hatte ihr immer wieder seine Liebe gestanden, als sie im Koma gelegen hatte. Wenn er es aber nun, da sie hellwach und klar bei Verstand war, aussprache, würde er es nie wieder zurücknehmen können und sie wüsste für immer Bescheid.

Er spielte mit einem Zipfel ihrer Bettwäsche und mied dabei ihren Blick. „Ich dagegen habe mich schrecklich verliebt, und als mir bewusst wurde, dass ich für dich unsichtbar war, beschloss ich, einfach alles zu tun, um deine Aufmerksamkeit zu erringen."

„Was hast du getan?", fragte sie amüsiert, fast liebevoll.

„Es wäre besser gewesen zu fragen, was ich nicht getan habe." Er hob den Kopf. „Eine Woche, nachdem wir uns das erste Mal begegnet sind, habe ich versucht, dir in den Hintern zu kneifen."

Sie starrte ihn mit einer Mischung aus Entrüstung und Spott an. „Wirklich?"

„Zu meiner Verteidigung kann ich nur sagen, dass ich ohnehin nichts gespürt hätte – Mädchen trugen damals ungeheuer ausladende Turnüren. Ich wollte einfach, dass du mich bemerkst."

„Habe ich dir eine runtergehauen?"

„Du hast mir eine heftige, wohlverdiente Ohrfeige gegeben. Ich bin eine Woche lang mit einem blauen Auge herumgelaufen – und war ein wenig traurig, als es vollkommen abgeheilt war."

Ihre Lippen bebten belustigt. „Meine Güte, was für ein Romantiker."

„Jetzt findest du es lustig. Aber stell dir vor, deine erst kürzlich wiedergewonnenen Erinnerungen hätten sich ein paar Wochen weiter erstreckt und meinen ersten Besuch in Hampton House beinhaltet. Du würdest mich für einen absolut widerwärtigen Rotzlöffel halten."

„Du müsstest mir einfach nur beweisen, dass du keiner bist." Sie fasste nach oben und nahm eine Strähne seines Haars zwischen die Finger. „So einfach wäre das." Sie strich sanft die Locke glatt und ließ sie dann los. „Sie ist so elastisch."

Sie waren der Wahrheit nur einen Schritt nähergekommen, doch sie war zufrieden – und abgelenkt. Ausgerechnet von seinem Haar.

„Ich fühle mich wie ein Schaf, das bei der Schur im Frühling übersehen wurde", murmelte er.

„Ja, hinreißend flauschig."

Zu jedem anderen Zeitpunkt hätte er gegen die Verwendung dieses Adjektivs protestiert. Nun war er viel zu erleichtert. „Möchtest du, dass ich meinen Stuhl näher heranschiebe, damit du mein Haar leichter streicheln kannst?", fragte er.

Sie strahlte ihn an. „Ja, genau das möchte ich."

AM ABEND BAT SIE IHN, ihr „Alice im Wunderland" vorzulesen. Er kam ihrer Bitte gerne nach und wiederholte seine Darbietung vom vorhergehenden Mal, sprach die Charaktere in unterschiedlichen Stimmlagen und mit verschiedenen Akzenten. Er machte es so gut, dass die Nachtschwester am Ende des ersten Kapitels applaudierte.

Helena tat es ihr gleich. „Bravo! Bravo! Du hast mir das Buch schon einmal vorgelesen, nicht wahr? Ich habe das Gefühl, die Grinsekatze nicht zum ersten Mal so schnurren zu hören."

„Nein, ich habe es dir nur einmal vorgelesen, und da warst du bewusstlos."

Sie wirkte überrascht. „Ich schätze nicht, dass ich mich an irgendwas während dieser drei Tage erinnern kann, und doch habe ich das unbestimmte Gefühl, dass ich dich schon einmal etwas Ähnliches habe lesen hören."

Waren die Schleusen in ihrem Geist kurz davor, sich wieder zu öffnen? Wie weit würde ihre Erinnerung diesmal reichen? Er umklammerte die Seiten fester. „Ich weiß nicht, was ich dazu sagen soll."

Sie verzog resigniert den Mund. „Ich muss es mir einbilden, auch wenn ich schwören könnte, dass es nicht so ist."

Er sah auf das Buch hinab. „Soll ich mit dem nächsten Kapitel fortfahren?"

Sie dachte über die Alternativen nach. „Schwester Jennings, würden sie nicht gerne etwas Luft schnappen?"

Dazu musste man Schwester Jennings nicht zweimal auffordern. „Das würde mir ausgesprochen guttun. Vielen Dank, Mylady."

Hastings hielt den Atem an. Helena wollte allein mit ihm sprechen. Hatte sie sich an etwas Entscheidendes erinnert?

Die Tür fiel hinter Schwester Jennings ins Schloss. Helena wandte sich Hastings zu. „Ich muss vorhin vollkommen von deinen hinreißenden Locken abgelenkt gewesen sein. Je mehr ich darüber nachdenke, desto verwirrter bin ich. Warum solltest du Angst davor haben, dass mein Gedächtnis zurückkehrt, wenn das Schlimmste, das du je getan hast, daraus bestand, einmal meinen Hintern anzufassen?"

Ihr Gedächtnis war also nicht weiter zurückkehrt – zumindest noch nicht.

„Nun, mal sehen. Als ich dein Zuhause im darauffolgenden Sommer besuchte, war ich fünf Zentimeter gewachsen, du aber leider auch. Wie ein Turm ragtest du neben mir empor, wie du es schon vorher getan hattest, und schenktest mir in unmenschlicher Grausamkeit keinerlei Beachtung. Also habe ich einen Plan ausgeheckt, wie wir beide eingesperrt im Kleiderschrank auf dem Dachboden landen würden. Leider warst du mir einen Schritt voraus und hast mich allein dort eingeschlossen."

Sie zeigte ihm ein strahlendes Lächeln. „Das habe ich gut gemacht."

„Du hast mich sechs Stunden lang nicht rausgelassen. Meine Blase hielt dem nur dank Gottes Gnade stand, und als du mich endlich herausließest, hattest du ein so unglaubliches Grinsen auf dem Gesicht – es hat mich monatelang verfolgt.

In dem Sommer, als wir siebzehn waren, war ich fast groß genug, um dir in die Augen zu sehen, aber immer noch einen frustrierenden Zentimeter zu klein. Andererseits war ich nicht mehr jungfräulich, nachdem man mich zwei Wochen zuvor zum Mann gemacht hatte, also ließ ich keine Gelegenheit ungenutzt, um dich mit all den pikanten Details zu überhäufen.

Du warst schon immer eher eine Bohnenstange, also erzählte ich dir sehr genau, wie gewaltig die Brüste der Schankmagd waren und was für ein ausladendes Hinterteil sie hatte. Dann berichtete ich von ihrem hinreißenden Kirschmund – der nichts anderes als ein Schmollmund war, in dem ich aber ganz versinken konnte."

Ihr fiel die Kinnlade herunter. Das war eine ziemlich anstößige Unterhaltung, selbst unter Ehegatten. „Was habe ich gesagt?"

„Du sagtest: ‚Um ganz in einem hinreißenden Kirschmund zu versinken, müssen Sie ziemlich schlecht bestückt sein.'"

Sie lachte laut. „Was hast du darauf gesagt?"

„Ich habe irgendetwas gestammelt, protestiert, so hätte ich es nicht gemeint, konnte aber natürlich nicht einfach meine Hose herunterziehen, um dir zu beweisen, dass du falsch lagst. Du kaltherziges Frauenzimmer hast noch einen draufgesetzt: ,Ich bin ganz sicher, dass Sie keine derart peinlichen Details über ihren Körperbau ausplaudern wollten, aber machen Sie sich keine Sorgen. Zahlen Sie den Schankmädchen einfach genug, dann lachen sie nicht über Sie.‘ Dann hast du mir zugezwinkert. Ich fühlte mich aufs Äußerste gedemütigt.“

Sie kicherte vor Freude. „Meine Güte, ich war wirklich ganz schön frech.“

„Ebenso wie ich, man könnte sogar sagen, ich war ein ziemlich nerviger Schwachkopf.“

War dieses Fazit genug, um zu erklären, warum er der Rückkehr ihres Gedächtnisses so besorgt gegenüber stand?

Sie hielt sich die Hand vor den Mund und gähnte. „Entschuldige. Ich kann kaum glauben, wie viel Schlaf ich im Moment brauche.“

Er merkte, wie die Anspannung von ihm abfiel. „Schlaf ruhig. Deine Gesundheit ist im Moment das Wichtigste.“

„Würde es dir etwas ausmachen, mit dem nächsten Kapitel zu beginnen?“

„Natürlich nicht. Ich lese so lange vor, bis du eingeschlafen bist.“

Sie nahm eine seiner Locken zwischen die Finger. „Fitz hat ein Zimmer für dich. Du musst nicht die ganze Nacht auf diesem Stuhl sitzen.“

Er fuhr über die Buchkante. „Das möchte ich aber.“

Nun legte sie ihre ganze Hand auf sein Haar.

„Falls ich wieder mitten in der Nacht weinend aufwache und jemanden brauche, der mich zur Vernunft bringt?“

Falls es die letzte Nacht war, in der ihm dieses Privileg zuteilwurde.

„So ungefähr“, entgegnete er. „Ich mag früher ein Schwachkopf und ein Rotzlöffel gewesen sein, aber als Erwachsener bin ich die Stimme der Vernunft und der Inbegriff des gesunden Menschenverstandes.“

AM NÄCHSTEN MORGEN WURDEN HELENA die Fäden gezogen. Zudem wurde offiziell verkündet, dass ihr Leben nicht mehr in Gefahr war und bezüglich einer Hirnblutung kein Grund zur Sorge mehr bestand. Sie wollte sofort aufstehen, ließ sich aber auf energisches Drängen Miss Redmaynes und ihrer Familie davon überzeugen, noch ein paar Tage im Bett zu bleiben.

Wenigstens durfte sie lesen. Hastings zeigte ihr das Buch, das sie geschrieben hatte, um Autoren Einblick ins Verlagsgeschäft zu geben. Außerdem brachte er ihre Sekretärin Miss Boyle zu ihr, damit sie das Nötigste über Fitzhugh & Company erfuhr, um sich um den Schriftverkehr zu kümmern, der sich in ihrer Abwesenheit angesammelt hatte.

Interessanterweise war der Versuch, in wenigen Tagen all das neu zu lernen, das sie vorher über Jahre zur Perfektion gebracht hatte, gar nicht so entmutigend, wie sie erwartet hatte. Dass ihr Erinnerungsvermögen keine Fortschritte machte, frustrierte sie wesentlich mehr. In Anbetracht der Tatsache, dass sie einen beachtlichen Teil kurz nach ihrem Erwachen zurückerlangt hatte, hatte sie ein Fortschreiten dieser Entwicklung erwartet, wenn nicht täglich, dann wenigstens alle zwei Tage.

Die Rückkehr ihrer Erinnerungen folgte aber leider keinem vorgeschriebenen Zeitplan. Am vierten Tag nach dem Koma, als sie sich Sorgen zu machen begann, dass der Rest ihres Gedächtnisses am Ende gar nicht wiederkehren würde, und Hastings seine Tochter in Kent besuchte, erinnerte sie sich plötzlich an die Wochen rund um Venetias erste Heirat.

Venetia war siebzehn gewesen und Helena und Fitz fünfzehn. Helenas Gedanken waren zu dieser Zeit vor allem darum gekreist, ob Venetia mit der Wahl ihres Bräutigams nicht einen furchtbaren Fehler begangen hatte. Hastings kam in diesen neu an die Oberfläche gespülten Erinnerungen aber leider überhaupt nicht vor außer als Randbemerkung Helenas an Fitz, sie hoffe, er werde seinen dummen Freund nicht einladen, und in Fitz' Antwort, Hastings könne nicht kommen, selbst wenn er gewollt hätte, da er am selben Tag zur Beerdigung seines Vormunds musste.

Als Hastings zurückkehrte, erzählte sie ihm begeistert von ihren neuen Erinnerungen und neckte ihn wegen seiner unbegründeten Furcht: Die neuen Enthüllungen aus der Vergangenheit hatten keinen Einfluss auf ihre Einschätzung seiner Person in der Gegenwart gehabt.

Er holte tief Luft. „Aber ich hatte recht. Du mochtest mich früher nicht."

„Ganz früher", korrigierte sie ihn. „Aber das wusste ich schon."

Er lächelte ziemlich matt. „Nun, ich gratuliere. Ich weiß, wie sehr du dich an mehr erinnern wolltest."

Sie zauste sein wundervolles Haar. „Hab doch nicht solche Angst. Ich werde dich behalten – und sei es nur wegen deiner Locken."

Dieser zweite Erinnerungsrückgewinn vertrieb einen Großteil ihrer Angst. Es war nur eine Frage der Zeit, bis ihr alles wieder einfiele. Bis dahin würde sie körperlich immer kräftiger und leistungsfähiger werden, ihren beiden Geschwistern ging es gut, sie waren glücklich, und sie hatte Hastings, der ihr, wenn ihre Augen rot und müde vom Lesen der Schreiben an Fitzhugh & Company waren, die Briefe laut vorlas und selbst die langweiligsten Geschäftsbriefe klingen ließ wie die Liebesbriefe von Keats an seine geliebte Fanny Brawne.

Eines Nachmittags erwachte Helena aus einem Nickerchen und fand statt Hastings Fitz an ihrem Bett sitzend vor, der einen seiner eigenen Geschäftsberichte las.

„David ist in einer Besprechung mit seinen Verwaltern", informierte er sie, ehe sie die Frage stellen konnte.

„Ausgezeichnet", sagte sie, „dann hat er etwas zu tun. Ich habe mir schon Sorgen gemacht, ich sei sein gesamter Lebensinhalt."

„Du wirkst nicht besorgt", erwiderte Fitz trocken. „Es scheint dir vielmehr sehr zu gefallen, dass er dir so viele Stunden seiner Zeit gewidmet hat."

Sie grinste und beschloss, das nicht zu kommentieren. „Ich bin überrascht, dich ohne deine Frau zu sehen."

„Ich allerdings auch. Aber sie muss an einem Treffen eines Wohltätigkeitskomitees teilnehmen, und ich dachte, ich nutze die Gelegenheit, eine meiner anderen Lieblingsfrauen zu besuchen."

Er lächelte, und in seinen Augenwinkeln zeigten sich in dem Sonnenlicht, das durchs Fenster hereinfiel, kleine Fältchen. Fitz war immer ein gut aussehender junger Mann gewesen, aber nun sah sie, dass er eines Tages auch ein ziemlich gut aussehender älterer Mann sein würde.

„Ich bin euch so zur Last gefallen", sagte sie impulsiv, übermannt von einem Gefühl der Liebe für ihren Bruder.

„Ich bin zwischen zwei Antworten hin- und hergerissen." Sein Gesichtsausdruck wurde lausbubenhaft. „Soll ich sagen ‚Überhaupt nicht' oder ‚Das sind wir doch gewohnt'?"

Sie gluckste. „Jedenfalls warst du – wart ihr alle – sehr nett zu mir."

Fitz legte seinen Bericht weg. „Auch David?"

„Ja, auch Lord Hastings."

Er beugte sich in seinem Sessel vor und betrachtete sie einen Augenblick lang. „Du magst ihn."

Sie fühlte sich noch nicht ganz wohl dabei, offen einzugestehen, dass sie sich zu ihrem Mann hingezogen fühlte, doch sie brachte heraus: „Ich hätte es viel schlimmer treffen können, wenn ich schon mit einem Fremden als Gatten aufwachen muss. Ich bin recht dankbar für meinen guten Geschmack."

„Hm", sagte Fitz.

Sie hob eine Braue – wie schön, wieder jeden Gesichtsmuskel nutzen zu können, ohne Angst vor Schmerzen haben zu müssen. „Was soll das nun wieder heißen, mein Herr?"

„Es bedeutet, liebe Schwester, dass ich froh bin, dich so positiv über meinen Freund sprechen zu hören. Er war am Boden zerstört, als dir bei der Vorstellung so übel wurde, dass du dich erbrechen musstest."

Sie schnitt eine Grimasse. „Das war vollkommener Zufall. Mir war nicht gut gewesen, seit ich die Augen geöffnet hatte. Die Übelkeit erreichte zufällig ihren Höhepunkt, als ihr mir Hastings vorstelltet – das hat gar nichts mit ihm zu tun. Außerdem habe ich mir seither eine gute Meinung von ihm gebildet."

Fitz legte die Fingerspitzen unter dem Kinn aneinander. „Du bist also bereit, in sein Haus umzuziehen und seine Frau zu sein?"

„Ich kann nicht ewig unter dem Dach meines Bruders leben, wenn ich schon verheiratet bin. Doch was die Frage angeht, ob ich tatsächlich Hastings' Frau werden will – ich werde mich noch ein wenig umwerben lassen. Mutter, Gott hab sie selig, sagte immer, ein Mädchen sollte ihre Gunst nicht zu leicht und nicht zu schnell verschenken."

Sie meinte es halb im Scherz, doch Fitz runzelte die Stirn. „Du hast nicht vor, mit ihm zu flirten und ihn dann abzuweisen, oder?"

Das war keine Unterstellung, die sie von ihrem eigenen, geliebten Bruder erwartet hätte. „Du glaubst, das hätte ich vor?"

„Die Wahrheit ist: Ich habe nicht die geringste Idee, was du vorhast", seufzte Fitz. „Ich bitte dich nur, im Umgang mit meinem Freund Milde walten zu lassen, Helena. Er ist sehr in dich verliebt, und deshalb hast du ihn restlos in deiner Gewalt. Denk daran, dass er zwar vollkommen dazu in der Lage ist, sich selbst auf den Arm zu nehmen, aber alles andere als ein dickes Fell hat. Er ist viel sensibler als die meisten anderen Menschen."

Das überraschte sie. Hastings war ihr vollkommen furchtlos erschienen.

„Tatsächlich?"

„Ja, sehr sensibel und sehr stolz."

Sie war betroffen von der Erinnerung daran, dass sie ihren Mann erst ein paar Tage kannte, dass ihr Wissen über ihn, so intim es ihr auch scheinen mochte, alles andere als umfassend war. „Danke, Fitz. Ich werde daran denken, und ..." Sie zögerte eine Sekunde. „Sein Herz ist bei mir in guten Händen."

Fitz sah sie noch einmal lange an, ehe er wieder lächelte. „Ich freue mich, das zu hören. Soll ich nach etwas Tee läuten?"

AM LETZTEN TAG VON HELENAS offizieller Genesung musste Hastings nach Oxford reisen, um an der Beerdigung eines Professors für Altphilologie teilzunehmen, bei dem er studiert hatte und mit dem er seither regelmäßige Korrespondenz gepflegt hatte. Auf der Rückreise war er unruhig. Als er sie das letzte Mal für einen längeren Zeitraum verlassen hatte, hatte sie eine ordentliche Menge Erinnerungen zurückgewonnen. Voller Vorfreude und Unruhe betrat er Fitz' Haus.

Wahrscheinlich war es Zeit, ihr die ganze Wahrheit zu sagen. Sie schwebte nicht mehr in Lebensgefahr. Ihr Geist war wieder so robust wie früher, und es wäre unhöflich gewesen, sie weiter im Unklaren zu lassen.

Sie war nicht im Bett, als er eintrat, sondern saß vor der Frisierkommode und schnitt ihrem Spiegelbild eine Grimasse. Auf dem Kopf trug sie einen der eng anliegenden Turbane, die ihr Millies Zofe gemacht hatte. Dieser war aus kastanienbrauner Seide, die ziemlich gut zur Farbe ihrer Augenbrauen passte.

„Ich bin wieder da", erklärte er.

Sie wandte den Kopf und sah ihn streng an. Das Herz schlug ihm bis zum Hals. Woran hatte sie sich jetzt erinnert?

„Hast du mich noch nicht geküsst, weil ich kahl bin?", verlangte sie zu wissen.

„Was?" Er starrte sie an, erstaunt, dass sie so etwas überhaupt denken konnte. „Natürlich nicht."

„Warum dann? Es ist fast eine Woche her, dass du mir einen Kuss offeriert hast."

„Weil ... es dir nicht gut ging und ich dich nicht drängen möchte."

Seine Antwort war nicht unehrlich, aber vor der ganzen Wahrheit schreckte er immer noch instinktiv zurück.

„Du kannst mich nicht drängen, das werde ich dir nicht erlauben", sagte sie hochmütig. „Aber diese Demonstration schuldest du mir. Ein Mann, der zu behaupten wagt, ich küsste ihn gerne, sollte besser bereit sein, den Beweis anzutreten."

Sie hob die Hand und betastete die Ränder des Turbans. Die Geste war ganz anders als ihre herrischen Worte recht zögerlich. Ihm wurde klar, dass sie sich tatsächlich Sorgen machte, ihr fehlendes Haar könne irgendwie verantwortlich für seine mangelnde Forschheit sein.

„Liebste Helena, ich versichere dir, du bist ohne Haare ganz genauso schön."

Sie biss sich auf die Lippen. „Lügner."

Er näherte sich ihr und riss ihr in einer raschen Bewegung den Turban vom Kopf.

„Gib ihn wieder her!", schrie sie. Eine ihrer Hände bedeckte ihren Schädel, die andere griff nach dem Turban.

Er packte sie bei den Schultern und drehte sie zum Spiegel um. „Sieh dich an."

Sie ließ die Hand sinken, hielt den Blick aber stur abgewandt. „Ich sehe aus wie eine Strafgefangene."

„Ich weiß, dass konventionelle Begriffe von Weiblichkeit das Vorhandensein von Haaren erfordern – am besten von vielen davon. Aber vergiss deine vorgefassten Begrifflichkeiten. Beurteile dein Äußeres nicht nach dem, was fehlt, sondern nach dem, was vorhanden ist."

Sie sah in den Spiegel und schnitt eine Grimasse.

„So wie du bist, bist du schön", murmelte er. „Ich glaube, mir sind die Form deiner Wangenknochen, der Bogen deiner Brauen oder die Fülle deiner Lippen nie so aufgefallen wie jetzt."

Er fasste ihr Kinn, sein Daumen drückte gegen die Mitte ihrer Unterlippe. Im Spiegel trafen sich ihre Blicke. Sie öffnete den Mund leicht, und ihr Atem strich liebkosend über seinen Handrücken.

Sein Herz raste. Sie wollte ihn küssen. Nicht weil er sie erpresst hatte, nicht weil sie es mussten, um Mrs Monteth zu überzeugen, sondern weil sie seine Lippen auf ihren, seine Zunge in ihrem Mund spüren wollte.

Er wollte es richtig machen, sanft und langsam anfangen und sich erst nach und nach in die Zügellosigkeit steigern, die ihre Küsse immer ausgezeichnet hatte. Aber sobald ihre Lippen die seinen berührten, legte sie ihm einen Arm um den Hals, und alle Gedanken an Zurückhaltung und Sanftheit waren verflogen.

Er verschlang sie, und sie tat es ihm mit beweglicher, gieriger Zunge nach. Er zog sie hoch und presste sie gegen die Frisierkommode. Sie fuhr ihm durchs Haar und stöhnte, ein Geräusch unbändiger Begierde – und er konnte sich gerade noch beherrschen, ihr nicht das Nachthemd hochzuschieben und an Ort und Stelle in ihr zu versinken.

Er zog sich zurück, ehe er noch erregter wurde.

Keuchend starrten sie einander einen Augenblick lang an.

„Passiert das immer, wenn wir uns küssen?", fragte sie und leckte sich die von dem Kuss geschwollenen Lippen.

Er musste die Fäuste ballen, um nicht wieder über sie herzufallen. „Ja."

Sie holte noch ein paarmal keuchend Luft, dann lächelte sie befreit.

„Du hast recht. Ich mag es sehr."

KAPITEL 10

Es war schon spät am Nachmittag des nächsten Tages, als Hastings' Kutsche vor seinem Stadthaus vorfuhr. Venetia hatte beschlossen, zur Feier des Tages ein Familienpicknick zu veranstalten. Die gute Gesellschaft war aus London aufs Land geflohen, sodass sie ein Festmahl im Freien in einem menschenleeren Park auf Venetias besten Tartandecken genossen und auf das Wohl von Venetias Kind und Helenas Genesung getrunken hatten.

Hastings und Helena stiegen aus der Kutsche. Sie legte die Hand auf seinen Arm. „Das also kauft man mit viel neuem Geld."

„Unter anderem." Sein Großvater war nur ein Rechtsanwalt auf dem Lande gewesen. Doch sein Onkel hatte mit der Herstellung von Industriemaschinen gewaltige Reichtümer angehäuft. „Ich weiß, du hast nichts gegen den Duft neuen Geldes, da du selbst Unternehmerin bist."

„Völlig richtig. Ich mag Geld sehr. Es verhilft zu Unabhängigkeit und Autorität."

Da sie keine Erinnerung an sein Personal hatte, versammelte er es erneut, um sie daheim willkommen zu heißen.

„Danke", murmelte sie, als die Diener sich wieder auf ihre üblichen Posten begeben hatten.

Je näher sie einander kamen, desto mehr fürchtete er eine mögliche Rückkehr ihres Gedächtnisses. Doch im Schatten genau dieser Angst keimte die Saat der Hoffnung. „Es ist mir Freude und Privileg zugleich, Ihnen den Weg zu ebnen, Madam."

„Ah, das ist unfair", neckte sie. „Ein Mann mit der Stimme einer Sirene sollte nicht auch noch die gewandte Zunge eines Casanovas besitzen."

Komplimente – er bekam von ihren Komplimenten nicht genug.

„Was soll ich sagen? Gott war an dem Tag, an dem er mich schuf, in Spendierlaune."

Sie schnaubte gutmütig. „Aber es sei angemerkt, dass ihm die Bescheidenheit ausging, ehe du an die Reihe kamst."

„Bescheidenheit ist etwas für die Fehlerhaften, lass mich doch ein ungetrübtes Gloria auf seine Macht und Herrlichkeit sein."

Sie lachte. „Blasphemie."

„Die dir gefällt", murmelte er.

Sie warf ihm einen langen, schwelenden Blick zu. „Werden wir den ganzen Tag hier herumstehen, oder zeigst du mir irgendwann auch meine Gemächer?"

Sein Herz raste, diesmal aber nicht ob der jederzeit möglichen Rückkehr ihres Gedächtnisses. „Dann lass uns nach oben gehen."

Sie senkte die Stimme. „Hättest du das nicht so sagen können, dass es nicht so unüberhörbar zweideutig klingt?"

„Hättest du meine unschuldigen Worte nicht hören können, ohne sie als unüberhörbar zweideutig zu deuten?", flüsterte er zurück.

Lächelnd schüttelte sie den Kopf. Sie so erfreut und zugänglich zu sehen versetzte seinem Herzen einen Stich. Millie hatte recht: Er hätte ihr seine wahren Gefühle schon Jahre zuvor gestehen sollen. Dann wäre er jetzt nicht in diesem Zustand gewesen, voller Furcht, man könne ihm jeden Augenblick sein Glück entreißen.

Arm in Arm stiegen sie die Treppe hoch. Vor der Tür zu ihrer Suite hob er sie auf seine Arme. Fast als hätte sie die Geste erwartet, verschränkte sie die Hände in seinem Nacken und vergrub das Gesicht in seinem Jackett. „Hmm, ich mag deinen Geruch."

„Wie rieche ich denn?", fragte er und setzte sie ab.

„Nach Tweed, ledergebundenen Büchern und einem Hauch Tabak. Wie jemand, der du nicht bist – vielleicht ein altmodischer Landjunker."

Langsam glitten ihre Hände seine Ärmel entlang und betasteten ziemlich unmissverständlich seine Armmuskeln.

„Übrigens", murmelte er, „falls es dir noch nicht aufgefallen sein sollte: Ich bin auch ziemlich gut gebaut."

Sie klopfte ihm auf die Wange. „Frech."

In ihren Augen leuchtete Zuneigung. Ihm blieb fast das Herz stehen. Er hatte stets gehofft, sie würde ihn eines Tages so ansehen.

Buchliebhaberin, die sie war, schlug sie erst die Richtung zu den Bücherregalen ein. „Geh zuerst ins Schlafzimmer", bat er.

Sie wandte sich um. „Hat der liebe Gott auch die Subtilität vergessen, als er dich schuf?"

„Nein. Aber dir hat er zweifellos eine schmutzige Phantasie gegeben, meine Liebe. Ich will, dass du dir das Schlafzimmer ansiehst, nicht es benutzen."

„Ist es denn besonders schön?"

Er holte tief Luft. „Ich finde schon."

Sie öffnete die Tür. „Also muss ich es preisen, auch wenn es mir gar nicht …" Sie verstummte. Sie hob den Kopf und drehte ihn langsam, betrachtete das Panorama, das zu erschaffen ihn Jahre und manch eine frustrierte Saison gekostet hatte, in der sie zu erreichen ihm ebenso wenig machbar schien, wie Sternenlicht in Händen zu halten.

„Hast du das in Auftrag gegeben?", fragte sie ehrfürchtig, ja fast andächtig.

Sein Herz rutschte wieder an seinen angestammten Platz zurück. „Ich habe es gemalt."

„Es ist wunderschön. Atemberaubend." Sie wandte sich um „Für mich?"

„Natürlich."

Sie näherte sich einer Wand, jener mit dem Blick auf den Fluss in der Ferne, und berührte mit dem Finger eine zwischen zwei Mauern gespannte Wäscheleine. „O mein Gott, hast du das nach den Radierungen gemalt, die ich aus der Toskana mitgebracht habe? Ich erkenne so viele Details wieder."

„Jetzt erinnerst du dich."

Wenn er in Hampton House zu Besuch gewesen war, hatte er sie oft in ihrem Zimmer gesehen, wo sie über alten Fotos brütete oder vor diesen Drucken aus Italien stand, als wandle sie wieder unter toskanischem Himmel, ihre Mutter an ihrer Seite.

„Habe ich mich vorher nicht daran erinnert?"

„Nein."

„Sind die Radierungen verlorengegangen?"

„Nein, aber du warst da schon seit Jahren nicht mehr, und selbst wenn, hast du dir wohl kaum die Zeit genommen, sie zu betrachten. Man achtet nicht mehr auf das, was man schon sehr, sehr lange kennt."

Auch ihn kannte sie schon sehr, sehr lange.

Sie neigte einen Augenblick den Kopf, als sei sie tief in Gedanken versunken, bevor sie zu ihm herüberkam und mit dem Finger über eine seiner Brauen strich. „Es war völlig unverzeihlich von mir, es nicht früher erkannt zu haben. Sei versichert, dass das nicht an deiner Kunst liegt, sondern nur ein schlimmes Zeugnis meiner Unaufmerksamkeit ist."

Gekränkt und verzweifelt hatte er sich oft gefragt, warum er diese aufreizend unempfängliche Frau liebte.

Jetzt konnte er sich nicht mehr erinnern, warum er je gezweifelt hatte. „Dann magst du die Wandmalereien?"

„Ja." Sie löste sich von ihm, um sie weiter zu bewundern. „Ich liebe sie. Ich habe noch nie etwas so Schönes gesehen."

Er beobachtete, wie ihre Hand behutsam über die Welt glitt, die er so minutiös für sie geschaffen hatte. „Das ist alles, was zählt."

HELENA VERSTAND NICHT GANZ, warum ihr so bang ums Herz war.

Sie genoss den Anblick, den Klang, den Geruch ihres Mannes ebenso wie die Art, wie er sich anfühlte. Sie genoss seine Gesellschaft und mochte es, Gegenstand seiner Zuneigung zu sein. Warum strahlte sie dann nicht über das ganze Gesicht? Warum fühlte sie sich den Tränen ebenso nahe wie dem Lachen?

„Möchtest du die Bücher sehen, die du publiziert hast?", fragte Hastings.

„Hast du sie hier?"

„Natürlich."

Er beantwortete so viele ihrer Fragen mit „Natürlich", als sei alles andere undenkbar. Als hätte er im Leben nur diesen Weg einschlagen können.

Als sei sie sein einzig möglicher Weg.

Arm in Arm gingen sie die Treppe hinab, und sie sah ihn alle zwei Sekunden von der Seite an. Der Anblick seines spektakulären Profils ließ sie nur noch unruhiger werden, stürzte sie in ein Chaos aus brennendem, süßem Schmerz.

Sein Arbeitszimmer war genau, wie ein Arbeitszimmer sein sollte: deckenhohe Bücherregale an allen Wänden, eine bequem eingerichtete Leseecke und der durchdringende Geruch nach Ledereinbänden und Buchstaub.

Er nahm einen Schlüssel aus einem großen Schreibtisch vor den Fenstern und öffnete ein Schränkchen, in dessen Türen Milchglasscheiben eingelassen waren. Das Schränkchen enthielt vielleicht vierzig oder fünfundvierzig Bände.

Unbeschreibliche Freude erfasste sie – das war ihr Lebenswerk –, bis sie begann, die Titel auf den Buchrücken zu lesen.

„Die Bücher unten sind die Druckkostenzuschussprojekte, für deren Veröffentlichung du Geld verlangst", erklärte er. „Die Bücher in der Mitte sind die, die du in erster Linie aus kommerziellen Erwägungen veröffentlichst, und die oben sind deine Herzensangelegenheiten."

„Oh, gut", sagte sie erleichtert. „All die spiritualistischen Handbücher in der Mitte … ich begann schon zu fürchten, ich hätte einen Hang zu Séancen. Verkaufen sie sich gut?"

„Dir zufolge ja."

Sie betrachtete die Bücher auf dem oberen Regal. Hinter denen, in denen es darum ging, Frauen beim Streben nach Arbeit und Bildung zu helfen, stand sie gewiss, aber einige der anderen Titel verblüfften sie. „Bist du sicher, dass die richtig stehen? Ich habe einen Hang dazu, Bücher über die Geschichte Ostangliens herauszugeben? Oder habe ich irgendwann in meinen vergessenen Jahren eine unverbrüchliche Liebe zu dieser Gegend entwickelt?"

„Nein, aber du bist eine gute Freundin des Autors."

Seine Stimme klang gepresst. Sie sah ihn neugierig an und zog einen der Bände heraus. Bei der Herstellung hatte sie keine Kosten und Mühen gescheut. Das Buch war in edles Leder gebunden, der Titel goldgeprägt, die Seiten hatten einen Goldschnitt.

„A. G. F. Martin." Sie las den Namen des Autors. „Ich erinnere mich nicht an ihn – wenn es denn ein Er ist."

Beim Geräusch einer vor dem Haus anhaltenden Kutsche trat Hastings ans Fenster und blickte hinaus. „Mr Martin war ein Klassenkamerad von mir in Christ Church. Ich habe euch beide einander vorgestellt, brachte ihn nach Henley Park mit, als Fitz und seine Frau ihr erstes Fest in ihrem Landhaus gaben."

Er klang seltsam. Sie sah ihn an. „Magst du ihn nicht?"

Er zuckte zurück, als geschähe draußen auf der Straße etwas unaussprechlich Gräuliches.

„Was ist?"

Er atmete schwer, als sei er vor einer Bande Mordbrenner davongerannt. „Wir bekommen Besuch."

Hatten sich die gesellschaftlich akzeptierten Besuchszeiten während ihres Gedächtnisverlustes so sehr geändert? „Es ist schon spät. Wir müssen diesen Besucher nicht empfangen, oder?"

Sein Gesichtsausdruck war recht wild, doch seine Worte klangen sehr sicher. „Doch. Du zumindest. Es ist dein Autor und Freund."

Ein Diener trat ein. „Mr Andrew Martin für Sie, Lady Hastings. Sind Sie für ihn zu sprechen?"

Sie sah ihren Mann an. „Eben dieser Mr A. G. F. Martin?"

Er wandte sich dem Diener zu. „Sie können Mr Martin in fünf Minuten hereinführen."

„Warum willst du ihn so lange warten lassen?"

Seine Antwort war ein weiterer Kuss – diesmal einer, der als erster Kuss angemessen gewesen wäre. So zu küssen fühlte sich fast an wie sprechen, nur dass die Silben zum Lippenkontakt wurden. Die Bewegung seiner Lippen und seiner Zunge sagten ihr, dass er sie anbetete und wertschätzte, dass er sie für immer so hätte küssen können, ohne je wieder aufzuhören.

Doch er hörte auf. Er rieb mit dem Daumen über ihre Lippen und sog die Luft ein, als sie darüber leckte.

„Sagen wir Mr Martin, er soll morgen wiederkommen", flüsterte sie. „Ich will außer dir niemanden empfangen."

„Ich wünschte, das ginge." Er nahm ihren Kopf in beide Hände, achtete aber sorgfältig darauf, sie nicht zu hart anzufassen. „Was auch immer geschieht, denk daran, dass ich dich liebe. Dass ich dich schon immer liebe."

DAMIT MACHTE ER AUF DEM Absatz kehrt und ging.

Helena war völlig baff. Sie hatte nicht geahnt, dass sie diesen Mr Martin allein empfangen sollte.

Warum?

Der Mann, der eine Minute später eintrat, war von angenehmem Äußeren und von einer Aura der Gelehrsamkeit umgeben – und der Furchtsamkeit. Er wirkte über die Abwesenheit ihres Mannes ebenso überrascht wie sie.

„H… ich meine Lady Hastings, wie geht es Ihnen?"

„Sehr gut, danke. Und Ihnen, Mr Martin? Wollen Sie sich nicht setzen?"

Er setzte sich umständlich und warf immer wieder Blicke zur Tür, als rechne er jeden Augenblick mit Hastings' Rückkehr. Erst nach einer Minute peinlichen Schweigens räusperte er sich und wandte ihr seine volle Aufmerksamkeit zu. „Geht es Ihnen gut, H… Lady Hastings?"

Sie entspannte sich ein wenig. Dieser Mann mochte nicht der König der Plauderer sein, doch sie spürte Ernsthaftigkeit und viel guten Willen in ihm – zumindest ihr gegenüber. „Ja, vielen Dank. Doch ich bedaure sehr, Ihnen mitteilen zu müssen, dass ich einen Großteil meines Gedächtnisses verloren habe und daher über Sie nur weiß, was mir mein Mann erzählt hat – dass ich Ihre Verlegerin bin und er uns vor Jahren auf dem Landsitz meines Bruders einander vorgestellt hat."

Schweißtröpfchen traten auf Mr Martins Gesicht. „Sie … Sie haben das Gedächtnis verloren?"

„Infolge meines Unfalls. Offenbar bin ich in Gegenverkehr hineingelaufen und habe mir schwer den Kopf gestoßen."

Er zückte ein akkurat gefaltetes, schneeweißes Taschentuch und tupfte sich die Oberlippe ab. „Sie wollen damit sagen, ich bin ein Fremder für Sie?"

„Ich fürchte ja."

Sie hatte gedacht, sie hätte sich von Anfang an klar ausgedrückt, aber er verstummte trotzdem. Sein Taschentuch hing in der Luft wie die weiße Flagge einer kapitulierenden Streitmacht. „Ich … ich verstehe."

„Bitte zögern Sie nicht, mir alles zu sagen, was ich wissen muss. Lord Hastings versicherte mir, ich hätte Ihre Bücher gern veröffentlicht, ich bin also sicher, dass mir alles, was Sie mir sagen, durchaus willkommen wäre."

Mr Martin schluckte. „Es gibt … es gibt nicht viel zu sagen. Ich wollte immer schon Geschichtsbücher schreiben. Als Sie Ihren Verlag gründeten, ermutigten Sie mich – man könnte auch sagen, Sie zwangen mich förmlich –, Ihnen meine Manuskripte zu überlassen. Die Bücher sind sehr gut angekommen, und ich bin Ihnen außerordentlich dankbar."

„Es ist schön, das zu hören. Ich bin froh, dass ich einem von Lord Hastings Freunden helfen konnte." Mr Martin senkte den Blick. Er griff nach der Teetasse, die man ihm gebracht hatte. Verblüfft sah sie, dass seine Hand zitterte.

„Tut mir leid", sagte sie sofort. „Mein Mann erwähnte, Sie seien auch mir ein guter Freund. Wie nachlässig von mir, Sie nur als seinen Freund zu sehen."

„Nein, nein, wenn sich jemand entschuldigen sollte, dann ich. Ich glaube, Sie liefen mir am Tag Ihres Unfalls nach – wahrscheinlich ging es um mein neuestes Manuskript."

Er lachte ein wenig, nicht aus Heiterkeit, sondern aus einem scheinbar bereits großen und noch wachsenden Gefühl des Unwohlseins. „Ich bin ehrlich zerknirscht, weil ich der Grund für so viel Ärger war."

Wenn er sich für schuldig an ihrem Unfall hielt, dann mochte das einen Teil seines Unbehagens erklären. Er tat ihr leid, aber sie hatte auch das Gefühl, als habe sie für ein Stück geprobt, sei dann aber auf der Bühne mitten in ein anderes hineingestoßen worden. „Wie können Sie schuld an meiner Unaufmerksamkeit beim Überqueren der Straße sein? Machen Sie sich keine Vorwürfe."

Er hob den Kopf. „Das ist wohl leichter gesagt als getan."

Sie bemerkte, dass er die gleiche Augen- und Haarfarbe hatte wie sie, nur dass seine weniger intensiv war – rötlich-braunes Haar und haselnussfarbene Augen. „Ich lebe und bin gesund. Und woran ich mich nicht erinnern kann, das ist mir eigentlich auch herzlich egal."

Sein Gesicht wurde noch leidvoller. Warum reagierten er und Hastings nur beide so extrem? Hatte er möglicherweise Angst, sie als Verlegerin zu verlieren? „Bin ich vertraglich verpflichtet, weitere Ihrer Werke zu veröffentlichen?"

Er biss sich auf die Unterlippe. „Ja, noch zwei Bände zur Geschichte Ostangliens."

„Dann werde ich meiner Verpflichtung nachkommen. Ich werde Ihre Werke lesen und mich mit ihnen vertraut – oder besser *wieder* vertraut – machen, um auf Ihr nächstes Manuskript besser vorbereitet zu sein. Meine Indisposition wird nicht den geringsten Einfluss auf unseren Verlagsvertrag haben."

Ihre Versicherung schien ihn jedoch nur noch mehr zu bedrücken. Er stellte seine Teetasse ab. „Das ist sehr nett von Ihnen. Ich freue mich zu sehen, dass es Ihnen gut geht, und sollte Ihre Zeit wirklich nicht länger in Anspruch nehmen."

Er erhob sich und verneigte sich leicht.

„Möchten Sie nicht mit mir über Ihre Bücher sprechen?", fragte sie, noch immer verwirrt ob seines seltsamen Verhaltens.

Doch er war schon gegangen.

*

HASTINGS HATTE LANGE DARÜBER NACHGEDACHT, die Familie Fitzhugh in das Wandgemälde zu integrieren. Ihre Abbilder würden recht klein sein, ihre Gesichter unkenntlich.

Aber sie wären nach der englischen Mode des vergangenen Jahrzehnts gekleidet, recht eindeutig eine Touristengruppe.

Er fuhr mit dem Finger einen Weg nach, der eine Hügelflanke herabführte. Er könnte sie auf den Weg malen und eine Brise die Bänder an den Hüten der Damen emporwehen lassen. Das zerfallene Kloster auf dem nächsten Hügel konnte durchaus ihre Aufmerksamkeit erregen, außer Helenas. Ihr Gesicht würde er dem Betrachter – ihm – zugewandt malen.

„Verhalten sich all meine Autoren in meiner Gegenwart so seltsam?"

Ihre Stimme kam von der Tür. „Und wirst du immer weiß wie ein Leintuch und läufst davon, wenn einer von ihnen zu Besuch kommt?"

Sein Herz raste vor Erleichterung. Martins Person hatte den Damm um die meisten ihrer Erinnerungen nicht eingerissen.

„Wer ist dieser Mann?"

Er verkrampfte sich wieder. Etwas in ihrer Stimme sagte ihm, dass sie diesmal wirklich endgültig Verdacht geschöpft hatte, dass sie sich von seinen goldenen Locken nicht ablenken lassen würde, egal wie seidig sie waren.

„Hast du eine Ahnung, warum er es für akzeptabel hielt, mich zu einer solchen Uhrzeit aufzusuchen. Und warum hast du dich so merkwürdig verhalten?"

Er antwortete nicht sofort.

Ihre Stimme wurde nachdrücklicher. „Was verschweigst du mir? Warum hast du mich kein einziges Mal angeschaut? Weißt du, dass du recht schuldbewusst wirkst, auch wenn ich mir nicht vorstellen kann, was du angestellt haben könntest?"

Es war Zeit für die Wahrheit, die ganze Wahrheit, ob er nun wollte oder nicht.

Er strich mit der Spitze seines Zeigefingers über die Oberkante der Vertäfelung. „Ich war früher immer insgeheim neidisch auf Mr Martin, den du so sehr schätztest", sagte er, noch immer ohne sie anzusehen.

Sie klang völlig verwirrt. „Mr *Martin*?"

„Ja, Mr Martin."

„Aber geheiratet habe ich dich, oder? Das sollte doch deutlich gemacht haben, wen ich bevorzugte."

Seine Finger umschlossen die Oberkante der Vertäfelung, als könne ein so schwacher Halt ihm Anker sein, wenn der Sturm kam. „Wir sind nicht verheiratet", sagte er. „Wir tun nur so."

Helena verstand Hastings' einzelne Worte, doch als Satz ergaben sie keinerlei Sinn. „Wie kann man so tun, als sei man verheiratet? Haben wir auch eine Scheinhochzeit gefeiert? Warum sollte meine Familie so etwas zulassen?" Sie sog geräuschvoll die Luft ein. „Weiß sie überhaupt davon?"

„Ja, aber sie hat keine andere Wahl, als die Scharade mitzuspielen, zumindest der Außenwelt gegenüber."

Verschiedene Muskeln in ihrem Gesicht zogen sich zusammen und spannten sich an. Sie hatte keine Ahnung, ob sie eine Grimasse schnitt oder versuchte, über die Absurdität seiner Worte zu lachen. „Bitte erklär mir das."

Er sah zum Himmel, als bete er um göttliches Eingreifen.

„In dem Leben, an das du dich nicht mehr erinnerst, liebtest du nicht mich, sondern Mr Martin."

Irgendwo in ihrem Hinterkopf wunderte sie sich, dass sie immer noch stehen konnte.

„Ich glaube dir nicht", sagte sie. Oder vielleicht rief sie es auch, denn die Vehemenz ihrer Worte schien ihn zu erschrecken. „Ich kann Mr Martin nicht geliebt haben. Ich spürte nichts – gar nichts –, als ich ihn sah."

„Dennoch liebst du ihn, seit du zweiundzwanzig bist", sagte er mit melancholischem Blick.

War dies ein Traum, aus dem sie nicht erwachen konnte? Fünf Jahre hatte sie Mr Martin geliebt? „Warum habe ich ihn nicht geheiratet, wenn ich ihn so lange liebte?"

Er zuckte die Achseln. „Die Umstände."

Sie versuchte, durch den Vorhang in ihrem Geist zu spähen, aber ihre Vergangenheit war so undurchdringlich wie der Londoner Herbstnebel. „Er ist ein Ehrenmann, und ich bin eine Dame aus guter Familie. Welche Umstände konnten verhindern, dass wir heirateten, wenn wir es beide wollten?"

„Er war bereits einer anderen versprochen – nicht verlobt, aber unter einem hohen Erwartungsdruck." Hastings verzog den Mund. „Er erfüllte diese Erwartungen."

Die Implikationen dieser letzten Aussage dröhnten in ihrem Schädel. „Mr Martin ist *verheiratet*?"

„Oh, und wie."

„Wann hat er geheiratet?"

„Februar 92, sechs Monate nach eurer ersten Begegnung."

Sie fühlte sich, als habe er sie zu Boden gestoßen. „War ich bis unmittelbar vor meinem Unfall noch immer in ihn verliebt?"

„Du hast nie Gefallen an einem anderen Verehrer gefunden. Er und seine Frau hatten wenig miteinander zu schaffen. Irgendwann hast du ihn dazu überredet, eine Affäre mit dir zu beginnen."

Sie lag nicht nur am Boden, eine Herde wild gewordener Gnus trampelte über sie hinweg. „Was? Wann?"

Ein Schatten des Schmerzes huschte über Hastings' Gesicht. „Nur ihr beide wisst, wann es begann. Ich kann dir aber sagen, dass ich euch im Januar dieses Jahres auf die Schliche kam. Deine Schwester und deine Schwägerin schafften dich sofort außer Landes."

Zu Recht – sie hätte genau dasselbe getan.

„Leider empfandest du so stark für ihn, dass du dich, als du nach London zurückkamst, der Überwachung durch deine Familie entzogst und ihn im Savoy treffen wolltest. Dieses Treffen hatte jedoch keiner von euch beiden anberaumt, sondern seine Schwägerin, die seinen Fehltritt aufdecken wollte."

Sie hatte das Gefühl, als drohte ihr Skelett durch die Wucht des Schocks auseinanderzufallen. Sie starrte Hastings an und wünschte sich, er möge verstummen. Doch er fuhr fort, die Flut seiner schlechten Neuigkeiten war unaufhaltsam, unabwendbar.

„Ich kenne zufällig den Ehemann der Schwägerin, der mir verraten hatte, sie führe etwas im Schilde. Ich fing auch zufällig die Nachricht ab, die sie Mr Martin in deinem Namen geschickt hatte. Ich folgte Mr Martin von unserem Club zum Hotel. Als ich erkannte, was los war, rannte ich die Treppe hoch, um euch zu warnen, während seine Schwägerin etwa gleichzeitig mit dem Aufzug nach oben fuhr. Uns blieb nicht genug Zeit, um Mr Martin in Sicherheit zu bringen, also versteckten wir ihn im Bad und taten, als seien wir miteinander durchgebrannt und genössen unsere Flitterwochen."

Ein Teil von ihr hoffte immer noch, er werde jeden Augenblick „April, April!" rufen. Doch tief in ihrem Innern erkannte sie die unausweichliche Wahrheit.

Sie schluckte. „Wie viel Zeit lag zwischen dem Vorfall im Savoy Hotel und meinem Unfall?"

„Am nächsten Morgen hattest du deinen Unfall."

Was hatte Mr Martin bei seinem Besuch gesagt? *Wenn sich jemand entschuldigen sollte, dann ich. Ich glaube, Sie liefen mir am Tag Ihres Unfalls nach – wahrscheinlich ging es um mein neuestes Manuskript.*

Worüber sie auch immer mit ihm hatte sprechen wollen, es war nicht sein neuestes Manuskript gewesen. Sie errötete. Sie konnte sich nicht vorstellen, ihm am helllichten Tag nachgelaufen zu sein, so fixiert auf ihn, dass sie fast durch diese Kutsche ihr Leben verloren hätte.

„Du erinnerst dich immer noch nicht, oder?", fragte Hastings leise.

Sie schüttelte den Kopf. Vielleicht war es auch besser so. Sie war mehr als entsetzt – ein verheirateter Mann, und sie lief ihm auf der Straße hinterher, als sei er mit ihrem Retikül davongerannt.

„Was habe ich nur in ihm gesehen?", fragte sie niemand Bestimmten.

Sie konnte sich nicht vorstellen, dass sie für jemanden, der so wenige Gefühle in ihr wachrief wie Mr Martin, bereit gewesen war, alle Anstandsregeln über Bord zu werfen.

„Er ist ein aufrichtiger, freundlicher Mann. Du hast ihm rückhaltlos vertraut."

„Offenbar war mein Urteilsvermögen eingeschränkt. Ich habe meinen Ruin in Kauf genommen und meine Familie dem Risiko völliger Blamage und großen Kummers ausgesetzt. Sie hätte mich verstoßen müssen, und mein Gott, Venetias Baby. Ich hätte meinen Neffen oder meine Nichte nie zu Gesicht bekommen."

„Wir reden hier über deine Familie. Sie ließ dich Verlegerin werden, ohne mehr als ein- oder zweimal die Brauen zu heben. Man hätte dich Venetias Kind sehen lassen, aber du hättest extrem diskret sein müssen."

Sie konnte kaum atmen vor Abneigung gegen diese rücksichtslose, selbstsüchtige Frau, die er ihr beschrieb.

„Sei nicht so streng mit dir", sagte er sanft. „Du beurteilst dein Tun – und Mr Martins – ohne Kontext. Er war ein sympathischer junger Mann, sehr beliebt wegen seines strahlenden Lächelns und seines sonnigen Gemüts. Dass er in der Frage seiner Ehe dem Drängen seiner Mutter nachgegeben hatte, machte ihn ängstlicher, zweiflerischer und letztlich freudloser. Aber du hattest dich in jemanden verliebt, der diesen schrecklichen Fehler noch nicht gemacht hatte, der voller Hoffnung, Träume und ernsthaftem Idealismus war. Du verlorst ihn, als du ihn am meisten liebtest, ein schwerer Schlag, den auch die Zeit nie wirklich zu heilen vermochte. Wenn du Mr Martin in den darauffolgenden Jahren getroffen hast, sahst du nicht den Mann, zu dem er geworden war, sondern nur den, der er gewesen war und den du gern geheiratet hättest, hättest du nur die Gelegenheit dazu gehabt. Vielleicht hast du ihm zu viel verziehen, aber wer von uns wünschte sich nicht solch großzügige Liebe und Vergebung?"

Sie lehnte sich gegen den Türrahmen. Seine Freundlichkeit war Balsam für ihre schwer verletzte Seele. Sie schwelgte in seinem wundervollen Mitgefühl, der Süße ihrer Freundschaft.

Er kam einen Schritt auf sie zu, die Stirn besorgt gerunzelt.

„Helena, geht es dir gut? Ich hoffe, du bist nicht wütend, dass wir es dir nicht früher gesagt haben. Es ist eine komplizierte und nicht immer schöne Geschichte, und wir wussten nicht recht, wie wir …"

Sie hob eine Hand, um ihn zu unterbrechen. Wütend war sie nur auf sich selbst.

„Helena …"

Angelegentlich zupfte sie ihren Ärmel zurecht.

„Was warst du in dieser meiner zum Scheitern verurteilten, idiotischen Liebesaffäre?"

Seine Überraschung über ihre Frage wich einem wehmütigen Lächeln. „Ein unbeteiligter Zuschauer."

„Dann ist all das …" Sie wies auf die wunderbare Wandmalerei, die er für sie geschaffen hatte und wusste nicht recht weiter.

„Ich habe dich schon immer geliebt", sagte er, und das Blau seiner Augen war fast violett. „Das weißt du."

Sie schluckte. „Ich frage mich nur, ob ich solche Hingabe verdiene."

„Manchmal verliebt man sich in Menschen, die dieses Gefühl nicht mit derselben Intensität erwidern. So ist das eben", sagte er mit stillem Nachdruck. „Was ich gebe, gebe ich freiwillig. Du schuldest mir nichts, weder Liebe noch Freundschaft oder eine Bindung."

KAPITEL 11

Jetzt war es heraus.

Hastings war zugleich erschöpft und unerträglich erleichtert, als er all seine Geheimnisse offenbart hatte. Sie hingegen sah aus, als laste das Gewicht eines Kontinents auf ihren Schultern.

Er trat zu ihr und berührte sie am Arm. „Es war ein langer Tag. Möchtest du dich etwas ausruhen? Ich kann nach ein paar Erfrischungen schicken."

Sie packte ihn am Revers und riss ihn mit überraschender Kraft an sich. „Wie kannst du es wagen, mich in der Stunde der Not allein zu lassen?"

Selten war er verblüffter gewesen. „Das habe ich …"

„Ich weiß." Sie ließ ihn los und lächelte traurig. „Ich meinte: ‚Bleib bei mir'."

„Natürlich. Soll ich trotzdem nach dem Tee schicken? Im Wohnzimmer sind Bücher, die du magst. Ich kann dir aus …"

Sie packte ihn wieder. „Ich hatte dich für klüger gehalten."

Sie legte den freien Arm um seinen Nacken und küsste ihn. Ihre Zunge suchte seine mit einer Gier, die ihn fast laut hätte aufstöhnen lassen.

Er zwang sich, sich loszumachen. „Warte!"

„Nein."

„Helena, du hast gerade schockierende Neuigkeiten erhalten. Du stehst völlig neben dir. Du solltest baden oder etwas essen, nicht dich jemandem an den Hals werfen, den du vor zehn Tagen noch nicht einmal mochtest."

Sie legte die Hände direkt unter seine Ohren, ihre Finger fühlten sich kühl auf seiner Haut an. „Ich will es, und ich will, dass dies unsere Hochzeitsnacht wird. Jetzt."

Sie betrachtete seine Lippen. Er brauchte einen Augenblick, bis er wieder wusste, was er hatte sagen wollen. „Helena, du kannst eine Vergangenheit, an die du dich nicht einmal erinnerst, nicht bewältigen, indem du mit mir ins Bett gehst."

„Ich will meine Vergangenheit nicht bewältigen", flüsterte sie. „Ich will einfach dich. Ich habe noch nie etwas so sehr gewollt wie dich in diesem Augenblick."

Seine Gedanken rasten. Seine Ohren brannten, und seine Lunge musste vor Schreck kollabiert sein, denn er bekam keine Luft. Es regnete nicht nur in der Sahara, es schüttete wie zu Beginn einer Sintflut.

In seinem Hinterkopf verlangte eine Stimme, sich loszumachen. Dies sei nicht die Zeit, seinem Sehnen nachzugeben, mahnte diese Stimme. Sie würde ihn dafür hassen, wenn ihr Gedächtnis zurückkehrte.

Doch ein ganzer Jubelchor schrie die einsame Stimme der Vernunft nieder. Warum sollten die alten Erinnerungen die Oberhand gewinnen? Mach neue, so strahlend schöne Erinnerungen, dass die alten dagegen verblassen würden, wenn sie denn zurückkamen.

„David", murmelte sie.

Sein Herz raste. Sie hatte ihn noch nie zuvor beim Vornamen genannt.

„David. David. David", wiederholte sie.

Ihre Blicke trafen sich. Er versuchte, irrationale Verzweiflung in ihren Augen zu sehen, doch er sah nur Staunen, Zuneigung und unverhohlene Begierde.

Plötzlich war er es, der sie an sich riss, sie küsste, als habe sein letztes Stündlein geschlagen. Er hob die Arme in Ehrfurcht und Dankbarkeit zum Himmel, während der Regen das Herz der Sahara durchtränkte.

HELENA WUSSTE SCHON, DASS IHR Mann viele Talente besaß. Nun ergänzte sie die Liste seiner Vorzüge um äußerst geschickte Finger. Sie merkte erst, dass er das Mieder ihres Kleides bis zur Taille geöffnet hatte, als er ihr die Ärmel abstreifte.

Sie gab ihm einen Klaps auf die Hand. „Das ist dafür, dass du dich mit all den anderen Frauen vergnügt hast, während du züchtig auf mich hättest warten sollen."

Er küsste sie erneut. „Welche Strafe hältst du für angemessen? Soll ich auf die Knie gehen und dir zwischen deinen herrlichen Schenkeln huldigen?"

Die Stelle zwischen ihren Schenkeln erbebte bei diesem Vorschlag ziemlich heftig. Sie konnte nichts antworten.

„Ja, ich glaube, genau das werde ich tun", murmelte er.

„Mach das besser sehr, sehr gut." Irgendwie hatte sie ihre Stimme wiedergefunden. „Sonst erachte ich es als unerledigt."

Er flüsterte ihr direkt ins Ohr. „Ich liebe es, wenn du mir befiehlst, genau das zu tun, was ich ohnehin tun will."

Sein Atemhauch, das Knabbern seiner Zähne an ihrem Ohrläppchen – sie zitterte in einem unerwarteten Ansturm der Lust und fuhr ihm mit den Fingern durchs Haar.

Er küsste ihren Hals. „Ich wusste nicht, dass ich es mag, wenn Frauen mich an den Haaren ziehen – bis du kamst."

Sie zog ihn an den Haaren zu sich und küsste ihn hart. „So?"

„Lieber Gott, genau so."

Also tat sie es erneut, während aus ihrer Kehle ohne ihr Zutun leise Geräusche drangen, die denen nicht unähnlich waren, die Millie von sich gegeben hatte, als sie und Fitz sich in Helenas Zimmer Zärtlichkeiten hingegeben hatten.

Von irgendwo hörte sie einen dumpfen Aufprall und begriff, dass es das Geräusch war, mit dem ihr Korsett auf dem Boden gelandet war. Sie stieß ihn weg. „Du wirst mir kein weiteres Kleidungsstück ausziehen, ehe du nicht selbst ein paar abgelegt hast."

Er grinste, als er sich seine Krawatte vom Hals riss. „Du bist eine so fordernde Frau."

„Stimmt." Sie hob die Hand, um mit einer Locke an ihrem Ohr zu spielen, bis ihr wieder einfiel, dass sie keine Haare hatte, mit deren Hilfe sie mit ihm flirten konnte. Egal, sie warf ihren Turban weg und klimperte mit den Wimpern. „Aber ich befehle dir nur, genau das zu tun, was du ohnehin tun willst. Ich wette, du wartest schon seit Jahren darauf, mir deinen ‚perfekt gebauten' Körper vorzuführen."

Sein Jackett fiel zu Boden, gefolgt von der Weste. Er sah sie von der Seite an, als er seine Manschettenknöpfe herausnahm.

„Bist du bereit? Du wirst mir doch nicht ohnmächtig werden, oder?"

Sie fuhr sich langsam mit der Zungenspitze über die Unterlippe. „Es sei denn, du besorgst das, Schatz."

Sein Hemd verschwand. Sie sog den Atem ein – er hatte nicht übertrieben. Alles war wohlgeformt: seine Schultern, seine Arme, sein flacher, muskulöser Bauch.

„Ganz annehmbar." Sie atmete aus. „Jetzt den Rest."

Den sie plötzlich unbedingt sehen wollte.

Er machte ein missbilligendes Geräusch und trat näher. Sie mochte zwar schlank sein, aber sie war sehr groß und nicht gerade zerbrechlich. Doch er hob sie aus ihrem Kleid, als wiege sie nicht mehr als ein gutes Paar Herrenreitstiefel. „Ich will dich schon viel länger nackt sehen. Du wirst einfach warten müssen, bis du an der Reihe bist."

„Es sollte besser himmelhohes Entzücken auf mich warten", warnte sie ihn, als sie sich ihrer Unterröcke entledigte. „Für weniger ziehe ich mich nicht aus."

„Junge Dame, du solltest dir dieses himmelhohe Entzücken besser verdienen."

Er drückte ihr einen weiteren Kuss auf die Lippen. „Die jungen Leute heute sind verdorben von unverdientem Beifall, und ich habe nicht vor, dir auch nur ein einziges unverdientes Kompliment zu machen."

Er öffnete alle Knöpfe ihrer Unterwäsche, streifte sie ihr ab und ließ sie zu Boden fallen. Dann trat er zwei Schritte zurück, kniff die Augen zusammen und betrachtete sie. Mit jeder verstreichenden Sekunde wurde sie nervöser. Sie war nicht unbedingt fraulich gerundet.

Als Kind hatte sie nur aus spitzen Knien und noch spitzeren Ellbogen bestanden. Ihre Brüste waren wahrscheinlich das kleinste Paar, das Gott zur Hand gehabt hatte, und Hüften hatte er ihr keine gegeben, sodass ihr Körper flach wie ein Brett war.

Der Mann vor ihr stieß den angehaltenen Atem aus. „Ich weiß nicht, ob das als himmelhohes Entzücken gilt, aber ich sage dir eins: Ich habe viele, viele Jahre damit zugebracht, mir auszumalen, wie du wohl nackt aussiehst, und ich habe eine sehr lebhafte Phantasie, ja ich wage zu behaupten eine der lebhaftesten unserer Generation. Aber in der Realität übertriffst du meine kühnsten Träume."

Ihr Herz klopfte, als sie den Hunger in seinen Augen sah. Er sah sie weiter mit brennendem Blick und unregelmäßig gehendem Atem an.

„Nun, steh nicht nur da." Auch ihre Stimme zitterte. „Tu etwas."

Noch ehe sie zu Ende gesprochen hatte, hatte er die Entfernung zwischen ihnen überbrückt und ihr die Hand auf eine Brust gelegt. Ihr entfuhr ein leises Wimmern.

„Weißt du, dass du jahrelang überhaupt keine Brüste hattest?", fragte er, während er sie nur mit den Lippen küsste. „Ich liebte es, mir deine Brust vorzustellen, flach wie ein Brett, nur diese wunderschönen Brustwarzen."

Sie schluckte und sah auf seine Hand hinab. Ohne sie zu bewegen, nahm er eine ihrer Brustspitzen zwischen zwei Finger und zog langsam. Der Anblick, die scharfe Lust, die sie durchzuckte – sie keuchte, als sei sie stundenlang Treppen gestiegen.

„Ich war fast enttäuscht, als du diese herrlichen Brüste bekamst. Aber jetzt bin ich es nicht mehr", murmelte er. „Jetzt nicht mehr."

Er rieb mit dem Daumen über ihre Brustwarze. Ihr stockte der Atem. Wie ein Pfeil bohrte sich Lust in ihren Unterleib.

Er senkte den Kopf und nahm die Spitze in den Mund.

Sie schrie auf – der Druck seiner Lippen, das langsame, feuchte Kreisen seiner Zunge und vor allem das gelegentliche, unerwartete Kratzen seiner Zähne.

Das Gleiche tat er mit ihrer anderen Brustwarze. Sie keuchte, als sich seine Hand um ihren Hintern schloss und seine Finger sich in ihr Fleisch gruben. Mit einem Stöhnen biss er sie zart in die Schulter.

„Du könntest auch beide Hände nehmen", brachte sie hervor, „wenn er dir so gut gefällt."

Aber das tat er nicht. Stattdessen hob er sie hoch und legte sie aufs Bett, zog ihr dabei die Schuhe aus. „Das müssen die schönsten Beine der ganzen Welt sein", sagte er und streifte ihr die Strümpfe ab.

Er legte sich zu ihr und küsste sich an ihren Beinen empor. Instinkte, von denen sie bisher gar nicht gewusst hatte, dass sie sie besaß, ließen sie die Schenkel zusammenpressen. Ohne Zögern spreizte er sie und entblößte sie seinem Blick.

„Liebling, für den frommen Akolythen schließen sich die Tore des Tempels niemals."

Damit begann er seine Huldigung, sanft, fast zögernd erkundete er sie, ehe er plötzlich mit der Zunge in sie stieß. Sie warf sich herum, grub die Zehen ins Laken, ihr Körper bog sich ihm entgegen, und ihre Hände fuhren ihm durchs Haar.

Seine Zunge streifte eine hochempfindliche Stelle, doch nur einmal, sodass sie aufstöhnte und ihm befahl, es noch noch mal zu tun.

Er ignorierte sie, bis sie so in der Lust, die er ihr anderswo bereitete, versunken war, dass sie ihre Befehle vergessen hatte. Dann kehrte er plötzlich an diesen Punkt zurück, überschüttete ihn mit Aufmerksamkeit und entlockte ihr vor Lust und Leidenschaft einen Schrei.

Als er seine Zähne benutzte, erreichte ihre Lust einen lautstarken Höhepunkt. Sie bog sich ihm entgegen und erzitterte, schrie auf. Ihre Schenkel bebten, als er sie, ohne ihr die geringste Ruhe zu gönnen, zu einem weiteren beseligenden Höhepunkt trieb, zum nächsten und zum nächsten.

„DAVID. OH, DAVID, DAVID, DAVID."

Der Klang seines Namens von ihren Lippen war himmlische Musik. Der Wolkenbruch in der Sahara flutete seinen bescheidenen Tempel und ließ ihn in Glück und erhörten Gebeten ertrinken.

Er küsste sich ihren Oberkörper empor. Oder vielleicht zog sie ihn an den Haaren zu sich hoch.

„Soll ich dasselbe für dich tun?", fragte sie drängend und atemlos.

Er hätte beinahe die Beherrschung verloren. „Vielleicht ein andermal", krächzte er, „wenn du keine Jungfrau mehr bist."

„Keine was?"

„Wir hatten alle das Gegenteil angenommen, aber du sagtest uns, du seist noch Jungfrau." Er küsste sie auf die Schulter.

„Was war das denn für eine Affäre?" Sie klang wie vom Donner gerührt.

„Offenbar eine prüde."

„Nun, dann entjungfere mich schnell, damit ich dich in den Mund nehmen und …"

Er küsste sie auf den begierigen Mund und stieß in sie, konnte den Augenblick aber nicht so genießen, wie er es immer erträumt hatte. Er konnte auch nicht so vollkommen in ihr versinken, wie es sein nahezu außer Kontrolle geratener Körper verlangte, denn obgleich sie unglaublich bereit war, war sie auch unglaublich eng.

Er stöhnte, halb wahnsinnig vor Lust.

„O Gott", murmelte sie.

Er war sofort zerknirscht. „Tut mir leid. Tut es weh?"

Sie senkte die Hand und umschloss seinen Hintern. „Ja, aber ich will dich ganz in mir."

Auf ihre fordernden Worte hin drang er tiefer – viel tiefer – in sie, er konnte nicht anders.

„So", sagte sie, die Finger auf seiner Wange, „nun gehörst du mir."

Er nahm ihre Finger in die Hand und küsste sie der Reihe nach.

„Ich gehöre dir schon lange, aber jetzt hast du endlich deinen Anspruch geltend gemacht."

Sie leckte seine Finger. „Ich weiß nicht, warum ich so lange gewartet habe. Ich liebe es, meinen Anspruch geltend zu machen."

Er biss die Zähne zusammen. „Hör auf – mit allem. Sonst komme ich zu früh."

Genüsslich setzte sie ihre Folter fort. „Was heißt das?"

Er atmete schwer. „Ich ejakuliere, ohne dir vorher angemessene Lust bereitet zu haben."

Ihr Blick wurde schelmisch. „Aber du hast mir schon angemessene Lust bereitet. Komm ruhig. Ich will es."

Beim Klang dieser Worte wäre er tatsächlich beinahe gekommen. „Sei still, Helena. Hier geht es auch um meinen Stolz."

„Hmmm." Sie küsste – nein, sie leckte seinen Hals. Ihre Hand glitt zwischen ihre Körper und umfasste ihn.

„Hör auf." Um seine Worte zu unterstreichen, zog er sich zurück und stieß dann wieder in sie.

Sie riss die Augen auf. „O Gott. Was ist das?"

Er tat es erneut, tiefer, härter. „Das?"

Sie keuchte. „Ja, das."

„Das ist, wovon du nicht mehr bekommst, wenn ich zu früh komme", knurrte er.

„Ich habe es mir anders überlegt. Ich will, dass du weiter so in mich stößt."

„O Gott!", fluchte er, von einer weiteren Woge der Lust beinahe übermannt. „Wenn du nicht still bist, halte ich das nicht mehr lange aus."

Sie war völlig gnadenlos. „Du musst. Hier geht es auch um deinen Stolz, und ich will dir sagen, wie gut du dich in mir anfühlst, wie groß und hart und stark." Sie schlang die Beine um ihn. „Vielleicht lasse ich dich später zu Abend essen, aber schlafen werde ich dich nicht lassen. Du wirst mich die ganze Nacht verwöhnen."

Er küsste sie, um sie zum Schweigen zu bringen, aber ihre geschickten Hände oder ihren sich windenden Körper konnte er nicht aufhalten. Jahre nächtlicher Phantasien verblassten zur völligen Bedeutungslosigkeit vor der Realität des Beischlafs mit ihr. Denn selbst in seinen kühnsten Träumen war sie immer ein wenig distanziert geblieben. Hier war keine Distanziertheit, kein Zögern. Sie bestand nur aus glühender Bereitschaft und unanständigen Berührungen, wollte ihn so sehr, dass sie bereits wieder bebte und wie trunken an seinen Lippen stöhnte.

Sein eigener Höhepunkt ließ ihn erzittern, und er ergoss sich stärker und länger in sie, als er es je für möglich gehalten hätte. Jede Zuckung war lustvoller als die vorangegangene. Sie küsste seine Lippen, seine Nase, seine Lider. Er brach über ihr zusammen, vollkommen ermattet und vollkommen aufgelöst, und das Herz zersprang ihm schier vor Glück.

SIE ZOG AN SEINEM HAAR.

„Ich bin wach", murmelte er.

„Du warst so still", sagte sie und spielte mit seinem Ohrläppchen.

Er lächelte in ihre Halsbeuge. „Ich habe vom Sahara-See geträumt."

Sie rückte ein Stück von ihm ab, um ihm in die Augen schauen zu können. „Was ist das?"

Er hob eine Hand, um ihre Wange zu berühren. „Ich dachte früher immer, dich zu lieben sei, wie mitten in der Sahara um Regen zu beten. Nun hat es geregnet, so stark, dass bald halb Nordafrika ein See sein wird. Es wird neue Steppen und Wälder geben, endlos viele Fische, allerlei Tierarten im Überfluss, und wenn die Sonne aufgeht, werden Schwärme aus Tausenden von Vögeln über den See fliegen mit Schwingen, die im Morgenlicht weiß leuchten wie Segel."

Sie blickte ihn an, ihre Augen so grün wie die Steppe vor seinem geistigen Auge. „Das ist wunderschön."

Er fühlte sich wie ein Pilger, der am Ufer des Sahara-Sees stand, nachdem er Hunderte von Meilen barfuß gegangen war, doch alle Mühen waren nun vergessen, er war voller Staunen über und Verehrung für das Wunder vor seinen Augen.

Sie küsste ihn sanft, langsam und sagte die wunderbarsten Worte der Welt. „Lass uns noch ein bisschen Regen machen, David."

KAPITEL 12

HELENA WAR VORZÜGLICH GELAUNT. Wer wäre das nach einer herrlichen Liebesnacht nicht gewesen?

Hinzu kam, dass sie auf dem Bahnsteig wieder von ihrer gesamten Familie umgeben war. Sie alle verließen London, David und sie Richtung Kent, Fitz und Millie nach Somerset und Lexington und Venetia nach Derbyshire. Überdies kamen ihr die zurückgekehrten Erinnerungen zugute.

Zwei Damen, die auch auf ihren Zug warteten, waren an sie herangetreten, um Helena ihre guten Wünsche sowohl für ihre Genesung als auch zu ihrer Eheschließung mit auf den Weg zu geben. Man hatte sie Helena nicht noch einmal vorstellen müssen, da sie beide auf Venetias erster Hochzeit kennengelernt hatte und sich genau an sie erinnerte.

So erstaunlich es auch war, schienen sie sich beide absolut nicht verändert zu haben. Miss Tallwood trug noch immer eine Brille, ging leicht gebückt und war eher an der Geschichte der Mode interessiert als daran, sie auch wirklich zu tragen. Ihre gut aussehende Schwester Mrs Damien war Witwe geblieben und zog die Aufzucht und Pflege von Orchideen weiterhin der von Ehemännern und Kindern vor.

Helena genoss es, den Schwestern zuzuhören, obgleich ihr nicht entging, dass Fitz und David ein wenig abseits der Gruppe standen und im Geheimen ihre eigene kleine Unterhaltung führten.

Miss Tallwood schwärmte gerade von einem Ballen Brokat aus dem fünfzehnten Jahrhundert, den sie erst kürzlich ihrer Sammlung hatte hinzufügen können, als Mrs Damien rief: „Oh, schau doch mal. Ist das nicht der nette Mr Martin, der dir geholfen hat, mehr über das Alter deines Brokats herauszufinden?"

Bei der Erwähnung dieses Namens klopfte Helenas Herz auf unangenehme Weise. Venetia, Millie und Lexington warfen ihr einen Blick zu – David hatte ihnen geschrieben und sie darüber in

Kenntnis gesetzt, dass er Helena die Wahrheit über ihre Vergangenheit erzählt hatte.

„Du hast recht", bestätigte Miss Tallwood. „Er ist es. Sie sind seine Verlegerin, nicht wahr, Lady Hastings?"

Helena antwortete in neutralem Ton kurz und knapp: „Ja."

Mrs Damien winkte Mr Martin zu. „Hallo, Mr Martin."

Als er seinen Namen hörte, blickte Mr Martin in ihre Richtung und errötete im selben Moment. Er schaute sich um, als suche er nach einem Versteck. Mrs Damien war nicht gewillt, ein derart unsoziales Gebaren zu dulden und rief ihn erneut laut an: „Hier drüben, Mr Martin."

Nun blieb ihm nichts anderes übrig, als näherzukommen. Helena achtete genau darauf, dass man ihr nichts ansehen konnte, während sie ihn Venetias Ehemann vorstellte, der ihn bis dahin noch nicht getroffen hatte. Mr Martin stotterte sich durch die üblichen Höflichkeiten. Sie schämte sich für ihn und war ihrer selbst wegen peinlich berührt. Es kam ihr immer unglaublicher vor, dass sie je irgendetwas mit diesem Mann zu tun gehabt hatte, das über einen Gruß und Händeschütteln hinausging.

Verstohlen warf sie einen Blick zu David. Er sah angespannt aus, hob aber kurz den Kopf, um ihr zu signalisieren, dass alles in Ordnung war. Die Vergangenheit war vergangen, sagte die Geste. Es war sinnlos, sich über Dinge Gedanken zu machen, die sich nicht mehr ändern ließen.

„Sind Sie auf dem Weg nach Hause, Mr Martin?", fragte Miss Tallwood, der all dies vollkommen entging.

Mr Martin wischte sich die Stirn mit einem Taschentuch ab. „Ich … statte meiner Mutter einen Besuch ab."

„Ich habe gehört, sie sei in der Saison krank geworden", sagte Millie freundlich. „Aber soweit ich weiß, ist sie wieder gesund."

„Leider ist sie nicht gänzlich genesen", antwortete Mr Martin augenscheinlich beunruhigt, „und dass sie nun wieder Fieber hat, besorgt die Ärzte zunehmend."

Helena merkte, wie Anteilnahme in ihr aufkam. Er erinnerte sich an alles. Ihre Distanziertheit musste in Anbetracht ihrer ehemaligen immensen Zuneigung schlimm für ihn sein, und nun war seine Mutter so krank, dass er sich Sorgen um ihr Leben machte …

„Ich hoffe, dass Mrs Martin sich in Windeseile erholt", sagte sie, „und dass Sie ihre Gesellschaft noch viele Jahre genießen können."

Die anderen brachten ebenfalls ihre Genesungswünsche für Mrs Martin zum Ausdruck. Mr Martin murmelte Dankesworte, verbeugte sich und ging.

Helena atmete befreit auf, als er ihnen den Rücken zugekehrt hatte. Sie gab ihm keine Schuld – es war viel zu offensichtlich, dass sie diejenige gewesen sein musste, die ihre Affäre in Gang gesetzt und ihn dazu gedrängt hatte, ihren Wünschen nachzugeben. Nichtsdestotrotz war sie froh, dass sie ihm nach Ende der Saison monatelang nicht mehr zufällig über den Weg laufen würde.

„Seht nur, wie spät es schon ist", sagte sie strahlend. „Wir müssen einsteigen, Lord Hastings. Sollen wir auf Wiedersehen sagen?"

ALS ER MIT HELENA IN seinem privaten Eisenbahnwaggon Platz nahm, schlug Hastings' Herz übermäßig schnell. Außer Sichtweite derer, die noch immer auf dem Bahnsteig standen, legte sie ihre behandschuhte Hand auf seine.

Mit der freien Hand winkte sie ihrer Familie, Miss Tallwood und Mrs Damien. „Ich denke nicht mehr an ihn, und du solltest es auch nicht tun."

Sein Glück war allzeit in Gefahr, doch Augenblicke wie dieser machten alle Anfälle angsterfüllter Verzweiflung wett. Auch er winkte. „Ich dachte nicht an ihn, sondern an uns."

Eine Dampfpfeife gab einen schrillen Ton von sich und signalisierte die unmittelbar bevorstehende Abfahrt des Zuges. Auf dem Bahnsteig bedeutete ein Schaffner der Menschenmenge zurückzutreten. Helena hörte nicht auf zu winken. „Du hast mit Fitz nicht über uns geredet, oder?"

„Gütiger Himmel, nein, jedenfalls nicht so, wie du denkst. Wir haben über Mrs Englewood gesprochen, seine Jugendliebe."

„Er hat eine andere geliebt, ehe er Millie geheiratet hat?"

Er sah sie verblüfft an. „Niemand hat sie dir gegenüber bisher erwähnt? Fitz war gezwungen, die Verbindung zu lösen, als klar wurde, dass er eine Erbin heiraten musste."

Sie schüttelte den Kopf. „Nein. Fitz und Millie reden immer über ihr gemeinsames Leben, als seien sie vom ersten Tag ihrer Ehe an vollkommen glücklich gewesen. Ich hätte nie gedacht, dass es eine andere gab."

„Die gab es. Mrs Englewood ist während der Saison aus Indien zurückgekehrt – *dieser* Saison –, und sie und Fitz waren kurz davor, gemeinsam ein Haus zu beziehen. Er kam erst kurz vor deinem Unfall zur Vernunft."

Sie blinzelte. „Das kann ich mir gar nicht vorstellen."

„Ich kann es mir auch kaum mehr vorstellen, aber so war es."

Der Zug setzte sich in Bewegung, das Rattern der Räder wurde lauter und tiefer. Sie winkten den Zurückgebliebenen auf dem Bahnsteig ein letztes Mal zu. Eine Menschentraube, bestehend aus Reisenden, die soeben aus ihrem Zug gestiegen waren, verließ eilig den Bahnhof. Eine Frau drehte auffallend den Kopf in Venetias Richtung, was Hastings' Aufmerksamkeit erregte.

Mrs Andrew Martin. Martin war irgendwo im selben Bahnhof unterwegs zu seinem Zug, seine Frau hatte allerdings augenscheinlich gerade eine andere Reise beendet. Hastings nahm an, dies sei für Paare, die kein gemeinsames Leben führten, normal.

Und die Martins führten ihre Leben augenscheinlich so separat, dass ein gut gekleideter Herr Mrs Martin begrüßte, indem er für einen sehr kurzen Augenblick, aber immerhin ihre beiden Hände umfasste.

„Ich erinnere mich an sie!", rief Helena.

Fassungslos drehte er sich zu Helena um. Das Herz schlug ihm bis in den Hals. „Du erinnerst dich an *Mrs Martin*?"

Sie konnte sich unmöglich an Mrs Martin entsinnen, ohne sich zuvorderst an Andrew Martin zu erinnern.

„Nein, ich erinnere mich an Miss Isabelle Pelham, Fitz' Jugendliebe." Ihre Augen waren weit aufgerissen, die Hände waren an ihren Hals geflattert. „Ist *sie* diejenige, die du gerade Mrs Englewood genannt hast?"

„Ja."

Eine Fülle an Emotionen spiegelte sich auf Helenas Gesicht wider: Sie war schockiert, traurig und erstaunt. „Fitz hat sie so geliebt, und sie haben perfekt zueinander gepasst. Ich erinnere mich an sein Telegramm, in dem er mir mitteilte, dass er das Mädchen heiraten müsse, das er erst einmal gesehen hatte. Ich dachte, er würde daran zerbrechen."

„Das ist er auch fast", antwortete Hastings durch plötzlich taub gewordene Lippen.

Fitz – und Helena – waren neunzehn gewesen, als Fitz den Titel des Earls geerbt hatte. Reichte ihre Erinnerung nun bis hierhin, oder würde sie in der nächsten Sekunde aufschreien, weil sie sich an ihre erste Begegnung mit Andrew erinnerte?

„Erinnerst du dich, Millie getroffen zu haben?", fragte er, um indirekt ihr Gedächtnis zu testen.

Sie runzelte die Stirn und schüttelte den Kopf. „Nein, noch immer nicht."

Doch ehe er erleichtert aufatmen konnte, zuckte sie zusammen. Dann verfinsterte sich ihre Miene, und sie sah ihn auf eine Weise an, die er nur allzu gut kannte. Ihm gefror das Blut in den Adern.

„Ich erinnere mich immer noch nicht an sie", wiederholte sie. „Aber nun erinnere ich mich an dich."

WÄRE HELENA AUCH NUR IM Geringsten zum Lachen zumute gewesen, seine Miene hätte ihr eine gute Vorlage geboten. In ihr herrschten jedoch nur Bestürzung, Entsetzen und ein Gefühl tiefer Erniedrigung, die durch den leichten, aber doch unzweifelhaften Anflug von Übelkeit nur noch potenziert wurden.

Sie erinnerte sich an ihn.

Nicht an ihre erste Begegnung, sondern an Besuche im Zeitraum von vier Jahren: Sommer, Weihnachten und Ostern.

Er liebte es, nach Hampton House zu kommen, und das Einzige, was sie an diesen Besuchen liebte, war seine baldige Abreise.

Sie hatte Fitz' Telegramm bezüglich seiner bevorstehenden Hochzeit drei Wochen nach ihrer Rückkehr in ihr Internat in der Schweiz erhalten. Zuvor war sie auf Osterurlaub zuhause gewesen, und Hastings – es war ihr unmöglich, ihn noch länger David zu nennen – hatte sie täglich, teilweise sogar stündlich belästigt. Manchmal nur mit einem lüsternen Blick, häufiger indem er mit der Zunge schnalzte, wenn ihn niemand außer ihr sehen konnte, und in der restlichen Zeit stieß er flüchtig Beleidigungen aus, wenn er in einem Raum oder auf dem Flur an ihr vorbeiging.

Wie ich sehe, hat sich Ihre Haarfarbe mit der Zeit nicht verbessert. Verlegerin? Sie sehnen sich wirklich schrecklich danach, eine vertrocknete alte Jungfer zu werden, oder? Als Gott Sie schuf, muss er an die Niederlande gedacht haben – flach und uninteressant …

Und das war nur die Spitze des Eisbergs.

Ein fünfzehnjähriger Hastings vor dem Wohnzimmerfenster ihres alten Hauses, der einen Spiegel benutzte, um sie mit dem Sonnenlicht zu blenden, und als sie ihm ein Glas Wasser ins Gesicht geschüttet hatte, hatte er die weiße Fahne gehisst – nur, dass die weiße Fahne nichts anderes als einer ihrer Unterröcke war, den er aus der Wäsche gestohlen hatte.

Ein sechzehnjähriger Hastings, der ihr erzählte, ihre Brüste würden niemals wachsen, wenn sie ihn nicht dazu einlüde, sie zu massieren. *Nur so werden sie größer, durch männliches Fingerspitzengefühl ...*

Und was hatte er über Easton Grange gesagt? *Es hat einen Kerker, Miss Fitzhugh. Mein Onkel war ein guter, altväterlicher Calvinist, und Sie wissen ja, wie sich solche Männer in ihren eigenen vier Wänden gebärden. Ich habe gehört, dass er oft ein Mädchen im Kerker hielt, das an die Wand gekettet oder an eine Vorrichtung gefesselt war, die sie hilflos den eher niederen Trieben des Mannes auslieferte.*

Ich sage nicht, ich geriete nach meinem Onkel. Aber wenn es so wäre, wüssten Sie, was ich dann gern täte? Hinunter in diesen Kerker steigen und meine kleine Sklavin foltern, während das ganze Haus voller Gäste ist, inklusive Ihrer Familie, die mir als ihrem Gastgeber wohlgesonnen und dankbar sind.

Sie rang nach Luft. Ihre Erinnerungen überrannten sie in einem nicht enden wollenden, panischen Ansturm, Hastings, stets blasiert, verdorben, entschlossen, ihr ganzes Dasein auf ein Leuchtfeuer unerfüllter Knabenphantasien zu reduzieren, deren Projektionsfläche enttäuschend kleine Brüste hatte.

Erst jetzt merkte sie, dass ihre Hand noch immer auf seiner lag. Sie riss sie zurück, sprang auf und stürmte so weit von ihm weg, wie es möglich war, ohne aus dem schnell fahrenden Zug zu fallen.

„Helena ...“

Sie sah ihn an. Sie wusste, dass er ein ernstes, gequältes Gesicht machte, doch was sie sah, war der arrogante, dreckige Spott, an den sie sich nun nur allzu gut erinnerte. Ihr kam vor Ekel die Galle hoch.

Sie wandte ihr Gesicht einem nahe gelegenen Fenster zu. „Lass mich in Ruhe. Du hast wirklich mehr als genug gesagt.“

KAPITEL 13

HASTINGS HATTE BEFÜRCHTET, HELENA WÜRDE ihren Groll gegen ihn auf das Treffen mit Bea übertragen. Er hätte sich keine Sorgen machen müssen. Bis zur Kinderzimmertür war sie kühl und unnahbar gewesen. Doch als sich die Tür öffnete, lächelte sie herzlich und strahlte nichts als Wärme und Freundlichkeit aus.

Bea jedoch war empfindsamer als die meisten anderen Kinder und spürte die Anspannung. Wahrscheinlich merkte sie auch, dass Helenas Herzlichkeit aufgesetzt und ihr Vater verzweifelt war.

Sie hatte Fremde nie gemocht, an diesem Tag aber war sie wie erstarrt. Als sie einen Knicks vor Helena machte, wirkte diese Bewegung sehr wacklig. Hastings streckte aus Angst, dass sie das Gleichgewicht verlieren könnte, die Hand aus.

„Ich bin deine Stiefmutter." Helena ging auf ein Knie – der Umgang mit Kindern fiel ihr von Natur aus leicht. „Darf ich dich Bea nennen?"

Bea nickte ruckartig, als habe jemand an einem Strick gezogen, um sie dazu zu zwingen.

„Ich veröffentliche Bücher. Liest du gern?"

Bea nickte wieder.

„Aber du sprichst nicht gern?"

Bea sah zu Boden und griff nach Hastings Hand.

„Sie ist schüchtern", sagte er.

Ängstlich und schüchtern, das arme Kind.

Helena schenkte seiner Bemerkung keine Beachtung. „Ich freue mich sehr, dich kennenzulernen. Ich hoffe, dass wir gute Freunde werden, da wir", einen Augenblick lang versagte ihr die Stimme, „sehr viel Zeit miteinander verbringen werden."

Hatte sie nicht sprechen können, weil der Gedanke daran, mit ihm verheiratet zu sein, sich wie ein Stachel in ihrem Fleisch anfühlte? Seine eigene Lunge brannte vor Elend.

Helena richtete sich auf. „Man sagt, Kinder solle man sehen, nicht hören. Ich habe das jedoch nie geglaubt. Es war wunderbar, dich zu sehen, Bea. Ich hoffe, ich werde auch irgendwann deine Stimme hören."

Sie schenkte Bea erneut ein Lächeln, das aber kraftlos wirkte.

Hastings merkte erschrocken, dass sie enttäuscht war. Ohne richtig darüber nachzudenken, sagte er: „Erinnerst du dich daran, was Papa gesagt hat, Süße? Lady Hastings ist erst vor Kurzem schwer verletzt worden, aber sie ist den ganzen weiten Weg gekommen, um dich zu sehen. Kannst du ihr winken? Auf deine besondere Art?"

Als er das letzte Wort ausgesprochen hatte, merkte er schon, dass er einen Fehler gemacht hatte. Selbst normale Kinder reagierten häufig unvorhersehbar, wenn man sie überfallartig zu etwas aufforderte. Bea, die sich fest an ihre Routine klammerte und die die Begegnung mit einer Fremden bereits hinreichend nervös machte, musste seine unvermittelte Aufforderung vollkommen paralysieren.

So war es auch. Sie sog die Luft ein, presste die Lippen zusammen und starrte auf die Spitzen ihrer kleinen Stiefel. Wie eine Schildkröte, die bei Gefahr und Unsicherheit Kopf und Gliedmaßen in ihren Panzer zog, hatte sich auch Bea in ihren Panzer zurückgezogen.

HELENA BISS SICH AUF DIE Innenseite der Unterlippe. Es wäre in Ordnung für sie gewesen, sich ohne besondere Geste seitens des Kindes von Bea zu verabschieden. Es war nicht nötig, dass Hastings ihretwegen Druck auf das Mädchen ausübte – und eine so vorhersehbare Reaktion hervorrief.

Hastings sah bereits resigniert drein, als ob er Bea im nächsten Moment sagen würde, dass sie seinen vorherigen Worten keine Beachtung schenken und einfach sie selbst sein sollte. Im nächsten Atemzug holte er aber tief Luft und ging in die Knie, sodass er auf Augenhöhe mit Bea war.

„Ich will dir keine Schwierigkeiten bereiten, Süße, und ich entschuldige mich, wenn ich es doch getan habe. Aber versteht du, für Papa ist es etwas ganz besonderes, Lady Hastings heute nach Hause zu bringen, und ich bin so froh und aufgeregt."

Diese Stimme ... Er hätte damit Frauen bitten können, sich in aller Öffentlichkeit ihres Korsetts zu entledigen, und nicht wenige hätten eingewilligt. Und sein Profil, diese unglaublich perfekte

Seitenansicht, die sie an einen betenden Erzengel in einem Gemälde der alten Meister erinnerte, ernsthaft und …

Demütig.

Sie war es nicht gewohnt, ihn voller Demut zu sehen. Ihr Verstand brachte dieses Verhalten nicht mit dem scheußlichen Jungen zusammen, den sie in ihrer Jugend gekannt hatte, und weigerte sich daher, dessen widerwärtiges Grinsen auf Hastings Gesicht zu projizieren.

Alles, was sie sah, war der junge Vater eines Kindes, mit dem man sehr behutsam umgehen musste und der es mit großer Vorsicht und Respekt behandelte.

Bea beharrte auf ihrem Schweigen, und es gab keinerlei Anzeichen, dass sie ihren Vater überhaupt gehört hatte. Sie war kein hässliches Kind. Ihr feines, glattes Haar war hellblond, fast weiß. Sie hatte große, himmelblaue Augen, einen kleinen, rosafarbenen Mund und einen niedlichen Überbiss. Allerdings fehlten ihr Anmut und inneres Leuchten vollkommen, die man oft bei hübschen jungen Mädchen fand, die von ihren Eltern überaus geliebt wurden.

„Lady Hastings ist zum ersten Mal in unserem Zuhause, Süße, und Papa freut sich unheimlich darüber, dass sie da ist", bemerkte Hastings ruhig.

Es versetzte Helena einen schmerzhaften Stich ins Herz. Hatte sie sich wirklich erst am Vorabend Hals über Kopf auf ihn gestürzt, überzeugt davon, dass sie perfekt zueinander passten und glücklich miteinander sein würden?

Sie wusste, er hatte sein gesamtes Fehlverhalten damit erklärt, dass er unfähig gewesen war, ihr seine Liebe zu gestehen. Aber sie vermochte in all den Beleidigungen und anzüglichen Bemerkungen keine Liebe erkennen, nur vollkommene Verderbtheit.

„Ich will, dass sie sich hier so wohl fühlt, dass sie nie wieder gehen möchte", fuhr er fort. „Hilfst du Papa dabei, Süße?"

Seine Stimme hätte Himmel und Hölle ins Wanken bringen und brüderlich vereinen können. Bea aber ließ sich nicht so leicht überzeugen. Sie starrte weiter auf ihre Stiefel, als sei der Raum ansonsten menschenleer. Oder als könne sie die übrigen Personen einfach wegzaubern, wenn sie sie nur lange genug ignorierte.

Miss McIntyre, Beas Gouvernante, kaute nervös auf ihrer Lippe. Helena hatte sich davon nicht anstecken lassen wollen, hatte sich nicht darum kümmern wollen, ob er Erfolg hatte oder nicht. Aber aus irgendeinem Grund hielt sie den Atem an.

Er sprach nicht weiter, sondern streichelte mit dem Daumen zart über den Rücken von Beas kleiner, zerbrechlich aussehender Hand und wartete. Helena hasste es zu warten. Es machte sie unruhig und ungehalten. Er aber besaß die Geduld eines Eremiten.

Es verging eine Minute. Zwei Minuten. Drei Minuten. Beas Gouvernante wurde immer unruhiger. Helena verlagerte ihr Gewicht von einem Bein auf das andere und wieder zurück. Ein anderer Mann hätte Bea ohne Abendessen in ihr Zimmer verbannt, doch Hastings wartete noch immer, nahm nur seine Hand von Beas, um eine Haarsträhne zur Seite zu streichen, die sich aus ihrem Zopf gelöst hatte.

Gerade als die Spannung im Kinderzimmer unerträglich wurde, hob Bea die freie Hand und winkte kurz grob in Helenas Richtung, wenn auch nur mit dem ausgestreckten kleinen Finger. Die Gouvernante stieß einen hörbaren Seufzer der Erleichterung aus. Helena atmete fast genauso heftig aus.

„Danke, Bea", sagte sie. „Ich kann dir gar nicht sagen, wie mich das berührt. Du hast dafür gesorgt, dass ich mich ganz und gar willkommen fühle."

Hastings warf ihr einen so eindringlichen Blick zu, dass er für sie nicht zu deuten war. Das Chaos in ihrem Kopf begann sich wieder zu mehren. „Ich muss in mein Zimmer gehen, um mich umzuziehen und auszuruhen", sagte sie zu Bea. „Ich lasse deinen Vater hier bei dir. Kümmerst du dich um ihn?"

Bea nickte sofort. Der Gedanke gefiel ihr offenbar. Ihre Liebe zu ihm versetzte Helena erneut einen Stich.

Als sie an Hastings vorbeiging, sagte er leise: „Danke."

Sie ging, ohne zu antworten. Doch vor dem Kinderzimmer blieb sie stehen und horchte an der nur angelehnten Tür.

Im Gegensatz zu dem, was sie erwartet hatte, wurde Bea nicht plötzlich gesprächig – kein Papa dies, Papa das.

Tatsächlich schwiegen Vater und Tochter eisern.

Helena öffnete die Tür einen Spalt weiter und sah Hastings und Bea Hand in Hand vor einem Glaserrarium stehen. Ernst sahen sie zu, wie die kleine Schildkröte darin langsam, aber entschlossen ihre Runden drehte.

*

IN DER SUITE DER HAUSHERRIN erwarteten Helena keine großartigen Wandmalereien, dafür aber eine ganze Bücherwand, Bücher, die sie entweder schon gelesen und gemocht hatte oder die sie lesen wollte, sobald sich eine Gelegenheit ergab.

Hatte Hastings' Tante, die Vorbewohnerin dieses Raums, einen ähnlichen Geschmack gehabt wie sie? Oder war dies erneut ein Fall von …

Sie gestattete sich nicht, den Gedanken zu Ende zu bringen.

Mehrere Zimmermädchen halfen, Helenas Habseligkeiten in Schubladen und Kleiderschränke zu räumen. Sie beaufsichtigte sie unkonzentriert. Als das Personal weg war, setzte sie sich mit einem Stapel Bücher hin und versuchte zu lesen. Eine halbe Stunde später, sie war erst auf Seite zwei des ersten Buches, klopfte es. Es war ein Diener mit einer Nachricht von Hastings.

> *Liebe Helena,*
> *wenn du nicht zu müde von der Reise bist, würden Bea und ich dich gern zum Tee einladen. Sie hat zu meiner Freude und Überraschung beschlossen, dir ihr Lieblingsbuch zu zeigen. Ich hoffe, es wird dir genauso viel Spaß machen, es zu lesen, wie uns.*
> *Dein Diener*
> *Hastings*

Wäre die Einladung von Hastings allein gekommen, hätte Helena sie abgelehnt. Die Zugfahrt mit seiner ständigen unmittelbaren Nähe war eine Qual gewesen. Sie brauchte noch Zeit für sich, ohne ihn. Doch sie brachte es nicht über sich, Bea einen Korb zu geben, wenn es denn wirklich die Idee des Mädchens gewesen war, Helena ihr Lieblingsbuch zu zeigen.

Der Diener geleitete sie zu einem Raum, den er als Miss Beas Teesalon bezeichnete. Als sich die Tür vor ihr öffnete, stand sie einen Augenblick auf der Schwelle, sprachlos von dem gemalten Panorama, das sich ihr bot: ein hübscher Teich, der von charmanten kleinen Häuschen umgeben war. Blumen füllten in überbordender Pracht Kästen vor den Fenstern und an den Wänden hängende Töpfe. Bei einer bestimmten Hütte erblühten sie gar auf einem komplett mit Erde bedeckten Dach.

Doch was sie wie angewurzelt stehenbleiben ließ, war nicht diese Szenerie, sondern die Tiere in ländlicher Kleidung, die darin ihren Geschäften nachgingen.

Hier goss ein Eichhörnchen mit einer großen weißen Mütze und einem braunen Sackkleid mit verträumtem Gesichtsausdruck seine Rosenbüsche, dort war eine Gruppe Hasen in Tweedjacketts und kurzen Hosen gerade mit einer Partie Cricket befasst, und auf dem Teich angelte von einem kleinen blauen Ruderboot aus ein Entenkükenpaar, eins mit Melone auf dem Kopf und Pfeife im Schnabel, das andere, ein Weibchen, mit einem über und über mit frischen Blumen verzierten Strohhut, ganz ähnlich wie ihn die Ruderer aus Eton bei der berühmten jährlichen „Procession of the Boats" trugen.

„Danke, dass du gekommen bist", sagte Hastings und erhob sich von einem Tisch, auf dem ein halbes Dutzend Tellerchen mit Kuchenscheiben und Sandwiches stand.

Helena nickte, ohne ihn richtig anzusehen, und setzte sich auf Beas andere Seite. Die schien inzwischen viel besser aufgelegt. Sie lächelte weder, noch sagte sie etwas, als Helena sie grüßte, aber sie hielt ihr ein dickes, in Stoff gebundenes Notizbuch hin.

Als Helena jedoch versuchte, ihr das Notizbuch abzunehmen, ließ Bea es nicht los. „Ah, ich verstehe", sagte Helena. „Ich schaue es mir gern auf dem Tisch an, Liebes, wenn du für mich blätterst."

Hastings warf ihr ein flüchtiges, dankbares Lächeln zu, während er sich wieder setzte. Sie erwiderte es nicht, sondern wandte sich dem Buch zu. „Ist das dein Lieblingsbuch, Bea?"

Nach ein paar Sekunden nickte Bea.

„Schlägst du es für mich auf?"

Bea blätterte den blauen, brokatgebundenen Einband um. Die ersten paar Seiten waren leeres, qualitativ hochwertiges Papier, das schwer, aber weich wirkte, getrennt durch durchscheinende Reispapierseiten. Es war weniger ein Buch als vielmehr der äußerst kunstvoll gebundene Skizzenblock eines Künstlers.

Als sie wieder umblätterte, kam ein Entenküken in ländlichem Tweed und mit Jagdmütze zum Vorschein, ein übermütig aussehender Bursche, trotz der sehr seriös wirkenden Ellbogenflicken auf seinem Jackett und der noch seriöser wirkenden Tabakspfeife, die unter der Lasche einer Tasche hervorragte.

Helena sah zu den Malereien und bemerkte nun, dass sie noch unvollendet waren: Eine Wand war leer, die Umrisse einer kleinen Brücke und eines Baumes, an dessen einem Ast eine Schaukel hing, waren mit Bleistift vorgezeichnet, aber noch nicht ausgemalt. Der Raum war ein Kunstwerk im Entstehen.

Sie wusste nicht, warum das ihrem Herzen so einen Stich versetzte.

„Ist das Entenküken in dem Ruderboot an der Wand dasselbe wie das hier?"

Bea beantwortete ihre Frage mit einem weiteren Nicken. Helena musste nicht fragen, um zu wissen, dass Hastings der Künstler war. Wie hatte er ein solches Talent während ihrer langen, fruchtlosen Bekanntschaft vor ihr verbergen können?

Neben den Füßen der Ente stand der Name Tobias.

„Meine Güte", sagte Helena, „ich habe eben erst bemerkt, dass er vier Beine hat. Warum hat Tobias vier Beine?"

Bea blätterte um. Jetzt sah man Tobias zur Seite gebeugt, sodass hinter ihm ein weibliches Entenküken zum Vorschein kam: das weibliche Entenküken aus dem Ruderboot, wieder mit einem blumengeschmückten Hut.

„Hast du so einen Hut?", fragte Helena Bea.

Bea sah ihren Vater an. Er lächelte sie aufmunternd an, ein Gesichtsausdruck unendlicher Sanftheit und Zuneigung.

Helena merkte erst, dass sie ihn anstarrte, als Bea sie am Ärmel zog. Als Helena dem Mädchen wieder ihre Aufmerksamkeit zuwandte, nickte Bea langsam und nachdrücklich, als wiederhole sie die Antwort.

Helena hatte die Frage beinahe vergessen. Der Hut, richtig, der Hut mit den Blumen. „Magst du Blumen sehr?"

Bea beantwortete ihre Frage mit einem weiteren Nicken.

„Hast du selbst einen Garten?"

Diesmal war die Antwort komplizierter. Bea nickte, runzelte die Stirn und schüttelte dann den Kopf, wobei sie leicht entmutigt wirkte.

„Sie gießt montags einen Teil der Gärten", erklärte Hastings.

Er hatte ein paar Minuten lang nicht gesprochen, sondern Helena und Bea das Gespräch überlassen. Beim Klang seiner Stimme war sie plötzlich wieder in ihrem Krankenbett, hörte ihn die Sonette Elizabeth Barrett Brownings lesen.

Sie verdrängte die Erinnerung und neigte den Kopf ein Stückchen, um Bea besser in die Augen schauen zu können. „Ich habe ein sehr gutes Buch übers Gärtnern veröffentlicht. Wenn du möchtest, Bea, kannst du deinen Papa bitten, es dir vorzulesen, damit du lernst, wie man die herrlichsten Blumen züchtet. Meine Schwägerin, Lady Fitzhugh, hat außerdem einen der schönsten Gärten Englands. Wenn du bereit bist, deinen eigenen Garten zu pflanzen, werden wir sie um Samen und Setzlinge bitten."

Was Helena sagte, konnte man nicht ohne Weiteres mit einem Nicken oder Kopfschütteln beantworten. Bea wirkte einen Augenblick lang desorientiert. Nach einer Weile senkte sie einfach den Blick und blätterte erneut um.

Da war eine reetgedeckte Hütte, deren Fensterbänke von Astern und Geranien überquollen. Die Hütte stand am Ufer des Teichs. Ein blumengesäumter Kiespfad durchschnitt den Rasen und führte zu einem kleinen Anlegesteg, wo ein Ruderboot angebunden war.

Helena sah wieder zu den Wandmalereien und fand ein Haus, das genauso aussah – außer dem Ruderboot, das auf dem Teich im Einsatz war, statt am Steg angebunden zu sein. „Leben dort Tobias und seine Freunde?"

Bea blätterte eine Seite zurück, um auf den Namen des weiblichen Entenkükens zu zeigen, der über dessen Schulter stand. Nanette. Dann schlug sie die Seite nach der Illustration der Hütte auf, wo die ersten Textzeilen standen, und wartete ungeduldig. Sie wollte, dass Helena ihr vorlas.

Helena kam dem Wunsch nach. „Tobias' und Nanettes letztes Abenteuer ist schon eine Weile her. Zwei Wochen, um genau zu sein. Nun könnte man sagen, zwei Wochen seien ja praktisch keine Zeit. Aber für Entenküken sind Abenteuer wie Kuchen. Wenn man einmal Kuchen probiert hat, werden zwei Wochen ohne zu einer sehr langen Zeit.' Hast du das auch geschrieben, Hastings?", fragte sie, ohne ihm das Gesicht zuzuwenden.

„Ja."

Der Knabe mit dem hämischen Grinsen war zu einem Autor und Illustrator von Kindergeschichten herangewachsen. Warum machte sie das so … böse? Oder war sie wütend, weil sie die Einfachheit der Wut der irritierenden Komplexität ihrer übrigen Gefühle vorzog?

Bea, die bereits umgeblättert hatte, tippte auf die Seite, um Helenas Aufmerksamkeit zu erregen. Helena lächelte entschuldigend und fuhr fort. „„Doch an diesem hellen Spätsommermorgen mussten sie nicht auf Abenteuersuche gehen. Das Abenteuer kam auf vier Beinen aus Ägypten zu ihnen. Denn wisst ihr, zu dieser Jahreszeit wird es am Nil unerträglich heiß, und Krispin Krokodil macht daher seinen Jahresurlaub im Norden, wo die Sommer so kühl und erfrischend sind wie Zitronensorbet.""

Da war also Krispin Krokodil in seinem Seersucker-Sommeranzug und wischte sich mit einem Taschentuch die Stirn ab. Er sah groß und hungrig aus.

„Tobias machte seinen üblichen Morgenspaziergang um den Teich. All seine Nachbarn – die Eichhörnchen, die Biber, die Hasen und so weiter – schienen verschwunden zu sein. ‚Es muss Ferienzeit sein', sinnierte er. Aber ihm war es ganz recht, mit seiner lieben Nanette am Teich zu bleiben, bis er Krispin Krokodil sah, der gerade seinen Koffer absetzte und in seiner Tasche nach den Schlüsseln suchte. Plötzlich begriff Tobias, warum seine Nachbarn geflohen waren und warum er im vergangenen Herbst sein wunderbares kleines Häuschen zu einem solchen Spottpreis hatte erwerben können.""

Der Knabe mit dem hämischen Grinsen war nicht einfach nur zu einem Autor und Illustrator von Kindergeschichten herangewachsen, sondern sogar zu einem außerordentlich charmanten und stilsicheren Vertreter dieser Zunft.

Bea tippte wieder auf die Seite und wartete darauf, dass Helena weiterlas.

„Ich kann ihr vorlesen, wenn du nicht mehr möchtest", bot Hastings an.

Noch immer ohne ihn anzusehen, sagte Helena: „Schon gut. Ich lese auch noch den Rest."

MISS MCINTYRE, BEAS GOUVERNANTE, kam am Ende des Tees, um Bea abzuholen, und Hastings und Helena blieben allein im Zimmer zurück. Er rechnete damit, dass Helena Bea auf dem Fuße folgen würde, doch stattdessen warf sie ihm einen ernsten Blick zu und sagte: „Das ist eine sehr gute Geschichte."

Bei ihrem Kompliment sprang ihm fast das Herz aus der Brust.

„Danke. Ich freue mich, dass sie dir gefällt, da du sie publizierst – und elf weitere Episoden davon."

Sie runzelte die Stirn in höchster Konzentration, als versuche sie, sich jede kleinste Einzelheit jedes Schriftwechsels und jedes Dokumentes in Erinnerung zu rufen, die sie in letzter Zeit gelesen hatte. „Du bist also Miss Evangeline South, und das ist eine der ‚Geschichten vom alten Krötenteich‘."

„Richtig."

Sie beugte sich vor und nahm sich ein Gurkensandwich. Er starrte ihren Arm an. Sie hatte wundervoll lange, geschmeidige Arme. In einem Ballkleid waren sie ein Bild für die Götter.

„Du hättest mehr als hundertzehn Pfund für die Rechte von mir verlangen können", sagte sie.

Er zuckte die Achseln. Er brauchte das Geld nicht und hatte sich gefreut, dass sie ihm so viel geboten hatte.

„Lass mich raten: Du hast mir nie gesagt, dass du der Autor bist."

„Richtig."

Ihr Gesichtsausdruck war nicht wie zuvor angewidert, sondern nur verärgert, das aber zutiefst. „Warum nicht?"

Er zuckte erneut die Achseln. „Ich wollte nicht, dass du dich über mich lustig machst."

„Ich will nicht leugnen, dass ich mich über dich lustig gemacht hätte – zunächst. Aber letztlich lache ich nicht über Talent und harte Arbeit, und so hättest du viel besser meine Aufmerksamkeit erregen können als mit den widerwärtigen Methoden, zu denen du gegriffen hast."

Er sah ihr in die Augen, schöne, herrische Augen, die ihn vom ersten Moment an zu ihrem Sklaven gemacht hatten. „Du hast recht. Es tut mir leid."

Sie öffnete den Mund. Für einen Augenblick sah es aus, als wolle sie antworten, aber das tat sie nicht. Sie aß schweigend den Rest ihres Sandwichs, wischte sich die Finger an einer Serviette ab und ging.

HELENA WOLLTE GERADE ZU BETT GEHEN, als es klopfte. „Ja?"

Es war Hastings, der die Verbindungstür zwischen ihren Schlafzimmern hätte nutzen können, aber beschlossen hatte, formell den Eingang vom Flur zu ihrer Suite zu nehmen.

Zuletzt hatte sie ihn vor nur wenigen Stunden beim Tee mit Bea gesehen, es gab also keinen Grund, warum ihr Puls aufgrund seiner Nähe rasen sollte. Aber er beschleunigte sich. Ihre Hände hatten in seinem Haar gewühlt – und ihn überall berührt. Sie hatte seine schöne Kehle geleckt und angeboten, seine Männlichkeit in den Mund zu nehmen und ihn zu verwöhnen, bis er …

„Kann ich helfen, Lord Hastings?" Wenigstens ihre Stimme klang angemessen distanziert.

Er hatte einen großen Umschlag in der Hand. „Ich habe noch ein Manuskript für dich."

„Eine weitere Geschichte vom alten Krötenteich?"

„Nein, etwas, das für Kinder sehr viel weniger geeignet ist."

„Was ist es?"

„Eine erotische Geschichte."

Sie blinzelte verblüfft. „Versuchen sich Kinderbuchautoren heutzutage auch an Pornographie?"

Er zögerte. „Es ist eine erotische Geschichte über uns."

Ihr Herz klopfte, sowohl vor Verdruss als auch – leider – vor wachsender Erregung. „Du glaubst, ich würde eine Geschichte darüber mögen, wie du es genießt, mich zu vögeln?"

Sein Blick ruhte auf dem Umschlag in seiner Hand, seine Finger zerknitterten eine Ecke der Lasche. „Ich habe sie nicht geschrieben, um den Leser zu erregen – oder zumindest nicht nur. Als deine Familie dich Anfang des Jahres nach Amerika schaffte, hoffte sie, Zeit und Entfernung würden deine Leidenschaft für Mr Martin abkühlen. Ich hingegen fürchtete, der Entzug würde dich waghalsig machen, sodass man dich ertappen würde. In diesem Fall wollte ich natürlich in die Bresche springen und dir die Ehe anbieten, und du hättest meine Hand akzeptiert, um deiner Familie den Skandal zu ersparen. Doch ich musste dauernd daran denken, wie elend es uns in dieser Ehe gehen würde, also schrieb ich die Geschichte."

Seine Erklärung schien ihr sinnlos. „Die Geschichte hätte da Abhilfe geschaffen?"

„Sie ist …" Er holte tief Luft. „Ja, das dachte ich. Weißt du, sie ist ein Liebesbrief, angefüllt mit allem, was ich dir nie persönlich sagen konnte."

Süßer Kummer schlug über ihr zusammen. Also hatte er versucht, und sei es auch noch so indirekt, sie zu umwerben.

„Leider", fuhr er fort, „habe ich die Geschichte wahrscheinlich auf eine Weise geschrieben und illustriert, die sicherstellen wird, dass du über die ersten beiden Seiten nie hinauskommen wirst."

Sie hätte ihn vor Enttäuschung erwürgen können. „Du bist wirklich dein eigener schlimmster Feind, oder?"

Er hob den Kopf, seine Augen waren im Lampenschein meergrün. „Ja, das weiß ich schon sehr lange."

SIE SCHWIEG, DOCH ER KONNTE fast hören, wie es in ihr „du Idiot" schrie. Er klopfte mit den Fingern auf den Umschlag, der alles enthielt, was er ihr schon lange hätte sagen sollen – oder vielmehr eine Abschrift davon, da das Original noch in ihrem Büro bei Fitzhugh & Company lag.

„Ich werde dir das dalassen." Er legte den Umschlag auf einen Beistelltisch. „Gute Nacht."

Doch an der Tür ließ ihre Stimme ihn innehalten. „Als ich noch bei ihm wohnte, sagte Fitz, ich solle daran denken, wie sensibel und stolz du bist. Ich habe nichts gegen sensible, stolze Menschen. aber du bist für Sensibilität und Stolz, was für Mausoleen der Tadsch Mahal ist – ein weißes Marmormonument mit Gärten, Minaretten und einem Reflexionsbecken obendrein."

Sie atmete lang und zitternd aus, als versuche sie, sich zusammenzureißen. „Warum? Warum bist du so?"

Er hatte keine Ahnung, was er auf diese Frage antworten sollte.

Sie kniff die Augen zusammen und wandte sich zum Kamin um. Er begriff, dass sie nur seinem Blick folgte und er unbewusst zum Foto seiner Mutter geschaut hatte.

Sie ging zum Kaminsims, um sich das Bild näher anzusehen, das seine Mutter im Kostüm zeigte. Auf der kleinen Plakette auf dem Rahmen stand: *Belinda Montagu als Viola.*

„Gute Güte", murmelte sie. „Ist das deine Mutter?"

Er hatte die Locken und die Wangenknochen von ihr geerbt, die Ähnlichkeit war unverkennbar. „Ja."

Helena wandte sich um. „Sie war Schauspielerin?"

Er wusste nicht, ob Helena annahm, die Bühne sei nur der Ort gewesen, an dem seine Mutter ihre Gunst verkauft hatte, aber im Laufe seines Lebens hatten das genügend Leute getan, sodass er ihr instinktiv beisprang. „Sie war eine sehr gute Schauspielerin."

„Zweifellos. Ich bin nur schockiert, dass die Familie deines Vaters in die Hochzeit einwilligte."

„Mein Onkel war sechzehn Jahre älter als mein Vater und ließ seinem kleinen Bruder ziemlich viel durchgehen. Zweifellos hatte mein Vater ihn überzeugt, dass sich meine Mutter zur Ruhe setzen und eine brave kleine Hausfrau werden, dass mit der Zeit ihre Bühnenvergangenheit in Vergessenheit geraten würde wie Schnee von gestern."

Es war seltsam, über die Geschichte seiner Familie zu sprechen – fast, als zöge er sich öffentlich bis auf die Unterwäsche aus. Das hatte er noch nie gemusst: Entweder hatten es alle schon gewusst oder bald von jemand anderem erfahren, und den Jungs in der Schule hatte er es nur mit den Fäusten erklärt.

„Wurde Belinda Montagu je die zahme Mrs Hillsborough?"

„Ihr wahrer Name war Mary Wensley. Nein, nach zwei Jahren kehrte sie auf die Bühne zurück. Sie und mein Vater waren mitten in einer Eheannullierung, als er starb – und achteinhalb Monate später kam ich zur Welt. Mein Onkel war überzeugt, meine Geburt sei ein schamloser Plan meiner Mutter, um einen Teil seines Vermögens zu ergattern, da er und seine Frau kinderlos waren."

„Aber ich dachte, dein Onkel sei dein Vormund gewesen."

„Ich lebte bei meiner Mutter, bis ich sieben war. Dann begegneten wir eines schönen Tages meinem Onkel, und innerhalb weniger Wochen war ich sein Mündel."

In der Rückschau war ihm klar, dass seine Mutter das Treffen durchaus herbeigeführt haben mochte. Sie hatte gewusst, dass sie nicht mehr lange zu leben hatte, und gewollt, dass er alles bekam, was sein Onkel ihm bieten könnte. Aber Hastings hatte nichts von dem gewollt, was sein Onkel ihm bieten konnte, nicht, wenn sein Onkel entschlossen war, für seine frühere Nachgiebigkeit Hastings' Vater gegenüber Buße zu tun, indem er Hastings alle Freiheiten und Freuden unter der Sonne vorenthielt.

Solange seine Mutter gelebt hatte, war er immer wieder weggerannt, um sie zu besuchen, sobald ihm seine Gouvernanten den Rücken zugedreht hatten. Nach ihrem Tod lebte er fast sechs Monate bei einer Sinti-Sippe, bis man ihn fand und heimbrachte. Er machte sich nicht die Mühe, aus Eton wegzulaufen. Trotz all der Raufbolde war es besser, als daheim bei seinem Onkel zu leben, und irgendwann lernten die Raufbolde, ihn in Ruhe zu lassen, denn er kämpfte gemeiner als sie, und niemand überstand eine Rauferei mit ihm ungeschoren.

Helena runzelte die Stirn, aber ihr Blick war weicher geworden, als begreife sie langsam etwas an ihm, das ihr zuvor verborgen gewesen war.

„Nicht", sagte er sofort. „Vergib mir nicht, dass ich ein Idiot war, nur weil der Beruf meiner Mutter mir vielleicht Probleme mit meinem Onkel und in der Schule bereitet hat. Das hast du noch nie getan, und das mochte ich immer an dir. Ich habe dein Missfallen nicht durch meine Abstammung geerntet, ich musste es mir hart erarbeiten."

Sie starrte ihn an, den Dummkopf, der ihr Mitleid zurückwies. „Nun, was immer du sagst. Du warst ein vollkommener Idiot, und deine liebe Mutter hätte sich deiner geschämt."

Aus irgendeinem Grund brachte ihn die Art, wie sie ihn mit einem halb staunenden, halb verzweifelten Augenverdrehen tadelte, zum Lächeln. Es war sein erstes richtiges Lächeln, seit ihr wieder eingefallen war, dass er sich tatsächlich wie ein vollkommener Idiot benommen hatte.

Auch ihre Mundwinkel hoben sich, aber sie wandte sich ab, ehe er sehen konnte, ob aus der Saat der Belustigung mehr wurde. „Gute Nacht", sagte sie. „Du kannst deine schmutzige Geschichte hierlassen. Vielleicht sehe ich sie mir mal an, wenn ich mit all deinen anderen Büchern durch bin."

Das reichte ihm als Versprechen.

Erst als er die Tür geöffnet hatte, dachte er daran, ihr zu sagen: „Übrigens verbringst du den Großteil der Geschichte ans Bett gefesselt. Ich hoffe, du magst das."

KAPITEL 14

HELENA UMKREISTE DEN BEISTELLTISCH, auf dem der Umschlag lag, tippte sich mit einem Finger ans Kinn, räusperte sich und beäugte Hastings' Manuskript misstrauisch. Es war schon spät. Sie musste sich ausruhen, und sie hatte für Erotikliteratur nicht besonders viel übrig – oder zumindest hatte sie daran bis zu ihrem neunzehnten Geburtstag keinerlei Interesse gehegt.

Es zeichnete sich allerdings ab, dass sie den unsittlichen Liebesbrief, in dem sie ihrem Mann zum Vergnügen ans Bett gefesselt war, nicht einfach unbeachtet lassen konnte.

An einer Stelle des Manuskripts mit dem Titel „Die Braut von Larkspear" hatte Hastings einen Notizzettel eingefügt, auf dem stand: „Wenn du nichts anderes liest, lies dies." Wenn sie aber nichts anderes las, wie sollte sie ohne Kontext imstande sein, die von ihm ausgewählte Passage zu verstehen?

Sie blätterte zu einer beliebigen Seite des Manuskripts, nur um zu sehen, was sie *nicht* unbedingt lesen sollte.

„Warum sind meine Hände gefesselt?", flüstert sie. „Hast du Angst vor ihnen?"

„Natürlich", entgegne ich. „Ein Mann, der hinter einer Löwin her ist, sollte stets auf der Hut sein."

„Was tut er, nachdem er die besagte Löwin gefangen und in einen Käfig gesperrt hat?"

Ich streiche eine Strähne ihres Haars beiseite, die sich gelöst hat und ihr die Sicht nimmt. „Er lehrt sie, dass Gefangenschaft herrlich sein und sie Gefallen daran finden kann – und er macht aus ihr eine zahme Hauskatze, eine süße, fügsame, kleine Muschi."

Auf meine nicht besonders subtile Doppeldeutigkeit hin verfinstert sich ihre Miene. „Aus Löwinnen macht man keine Hauskatzen."

Meine Hand wandert langsam und genüsslich über ihren Brustkorb abwärts. „Warum glaubst du so wenig daran, dass du dich ändern kannst? Du bist noch nicht einmal eine Stunde gefangen."

Ich habe es immer geliebt, sie gegen mich aufzubringen. Kein Wunder, dass sie sich so lange gegen mich gesträubt hat. Am Ende hat sie mich erwählt, um den absoluten Ruin zu vermeiden – keine Wahl, die mir besonders schmeichelt, aber nun gehört sie mir, was auch immer geschieht.

Es ging tatsächlich um sie beide.

„Warum?", fragt sie mit gepresster Stimme. „Du bist ein wohlhabender, allgemein angesehener Mann. Es fehlt dir nicht an weiblicher Aufmerksamkeit. Ich habe sogar gehört, wie man dich als charmant beschrieben hat – obgleich ich es wohl nie verstehen werde. Warum hast du dich also entschlossen, mich einzusperren, während viele andere liebend gerne dein Haustier wären, deine süße, willige, kleine Muschi?"

Ich trete näher und schaue anhand ihrer Halsvene zu, wie ihr Puls schneller wird. Ihre Brüste heben und senken sich in wunderschön anzusehender, erregter Gleichmäßigkeit. Wie eine dunkle Flut beginnt das Verlangen in meinen Andern zu schwellen.

„Ihre Hingabe langweilt mich", flüstere ich so nah, dass meine Lippen beinahe ihr Ohr liebkosen. „Es wird mir wesentlich mehr Spaß machen, dich zappeln zu sehen."

Ein Beben erfasst sie. Es fällt meinem Liebling immer schwerer, mich nicht zu beachten.

„Du stößt mich ab", erklärt sie hart.

Das bezweifle ich nicht. Doch wäre das alles, würde ich sie nur abstoßen, dann wären wir nicht hier. Unter ihrer kühlen Verachtung lag immer – zumindest glaube ich das – ein Funken Interesse für mich, den sie sich weigert anzuerkennen.

„Exzellent. Nichts schürt die Lust mehr als ein wenig Abneigung."

Nun denn, bis dahin war nichts wirklich *schrecklich* anrüchig.

Ich umschließe ihre Brust mit meiner Hand und reibe mit dem Daumen über ihre bereits hart gewordene Brustwarze.

Helena ließ beinahe das Manuskript fallen. Sie hatte sich zu früh ein Urteil gebildet. Dies war mit großer Sicherheit eine erotische Geschichte.

Der Herr von Larkspear befriedigte seine widerstrebende Braut mit den Fingern, während sie an den Bettpfosten gefesselt war. Dann fesselte er sie ans Kopfende und brachte sie zu einem weiteren bebenden Höhepunkt – diesmal mit seinem Schwanz.

Es dauerte Minuten, ehe Helenas Atem wieder ruhig ging. Sie wagte es nicht weiterzulesen, da sie sonst am Endedurch die geschlossene Verbindungstür gestürmt wäre und sich Hastings gefügig gemacht hätte. Sie war längst nicht mehr sicher, was sie für ihn empfand.

Als sie das Manuskript beiseitelegte, fiel ihr Hastings' Notiz wieder ins Auge. „Wenn du nichts anderes liest, lies dies."

Oh, warum nicht?

Der Petit Mort ist gewaltig, eine lange, wollüstige Zuckung beidseitiger Lust. Danach löse ich die Fesseln um ihre Handgelenke und halte sie in den Armen. Sie glaubt, ihr Körper habe mich behext, ihre weiche Haut, ihre enge Muschi. Sie hat recht, ihre weiche Haut und ihre enge Scheide betören mich. Aber was mich völlig beherrscht, ist dieser paradiesische Augenblick, wenn sie noch zu sehr von Lust überwältigt ist, um mich mit ihren mittlerweile freien Händen wegzustoßen.

Ich vergrabe mein Gesicht in der Pracht ihres offenen Haars. Ich teile die Strähnen und küsse ihren Nacken. Ich streichle ihre Schulter, ihren Arm und ihren süßen, weichen Bauch mit der Gier eines Säufers, der billigen Gin in sich hineinschüttet. Doch nur allzu bald stößt sie meine Hände weg.

„Ich will jetzt schlafen."

Ich schiebe mit nonchalanter Geste die Hände unter den Kopf – als habe sie mich nicht wieder abgewiesen. „Lass dir von mir eine Gutenachtgeschichte erzählen."

„Wenn es darum geht, was der Prinz wirklich mit Dornröschen macht, wenn er sie findet ... die kenne ich schon."

„In dieser Geschichte schläft niemand – oder zumindest nicht an den entscheidenden Stellen."

Sie schweigt einen Augenblick. Angespannt warte ich auf weitere Zurückweisung.

„Nun, warum nicht? Ich kann mir genauso gut anhören, was dir sonst noch an Frivolitäten im Kopf herumspukt."

Sie überrascht mich. Ich wende mich ihr zu, den Kopf in die Hand gestützt. Meine wundervolle Frau schaut zur Decke, zeigt keinerlei Interesse an mir.

„Es war einmal ein Land namens Stolz", beginne ich. „Es war ein stolzes Land, vom König und der Königin bis hinab zum kleinsten

Straßenkehrer war jeder stolz. Aber keiner war stolzer als der Prinz des Reichs, ein hübscher junger Mann namens Narziss."

„War er so begeistert von seiner Schönheit, dass er nicht aufhören konnte, sein Spiegelbild anzuhimmeln?"

„Meine Liebe", mahne ich, „wie wenig Vertrauen du doch in mich hast. Würde ich mir die Mühe machen, dir so eine abgedroschene Geschichte zu erzählen? Vertrau mir: Du kennst sie noch nicht."

Sie zuckt gleichgültig die Achseln. „Dann fahr fort."

„Die modernste Fortbewegungsmethode im Lande Stolz war ein Luftschiff, das von nichts anderem angetrieben wurde als vom Stolz seines Besitzers. Je stolzer die Person, desto größer ihr Luftschiff und desto höher und schneller flog es.

Niemand in ganz Stolz hatte ein größeres und flotteres Luftschiff als Prinz Narziss, und es hieß passenderweise Narziss' Stolz."

„Wird es am Ende deiner Geschichte ordentlich durchbohrt?"

Ich mache ein missbilligendes Geräusch. „Nur ignorante Fremde würden etwas so Abstoßendes vorschlagen. In Stolz fiele es einem genauso wenig ein, das Luftschiff eines anderen zu durchbohren, wie seine Mutter auf dem Dorfplatz zu verhökern."

„Wie verbreitet war denn die Praxis des Mutterverkaufs in Stolz?"

„Gar nicht, denn die Stolzer liebten ihre Mütter."

Meine Braut rollt mit den Augen. „Na gut. Fahr fort."

„Der Prinz ersann eine Prüfung für Damen, die seine Hand erringen wollten. Sieben Jahre in Folge bestand diese Prüfung aus einem dreitägigen Luftschiffrennen, das der Prinz jedes Mal mühelos gewann. Das ganze Land begann sich Sorgen um seinen Prinzen zu machen, denn er war in dem Alter, in dem er eine Familie hätte gründen und Erben zeugen sollen.

Es war nicht allgemein bekannt, dass Narziss seit Langem eine junge Stolzerin namens Fidelia liebte, der in der Hauptstadt eine Buchhandlung gehörte. Fidelia wusste natürlich um Narziss' Existenz, sie hatte sogar gelegentlich schon geschäftlich mit ihm zu tun gehabt, denn Narziss liebte Bücher, und Fidelia war die beste Händlerin für seltene und wertvolle Ausgaben im Lande. Doch Narziss und sein modisches Luftschiff waren Fidelia ziemlich egal. Tatsächlich machte sie sich vor ihren Freundinnen über die Größe seines Luftschiffs lustig und warf die Frage auf, was ein Mann wohl mit so viel ihm zur Verfügung stehender heißer Luft anfangen möchte.

Narziss hörte davon. Er schritt auf den hohen Zinnen des Palastes auf und ab und fand keinen Schlaf. Von Zeit zu Zeit richtete er die Teleskope im Astronomie-Turm auf Fidelias Buchhandlung in der Hauptstadt, um das

Licht in ihrem Fenster im ersten Stock zu sehen, und wünschte, er könne bei ihr in jenem Zimmer sein und mit ihr zusammen lesen."

"Ach, für einen Augenblick dachte ich, er wolle sie an ihre Bücherregale fesseln", sagt meine Braut.

"Bitte, er ist nicht einmal annähernd so romantisch wie ich. Also, wo war ich? Ah, alle drei Monate ging Fidelia auf Bucheinkaufsreise in mehrere Nachbarländer. Der Prinz wartete immer auf ihre Rückkehr. Wenn sie von diesen Reisen zurückkehrte, kam sie mit einer Kiste ihrer besten Funde in den Palast, um sie Narziss zu zeigen, und er erwartete diese Treffen mit einer Sehnsucht, die nur die verstehen konnten, die unerwiderte Liebe kennen.

Stolz war ein Land mit weitgehend vorhersagbarem Wetter. Mitten in der Trockenzeit lud man Fidelias Bücher auf offene Bierkutschen, nicht auf die Planwagen, die sie in regnerischeren Jahreszeiten verwendet hätte. Doch als der Prinz sie über die staubigen Ebenen jenseits der Stadtmauern rumpeln sah, was erblickte er da, wenn nicht einen zur Unzeit rasch vom Horizont her nahenden Sturm?

Sofort rief er nach seinem Luftschiff, der Narziss' Stolz. Doch als er ihre Wagen erreichte, war der Sturm schon fast dort. Es würde keine Zeit bleiben, ihre Bücher in der Gondel des Luftschiffs in Sicherheit zu bringen.

Der Prinz zögerte nicht. Zu Fidelias grenzenlosem Entsetzen zog er seinen Dolch und stieß ihn in sein Luftschiff, schlitzte es auf, sodass es zu einer gewaltigen, wasserfesten Plane wurde, die sich über ihre Bücher legte. Fidelia gewann ihre Fassung zurück und sammelte große Steine auf, mit denen sie den Rand der Plane beschwerten, damit sie während des Sturms nicht wegflog.

Als sie fertig waren, retteten sie sich gerade noch rechtzeitig in die Gondel, ehe der Regen in Sturzbächen auf die Erde prasselte. ,Warum hast du dein schönes Luftschiff zerstört?', fragte Fidelia schließlich. ,Es sind doch nur Bücher.'

,Vielleicht', antwortete Narziss. ,Aber es sind deine Bücher.'

Bis heute reden die Leute davon, wie der Prinz die Hand seiner Geliebten errang, nachdem er zuerst seinen Stolz geopfert hatte.

Narziss und Fidelia heirateten im darauffolgenden Frühling. Sie lebten und regierten viele Jahre lang glücklich zusammen."

Es war nicht nur ein Liebesbrief, sondern ein Gebet, eine innige Hoffnung auf bessere Zeiten. Als Helena das Manuskript schloss, wurde ihr klar, dass sie auf genau dasselbe hoffte.

KAPITEL 15

ALLES IN EASTON GRANGE DREHTE sich um Bea, die jedoch nicht die geringste Ahnung hatte, dass dem so war. Es gab vieles, das sie nicht bemerkte, aber man konnte darauf zählen, dass sie mit fast sturer Hingabe ihrer täglichen Routine folgte, die sie mit derselben Akribie beging, mit der ein Maestro eine Beethoven-Symphonie dirigiert.

Sie nahm ihr Frühstück um acht Uhr ein und ging um neun mit ihrem Vater spazieren. Dabei hielten sie sich strikt an drei Pfade, von denen sie jeweils einen zwei Tage der Woche nahmen, hinzu kam ein besonderer Pfad für den Sonntag. Wenn sie um zehn wieder im Kinderzimmer ankamen, hatte sie bis zum Mittagessen Unterricht.

Am Nachmittag folgten weitere Lehrstunden, ehe sie sich der jeweiligen Aktivität des aktuellen Tages widmete. Montags goss sie die Blumen, dienstags kämmte sie ihren Puppen die Haare und zog ihnen andere Kleider an, und so weiter. Um vier ging es zum Reiten, um fünf nahm sie ihren Tee ein, der ihr zugleich als Abendessen diente, dann badete sie, lauschte einer Geschichte und ging ins Bett.

Wenn ein Spaziergang kürzer als gewöhnlich dauerte, wartete sie vor dem Kinderzimmer, bis sie den Gong der Uhr schlagen hörte. Wenn es an einem Montag regnete, stand sie trotzdem im Garten, die Gießkanne in der Hand, der Rest unter einem Regenmantel.

Dies waren jedoch nur Kleinigkeiten. Wann immer ihr Zeitplan in seinen Grundfesten bedroht war, wurden Beas Augen größer und ihr Gesicht blasser. Sie kaute auf der Innenseite ihrer Wange und verschränkte die Hände fest ineinander.

Einmal entdeckten sie während des Tees, dass ein für Bea bereitetes Sandwich nicht die Sorte war, die es sonst immer mittwochs gab. Unter normalen Umständen hätte kurze Rücksprache mit der Küche das Problem aus der Welt geräumt. Mittwochs hatten die Bediensteten jedoch den halben Tag, nämlich den Nachmittag, frei. Bis Hastings alle Zutaten gefunden hatte, um das dem Tag angemessene Sandwich zu bereiten, zitterte Bea vor Aufregung am ganzen Körper. Sie hatte Angst, zu spät zu ihrem Bad zu kommen.

„Was wäre geschehen, wenn sie zu spät gebadet hätte?", fragte Helena, während sie außerhalb des Badezimmers warteten, in dem Bea summte und mit dem Wasser in der Wanne spielte. Sie hatte sich wieder beruhigt, sobald die Krise abgewendet war.

Hastings hatte den Kopf gegen die Wand gestoßen. „Desaster. Sie wäre in ihren Schrankkoffer geklettert und stundenlang nicht herausgekommen. Wenigstens ist der Tag schon fast zu Ende, wenn sie ihren Tee einnimmt. Falls morgens etwas schief gehen sollte, dann Gnade uns Gott."

„War sie schon immer so?"

Hastings seufzte. „Das kann ich nicht mit Sicherheit sagen. Als ich mich bereit erklärte sie aufzunehmen, stellte ich ein Kindermädchen mit exzellenten Empfehlungsschreiben ein, ließ die beiden in ein Häuschen am Rand des Grundstücks einziehen und dachte, ich hätte meine Schuldigkeit getan. Den Dienstmädchen, die dort sauber machten, zufolge – sie waren es auch, die mich alarmierten, weil sie den Eindruck hatten, dass etwas nicht in Ordnung sei – war sie ein relativ braves Baby. Aber als sie ungefähr zwei Jahre alt war, wurde sie unglaublich stur. Das Kindermädchen glaubte nicht daran, dass Kinder in ihrer Erziehung auch nur ein Wörtchen mitzureden hatten – und was folgte, lässt sich nicht mit Worten ausdrücken."

Er starrte auf die Tapete auf der anderen Seite des Flurs. „Ich war unsagbar wütend auf mich selbst. Zuvor hatte ich meine spärliche Aufmerksamkeit damit entschuldigt, dass ich ihr immerhin das Leben im Armenhaus erspart hatte. Aber ich konnte nicht länger akzeptieren, einfach nur etwas Besseres als das Schlimmste, das ihr hätte passieren können, zu bieten. Ich war für das Kind verantwortlich und hatte zugelassen, dass sie unter meinen Augen schlecht behandelt und so zu diesem zornerfüllten, schreienden Menschlein wurde."

Noch immer fiel Sonnenlicht durch das Fenster am Ende des Ganges, ein heller Strom, der ihn von hinten beleuchtete, dass es aussah, als sei sein Gesicht von einem Heiligenschein umgeben.

„Du hast dich ihr gegenüber seither sehr gut verhalten", bemerkte Helena.

Er seufzte erneut und fuhr sich mit den Fingern durchs Haar. Sie beneidete seine Hand. Ihre hatte sein Haar seit ihrer Ankunft in Easton Grange nicht mehr berührt.

Er legte sich die Hand flach auf den Kopf. „Ich bin nicht sicher, ob wir den Schaden je wiedergutmachen können. Du hast gesehen, wie sie allein beim Gedanken, dass ihr Zeitplan durcheinander geraten könnte, reagiert. Ich wage nicht, mir auszumalen, was sie tun würde, wenn ihr *Leben* jemals ins Wanken geraten würde. Unter uns gesagt habe ich schreckliche Angst vor dem Tag, an dem Sir Hartschale etwas passiert.“

Welche Einwände Helena auch gegen ihn als Partner hegte, sie zweifelte keine Sekunde an seiner aufopferungsvollen Hingabe und Zuverlässigkeit in seiner Rolle als Vater. Man hätte sagen können, dass seine Liebe zu Helena letztendlich doch auf ein erhofftes Ziel ausgerichtet war: dass sie sich ihm ebenfalls so leidenschaftlich verschrieb und ihm im Bett das Paradies auf Erden bereitete. Seine Liebe zu Bea gründete jedoch nicht auf einem möglichen Vorteil, sondern einzig darauf, das Richtige für sie tun zu wollen – und ihrem Leben eine gute Richtung zu geben, damit er sich selbst die frühere Vernachlässigung eines Tages möglicherweise würde vergeben können.

Helena ging jeden Morgen hinter Vater und Tochter her, hatte dabei den Blick fest auf ihre Hände gerichtet, die einander festhielten, während sie es genoss, ihrem Gespräch zu lauschen – das zumeist ein väterlicher Monolog war, bei dem Hastings manchmal Bea mit den Heileigenschaften einer heimischen Pflanze unterhielt, manchmal eine Geschichte aus der Kindheit der Königin erzählte und manchmal erklärte, warum die Haushälterin nicht gut auf eines der Zimmermädchen zu sprechen war.

Detail für Detail erklärte er einem Mädchen die Welt, das die Komplexität des Lebens nicht instinktiv zu erfassen vermochte.

Er war nicht damit zufrieden, Bea nur im Augenblick ein angenehmes Leben zu bereiten. Er dachte auch an den Tag, an dem sie zur jungen Frau werden, an die Herausforderungen, mit denen sie es zu tun haben würde. Er wollte, dass sie ein normales Leben führen konnte oder zumindest eines, das angesichts ihrer diversen Einschränkungen so normal wie möglich war.

Das berührte Helena – mehr noch als die Wandgemälde, die er für das Mädchen geschaffen hatte. Beides war ein Werk der Liebe, aber an diesem würde er arbeiten, so lange er und Bea lebten.

EINER DER SPAZIERPFADE BEAS ENDETE an einem Teich, der als Inspiration für den alten Krötenteich gedient haben musste. Er besaß nicht den gleichen drolligen Charme seines literarischen Gegenstücks, doch sein Wasser war klar, er wimmelte von Fischen, verfügte über einen kleinen Wald aus wehendem Schilfrohr und ein grasbewachsenes, sanft abfallendes Ufer, an dem zwei Steinbänke standen.

An diesem Tag führte Bea Sir Hartschale an einem Geschirr, und Hastings zeichnete, während Helena Briefe las, die ihr Miss Boyle, ihre Sekretärin, hierher nachgesandt hatte. Helena war offenbar ehrgeiziger, als sie selbst angenommen hatte. Sie war nicht damit zufrieden, nur Bücher zu publizieren, sondern hatte sich zum Zeitpunkt ihres Unfalls außerdem in der Planungsphase für eine neue Zeitschrift befunden, deren Zielgruppe die wachsende Schicht der jungen Arbeiterinnen war. Die Herausgeberin, die sie eingestellt hatte, eine Mrs Edwards, hatte Helena über die Artikel informiert, die sie in Vorbereitung der Erstausgabe zusammengestellt hatte. Helena machte sich Notizen am Rand des Briefes, darunter auch den Vorschlag für ein Treffen, damit sie Mrs Edwards wieder kennenlernen konnte, an die sie sich in keiner Weise erinnerte.

Der nächste Brief war witzigerweise von Miss Evangeline South, die auf Miss Boyles Nachfrage bezüglich „ihrer" Überarbeitungen einiger der jüngeren Geschichten aus der Sammlung um den alten Krötenteich antwortete. Miss South schrieb, „sie" würde aufgrund eines unerwarteten familiären Notfalls weitere vierzehn Tage für die Durchsicht brauchen.

Helena zeigte Hastings, der zu ihren Füßen saß, den Brief.

„Sie hat mir geschrieben", lächelte er, „da musste ich wohl antworten."

Er hatte ein umwerfendes Lächeln. Manchmal wollte sie immer noch den Kopf schütteln. Er hätte ihr durchaus dieses Lächeln schenken können statt seines hämischen Grinsens. „Arbeitest du wirklich an den Veränderungen, die ich gefordert habe?"

„Jeden Morgen, bevor du aufstehst."

Er schien immer vor ihr auf zu sein. „Ich hoffe, dass du wirklich daran arbeitest und nicht noch eine deiner unanständigen Geschichten schreibst."

Er sah zu ihr auf, und sein Blick war so unanständig wie bestimmte Teile der Geschichte. „Du hast mir nie verraten, wie dir meine erste und einzige anrüchige Geschichte gefallen hat."

„Ich habe sie noch nicht zu Ende gelesen und mir deshalb noch keine Meinung gebildet."

Er verzog das Gesicht in übertriebener Enttäuschung.

Sie schüttelte den Kopf. „Ihr Autoren seid so ängstlich und empfindlich. Na gut, die Teile, die ich schon gelesen habe, gefallen mir."

Jetzt beugte er sein Gesicht über seine Zeichnung und lächelte wieder. Ihr wurde heiß und kalt. Sie verriet es ihm nicht, aber den Rest der Geschichte hatte sie sich aufgehoben, damit er ihn ihr laut vorlesen konnte.

Doch sie wollte warten, bis sie wieder all ihre Erinnerungen hatte – und alles verarbeitet hatte, was sie einst für Mr Martin empfunden hatte –, ehe sie begann, eine Sammlung Seidenschnüre anzulegen, mit denen sie Hastings fesseln konnte.

Umgekehrt natürlich auch, wenn ihm danach war, da das Teilen nun mal in ihrer Natur lag.

„Warum grinst du so?", verlangte Hastings zu wissen. „Das ist unverkennbar das Lächeln von jemandem, der nichts Gutes im Schilde führt."

Sie strahlte ihn an. „Würdest du nicht selbst ab und zu grinsen, wenn *du* mit einem Pornographen ‚verheiratet' wärst? Aber genug des Geredes über Themen, die für empfindliche Ohren wie die meinen unangemessen sind. Was zeichnest du da?"

Er schaute wieder auf seine Skizze. „Den Entwurf für die letzte Wand in Beas Teesalon. Ich habe vor, eine neue Gruppe von Figuren einzubauen und eine neue Hütte am alten Krötenteich zu errichten."

Der Entwurf für diese spezielle kleine Hütte entlockte ihr den Ausruf: „Du meine Güte. Das sieht genau so aus wie das Miniaturcottage, das mein Vater für Venetia und mich bauen ließ, als wir klein waren."

„Stimmt. Vielleicht habe ich unbewusst daran gedacht. Ich habe dieses Miniaturcottage tatsächlich das eine oder andere Mal gesehen, als ich in Hampton House zu Besuch war."

„Soweit ich weiß, haben wir es noch", sagte sie aufgeregt. „Ich kann es nach Easton Grange bringen und für Bea direkt am Teichufer aufstellen lassen."

Er sah sie an, es war ein langer, ruhiger Blick voller Sehnsucht. Sie begriff, dass sie Bea gegenüber eine Verpflichtung eingegangen war – und auch ihm.

„Schau nicht so überwältigt", sagte sie, nun schon nicht mehr so sicher, ob dies ein kluges Geschenk gewesen war. „Es ist ein altes Spielzeug, das sicher überarbeitet werden muss, und damit alles andere als eine extravagante Geste."

„In der Tat", antwortete er und ließ sie damit vom Haken, „alles andere als das. Es ist wahrscheinlich völlig wurmstichig und mit Vogeldreck bedeckt."

Sie streckte ihm die Zunge heraus. „Jetzt beleidigst du mich."

Er lächelte ein wenig und drückte ihre Hand. „Bea wird sehr glücklich sein, danke."

Er hatte sie seit ihrer Ankunft in Easton Grange nicht mehr berührt. Ein Schauer jagte ihren Arm empor.

Sobald ihre Erinnerungen jedoch zurückgekehrt waren …

DAS MINIATURCOTTAGE AUS HAMPTON HOUSE traf einige Tage später ein. Es war verwittert und abgenutzt, insgesamt jedoch in einem besseren Zustand, als Helena vermutet hatte. Hastings nahm sich der Außenwände des Gebäudes an und strich sie persönlich neu, nachdem der Zimmerer alle notwendigen Reparaturen durchgeführt hatte. Helena kümmerte sich um das Innere: neue Tapete, neue Vorhänge, eine Sitzgarnitur mit Tisch und Teeservice und sogar ein kleines Bücherregal, auf dem über kurz oder lang alle Ausgaben der „Geschichten vom alten Krötenteich" stehen würden.

Um Bea vorzubereiten, zeigten sie ihr eine Zeichnung des Miniaturcottages, ließen sie die Stelle aussuchen, an der es stehen sollte und gingen den abweichenden Zeitplan des Enthüllungstages bis ins kleinste Detail, beinahe auf die Minute genau, mit ihr durch.

Am Tag selbst verlief alles vollkommen problemlos. Es war schönes Wetter. Die Sonne strahlte, und bauschige weiße Wolken zeigten sich auf einem endlos blauen Himmel. Das Picknick schmeckte hervorragend. Beim Anblick des Häuschens mit seinen rosafarbenen Wänden und grünen Zierrahmen ließ Bea vor Begeisterung beinahe Sir Hartschale fallen.

Es gab aber noch mehr, das diesen Tag perfekt machte. Am Nachmittag fuhren Hastings und Helena mit Fahrrädern, statt Bea auf ihrem Pony mit den Pferden zu begleiten. Helena erinnerte sich tatsächlich daran, wie man sie fuhr, und Bea beschwerte sich kein einziges Mal.

Helena war begeistert. Euphorisch. Sie war aber noch immer entschlossen, Geduld zu haben und darauf zu warten, dass der Rest ihres Gedächtnisses zurückkehrte.

Bis zu der Sache mit dem Stethoskop.

Bea brachte Sir Hartschale mit zum Tee und hielt sie Hastings wortlos hin. Hastings entschuldigte sich, verließ den Teesalon und kam einige Minuten später mit dem winzigsten, bezauberndsten Stethoskop wieder, das Helena je gesehen hatte. Wer hätte gedacht, dass Stethoskope bezaubernd sein konnten?

Er steckte sich die Ohrstücke in die Ohren und presste das Bruststück, das nicht größer war als ein Knopf, auf Sir Hartschales Rücken.

„Äußerst verlangsamter Herzschlag", bemerkte er nach ungefähr fünfzehn Sekunden, „aber in Anbetracht der Tatsache, dass er Kaltblüter ist, ist das normal." Er drehte das Reptil, das zu diesem Zeitpunkt bereits seinen Kopf und die schrumpeligen Gliedmaßen eingezogen hatte, um und lauschte an dem gepanzerten Bauch. „Hier verhält es sich sehr ähnlich. Er lebt noch, das ist doch wenigstens etwas."

Er hielt Bea Sir Hartschale hin. „Er ist jedoch schrecklich alt, soweit wir wissen mindestens neunzig Jahre, und wer weiß, wie lange er schon gelebt hat, bevor jemand anfing zu zählen? Wenn ein Lebewesen so alt ist, könnte es jederzeit sterben, selbst wenn es gar nicht krank aussieht."

Bea nahm die Schildkröte wieder an sich. Sie schien kein einziges Wort der behutsamen Warnung ihres Vaters gehört zu haben. Als sie mit großem Appetit in ihr Sandwich biss, seufzte er leise.

Das Chaos und der süße Schmerz hielten erneut in Helenas Herz Einzug. Sie wusste in diesem Augenblick nicht nur, dass sie ihn liebte, sondern dass sie es für den Rest ihres Lebens tun würde. Dass sie an seiner Seite stehen und seine Hand halten würde, während er

Bea durch die Phase nach dem unabwendbaren Ableben Sir Hartschales begleiten würde – und alle anderen unweigerlich folgenden Turbulenzen, die jeder junge Mensch durchzumachen hatte.

Er erwischte sie dabei, wie sie ihn anstarrte, und hob die Brauen. Sie lächelte nur breit und fragte: „Haben Sie zufällig einen Notenständer im Haus, Sir?"

HASTINGS HATTE SICH GERADE DAS Hemd ausgezogen, als sich die Tür seines Ankleidezimmers öffnete. Er drehte sich um und sah Helena mit einer grünen Schleife in ihrem noch immer ziemlich kurzen Haar, die im Türrahmen lehnte und wie beiläufig am Stoff ihres Morgenmantels nestelte. Manchmal öffneten sie die Verbindungstür, wenn sie am Abend noch etwas zu besprechen hatten, es war also nicht ungewöhnlich, dass er sie so gekleidet sah – nur dass sie an diesem Abend kein Nachthemd darunter anhatte. Tatsächlich verbarg die grüne Seide die Konturen ihrer harten Brustspitzen, die genau auf ihn zeigten, nicht im Geringsten.

Sein Mund wurde trocken. „Ich werde nicht eher von deinen zugegebenermaßen beachtlichen Reizen kosten", sagte er, während sie sich ein klein wenig bewegte und der Morgenmantel sich geschmeidig an ihre Hüfte und Oberschenkel schmiegte, „bis du dich an alles erinnerst."

Sie lächelte. „Ich habe nicht vor, dich", sie schaute an sich herunter, „meine wahrlich beachtlichen Reize berühren zu lassen. Ich brauche nur deine Hilfe dabei, etwas woanders hin zu bewegen."

Er war nach wie vor nicht sicher. Sie sah viel zu … raubtierhaft aus. „Doch nicht mich in dein Bett?"

„Absolut nicht."

Sie sagte das, ohne zu zögern, doch etwas an ihrem Tonfall ließ sein Blut vor Erregung in südlichere Körperregionen strömen. „Was ist es denn, das woanders hin bewegt werden muss?"

„Mein Notenständer." Sie ging wieder in ihr Zimmer und bedeutete ihm zu folgen.

Sie hatte ihm nicht gesagt, wofür sie den Notenständer benötigte. Sie spielte keinerlei Instrument, und soweit er wusste, hatte sie auch nie gelernt, Noten zu lesen.

Der Notenständer befand sich in ihrem Schlafzimmer, unweit der Verbindungstür. Es war ein filigran wirkendes Exemplar, das viel schwerer war, als es aussah, da es aus massivem Rosenholz gefertigt war.

Sie kehrte in sein Zimmer zurück und zeigte auf eine Stelle nahe dem Fußende seines Bettes, bei dem es sich um ein riesiges Möbelstück handelte, das ihm als Inspiration für das Ehebett des Herrn von Larkspear gedient hatte. „Hierhin bitte."

Er schleppte den Notenständer von ihrem Zimmer in seines und stellte ihn an die von ihr bezeichnete Stelle, gleich neben den Bettpfosten, an den in seiner Vorstellung die Braut von Larkspear in der Eröffnungsszene seiner erotischen Geschichte gefesselt gewesen war. „Was für eine Teufelei planst du, Helena?"

Sie antwortete ihm nicht, sondern gab ihm weitere Befehle. „Stell dich mit dem Rücken zum Bettpfosten."

Als er das getan hatte, besah sie sich den Notenständer – der zuletzt von einer viel kleineren Person, vermutlich einem Kind, benutzt worden war – und schraubte ihn so hoch wie möglich.

Er war noch immer nicht sicher, was sie mit dem Notenständer vorhatte, begann aber langsam zu begreifen, was sie mit ihm im Sinn hatte. Die Frage war: Wollte er sich ihren Wünschen fügen?

Letztlich musste er, denn als sie den Bindegürtel ihres Morgenmantels herauszog, woraufhin dieser von der Brust bis zur Scham aufklaffte, starrte er sie einfach schwer atmend an. Sie band seine Handgelenke auf seinem Rücken zusammen und an den Bettpfosten. Er wehrte sich nicht, sondern starrte sie nur weiter an, und die Heftigkeit seines Verlangens verdoppelte sich mit jedem Blick auf ihre wunderschönen Brustspitzen.

„Wenn du mich eine Sekunde entschuldigen würdest", sagte sie übertrieben höflich, aber mit glitzernden Augen.

Sie verschwand in ihrem Zimmer und kam *ohne* den Morgenmantel zurück. Er hatte sie im Bett schon nackt gesehen, aber beobachten zu können, wie sie sich bewegte, wie ihre festen Brüste ganz leicht wippten … Sein Atem kam schneller.

„Lies mir das vor, Liebling."

Er hatte nicht einmal bemerkt, dass sie zwei Blätter auf den Notenständer gelegt hatte – zwei Seiten seines Manuskripts. „Das?"

„Ja, das. Sonst ziehe ich mich wieder an."

Das konnte er nicht zulassen, aber es war fast unmöglich, seinen Blick von ihren Beinen und der Stelle, an der sich ihre Schenkel trafen, abzuwenden.

Sie kam näher, packte sein Kinn und zwang ihn, sein Gesicht dem Notenständer zuzudrehen. „Lies!"

Er räusperte sich und versuchte, sich auf die Worte vor ihm zu konzentrieren. „„Nun bin ich derjenige, der an den Bettpfosten gefesselt ist. Sie mustert mich von allen Seiten und lächelt, als kenne sie ein köstliches Geheimnis, das mir verborgen bleibt.'"

Er sah Helena an. Auch sie lächelte, hielt sich mit einer Hand am Bettpfosten fest, während sie ihm mit der anderen über den Arm strich. „Lies weiter."

Ihre Berührung versengte ihn. Seine Stimme zitterte. „Sie zieht ihre Haarnadeln heraus und schüttelt den Kopf. Ihr Haar fällt wie ein schimmernder Wasserfall frei herunter, einzelne Strähnen streifen ihre festen Brustwarzen.'"

„Hmm", sagte Helena. „Leider kann ich das mit dem Haar nicht nachspielen. Aber wenigstens habe ich noch immer feste Brustwarzen, oder?"

Sie berührte eine Brustwarze, nahm sie zwischen zwei Finger und spielte damit. Er stöhnte, und sein Schwanz schwoll schmerzhaft an.

„Lies weiter, wenn du möchtest, dass noch mehr passiert", erinnerte sie ihn und leckte sich dann langsam die Lippen, um ihre Worte zu unterstreichen.

Gott sei ihm gnädig. Wenn er weiter in diesem Tempo den Verstand verlor, würde er bald nicht mehr lesen können. „„Es schnürt mir die Kehle zu. ‚Du machst mich wahnsinnig vor Lust', sage ich zu ihr. Sie lacht leise. ‚Nein, Larkspear, ich *werde* dich vor Lust wahnsinnig machen, und ich fange damit an, dass ich dir den Rest deiner Kleidung ausziehe.'"

Helena öffnete seine Hose und zog sie nach unten. „Ich mag die Braut von Larkspear, die Frau weiß, was sie will, und tut es auch."

Im nächsten Augenblick lag auch Hastings Unterwäsche in einem unordentlichen Haufen zu seinen Füßen, und sein nacktes Verlangen war enthüllt. Sie drückte sich an ihn und rieb mit einer Brustwarze über seinen Arm, während sie ihre Hand um seinen Schaft legte. Sie stieß ein leises, kehliges Lachen aus, als er sich in das Gefängnis ihrer Finger drängte.

Irgendwie gelang es Hastings zu sagen: „Du hältst dich nicht an die Geschichte."

„Ich weiß. Aber in der Geschichte liegt sie zu schnell auf den Knien. Das kann ich mir nicht leisten – ich habe einen Ruf zu verteidigen."

Sie streichelte seine Erektion, und er stöhnte vor Lust. Sie saugte an der Haut seiner Schulter und neigte den Kopf, um über seine Brustwarze zu lecken. Er bäumte sich gegen seine Fesseln auf.

„Vergiss nicht zu lesen."

„Das kann ich nicht mehr."

„Ich gehe erst auf die Knie, wenn es mir die Geschichte vorgibt."

Er knurrte, fügte sich aber. „Im Handumdrehen bin ich völlig nackt. Sie geht vor mir auf die Knie.'"

Helena trat vor ihn und kniete nieder, ihre Lippen berührten um ein Haar seinen hochragenden Schwanz, und sie sah mit einem winzigen Grinsen zu ihm auf.

Er gab ihr die nächsten Anweisungen. „‚Sie streckt die Zunge heraus und leckt meine Eichel.'

„Steht das wirklich in der Geschichte? Ich hatte das anders in Erinnerung."

„Genau das steht in der Geschichte", log er unverhohlen.

Sie lächelte, denn sie hatte seine Lüge durchschaut, und tat genau, worum er sie gebeten hatte. Ihre rosige, feuchte Zunge umkreiste zart die Stelle, an der er am empfindlichsten war.

Seine Knie gaben beinahe nach. „‚Nun öffnet sie den Mund weit und nimmt mich so tief auf, wie es ihr möglich ist.'"

Er war in ihrem Mund, im Paradies. Das Gefühl allein machte ihn schon wahnsinnig, und dazu kam noch ihr Anblick. Sie lächelte nicht mehr, sondern starrte mit einem Hunger zu ihm empor, der beinahe seinem eigenen gleichkam. Dann stöhnte sie, ein Geräusch von so schierer Begierde, dass er jegliche Selbstbeherrschung verlor.

Er schloss die Augen, erbebte und gab sich ihr vollkommen hin.

SOBALD SIE IHN LOSGEBUNDEN HATTE, drückte er sie gegen den Bettpfosten und band sie daran fest, die Hände hinter dem Rücken, um den Gefallen zu erwidern – mehrfach, bevor er sie wieder befreite, zum Bett trug und langsam und hingebungsvoll liebte.

Danach kicherte sie an seiner Schulter. „Frag mich noch mal, wie mir deine schmutzige Geschichte gefällt."

Er wandte ihr das Gesicht zu und küsste sie auf die Stirn. „Also gut … Wie gefällt dir meine schmutzige Geschichte, meine Liebe?"

„Ich muss gestehen, Sir", ihr Ton war auf spöttische Weise ernst, „ich habe immer noch nicht das gesamte Werk gelesen. Aber die Teile, die ich gelesen habe, zeugen von ungeheurem Genie. Oh, diese nuancenreiche Charakterzeichnung, die unfassbare Spannung und der kluge Einsatz der Seidenbänder, mit denen sie gefesselt ist, als Sinnbild des Ehebandes … Meinen Beifall, Sir. Meinen Beifall."

Nun klimperte sie wieder anzüglich mit den Wimpern. „Ganz abgesehen davon, dass ich davon heißer werde als eine ganze Kompanie Soldaten."

„Hmm. Vielleicht mache ich einen Rückzieher. Vielleicht werde ich, statt für dich Überarbeitungen vorzunehmen, doch lieber eine weitere schmutzige Geschichte schreiben."

Sie stieß ihm den Finger in die Brust. „Das ist verboten. Du darfst allerdings eine weitere schmutzige Geschichte schreiben, wenn du mit meinen Überarbeitungen fertig bist."

„Wirst du die Geschichte dann auch nachspielen?"

Sie streckte die Nase in die Luft. „Nur, wenn sie von höchster Qualität ist."

Er lachte und küsste sie auf den Mund.

Diesmal beendete sie den Kuss und sagte: „Ich habe eine Idee. Lass uns nicht heimlich heiraten. Lass uns vielmehr meinen Gedächtnisverlust zur Gänze ausnutzen und eine gewaltige Hochzeit feiern. Welche Frau könnte es schließlich ertragen, keine Erinnerung an ihre Hochzeit zu haben?"

Er war sowohl verblüfft von ihrer Kühnheit als auch mitgerissen von ihrem plötzlichen Enthusiasmus. „Ich wollte immer schon eine prachtvolle Hochzeit für uns."

Sie drohte ihm mit dem Finger. „Aber keine Hochzeit auf dem Land. Wir heiraten in Westminster Abbey."

„Ja, und wir werden Millies Gärten plündern, um das gesamte Gebäude mit Blumen zu schmücken – bis hoch zu den Deckenbalken."

„Das müssen wir in der Tat. Auch Venetias Gärten. Sie wäre beleidigt, wenn wir nicht auch die Treibhäuser des Herzogs plünderten."

Er streichelte ihren Hintern. „Wir werden dich in ein jungfräulich weißes Kleid stecken, auch wenn du inzwischen alles andere als das bist."

Sie schlug ihn spielerisch gegen die Schulter. „Wie unhöflich. Ich wollte dich mit Diamanten und Perlen ausstaffieren, aber das muss ich mir noch mal überlegen."

„Nein", rief er. „Bitte nicht. Ich sehe nie großartiger aus als mit Diamanten und Perlen ausstaffiert."

Sie kicherte und zauste sein Haar. „So eitel."

„Ich will nur für dich gut aussehen."

Sie seufzte, ein glückliches Geräusch, das sein Herz zur doppelten Größe anschwellen ließ. „Ich denke, unsere Flitterwochen verbringen wir am Sahara-See, schlafen in Zelten und jagen wie Nomaden."

Er war gerührt, dass sie sich an den Sahara-See erinnerte. „Ja, und dann stehen wir am Ufer und sehen gemeinsam die Sonne aufgehen."

„Ja", stimmte sie leise zu, „wenn Schwärme aus Tausenden von Vögeln über den See fliegen, mit Schwingen, die im Morgenlicht weiß leuchten wie Segel."

Sie schlief in seinen Armen ein. Er lag noch lange wach und fragte sich, ob das, was sie sich aufgebaut hatten, reichen würde, um der vollständigen Rückkehr ihrer Erinnerungen standzuhalten.

KAPITEL 16

JEMAND ZOG HELENAS BETTDECKE ZURECHT. Sie schlief sehr unruhig, und es gelang ihr nicht immer, zugedeckt zu bleiben. Morgens hatte sie oft recht kalte Füße und Knöchel – und heute waren auch ihre Unterschenkel kalt, da sie sich in der Nacht zuvor ganz ausgezogen hatte.

Warme Hände rieben ihre Füße, dann legte sich eine schöne, warme Decke über ihre ganze untere Körperhälfte. Sie seufzte glücklich. Dieselbe Person kam näher und küsste sie auf die Stirn.

„So schön", murmelte er.

Sie lächelte und schlief wieder ein – nur um aus dem Schlaf hochzuschrecken. Sie hatte das Gefühl, es seien erst ein paar Sekunden vergangen.

Der Raum lag leer im Dämmerlicht, die Läden waren noch geschlossen. Sie machte die Augen wieder zu, hatte ein dumpfes Gefühl im Kopf, als hätte sie furchtbar verschlafen. Sie lag noch ein paar Minuten still da, bevor sie sich langsam in eine sitzende Position aufrichtete und die Beine seitlich aus dem Bett schwang.

Auf dem Nachttisch stand ein Foto von Fitz und ihrem David, die mitten auf dem gewaltigen Tom Quad standen, dem größten College-Hof in Oxford. Helena hatte das Foto bei einem von Fitz' Besuchen in der Universität mit Davids Kodak-Kamera gemacht. Kurz darauf war ihre Freundin und Klassenkameradin Mary Dilhorne vorbeigekommen. Sie hatten sich eine Minute unterhalten, ehe Miss Dilhorne in ihren nächsten Kurs ging und David und Helena Fitz zum Bahnhof begleiteten.

Sobald Fitz sich in seinem Abteil niedergelassen hatte und noch bevor der Zug angefahren war, hatte David ihr schon ins Ohr geflüstert: „War das eine deiner lesbischen Freundinnen? Wann wirst du mich denn mal zum Zusehen einladen?"

„Erst, wenn du mich eingeladen hast, dich als Lustknaben zu sehen", hatte sie gesagt und Fitz zugewinkt, „der es in alle Körperöffnungen kriegt."

Die gegenwärtige Helena lächelte. Sie waren aufeinander losgegangen wie Rom und Karthago. Sie hatte eine Reihe ausgezeichneter Retourkutschen gelandet, an die sie sich noch immer mit Stolz erinnerte.

Irgendwann während der Nacht war David in ihr Zimmer gegangen, hatte ihren Morgenmantel geholt und ihn über einen Stuhl neben dem Bett gehängt. Sie warf ihn sich über, ging zum Fenster und öffnete die Läden. Die Sonne war aufgegangen. Beas Teich spiegelte sich gleißend in der Ferne. Helena holte tief Luft, erfüllt mit einer süßen Zufriedenheit.

Die einen Augenblick später dem Gefühl wich, etwas vergessen zu haben. Sie lachte leise vor sich hin. Natürlich hatte sie etwas vergessen – irgendwann sogar ihr halbes Leben. Aber das Gefühl, es habe sich etwas in ihr Gehirn gegraben, wollte nicht vergehen.

Sie schüttelte den Kopf und versuchte, einen klaren Gedanken zu fassen. Oh, ja, die Seiten von Davids Manuskript. Sie sollte sie besser wegräumen, ehe die Diener kamen. Doch als sie zum Fußende des Bettes schaute, stellte sie fest, dass schon jemand den Notenständer samt den Manuskriptseiten weggeräumt hatte – ein weiteres Indiz für Davids Besonnenheit.

Doch das seltsame, zunehmend beunruhigende Gefühl blieb. Hatte es mit Fitzhugh & Company zu tun? Hatte sie vergessen, dem Drucker Korrekturen zukommen zu lassen? Oder einen bestimmten Titel nicht beworben?

Das Gefühl ließ etwas nach, als Helena klar wurde, dass sie sich endlich an Millie erinnert hatte. Ein Gefühl tiefer Zuneigung erfüllte sie – die liebe, liebe Millie. Wie sie ihr alle ans Herz gewachsen waren und wie sie sie immer wieder aufs Neue überraschte. Sie und Fitz hatten sich als bemerkenswerte Gastgeber erwiesen, die manch ein fröhliches Zusammensein mit Freunden und der Familie veranstaltet hatten.

Natürlich waren Helena und David bei jeder dieser Zusammenkünfte zugegen gewesen und hatten Spitzen und Sticheleien ausgetauscht.

Sehen Sie ihn nicht so an.
Ich sehe ihn an, wie es mir passt.
Er ist jünger als Sie.
Spielt keine Rolle.
Er hat kleine Füße.

Hervorragend. Dann sind seine Schuhe weniger kostspielig.

Wissen Sie nicht, was man über Männer mit kleinen Füßen sagt?

Doch. Sie seien weniger arrogant.

Er ist zu weich für Sie. Sie brauchen einen Mann aus Stahl, Miss Fitzhugh. Er ist wie ein Vogelnest, nichts als Zweige und Gewölle.

Warum interessiert es Sie so, was ich für einen anderen Mann empfinde, Hastings? Wenn Sie darauf bestehen, weiter darüber zu reden, werde ich annehmen müssen, Sie seien eifersüchtig.

Bitte, Miss Fitzhugh, das ist doch lächerlich. Sicher wissen Sie doch inzwischen, dass eine Frau Brüste braucht, um mich zu interessieren. Meine Sorge um Sie ist ausschließlich humanitärer Natur. Denken Sie an meine Worte: Sie werden sich noch nach einem Mann mit größeren Füßen und einem steiferen … Rückgrat sehnen.

Andrew! Sie hatten von *Andrew* gesprochen.

Sie taumelte rückwärts, bis ihre Waden gegen die Bettumrandung stießen. Sie spürte kaum etwas, weil ihr Entsetzen und ihre Bestürzung alles andere überschatteten.

Andrew, der immer fröhlich und bereit gewesen war, über alle Bücher unter der Sonne zu reden, immer sanft und respektvoll, wenn er ihre Einschätzung eines bestimmten Werkes nicht teilte. Andrew, der Erste, der ihr je gesagt hatte, sie würde eine hervorragende Verlegerin abgeben, als ihre Familie immer noch an der Klugheit dieses Entschlusses gezweifelt hatte. Andrew, der ihr täglich einen Wildblumenstrauß vor die Tür gelegt hatte, zu schüchtern, um eine Karte dazuzustecken, bis sie ihn in flagranti erwischt hatte. „Wenn du mich liebst, leg morgen wieder einen hin", hatte sie ihm gesagt. Am nächsten Tag hatte er drei hingelegt.

Es war ein derart verzauberter Abschnitt ihres Lebens gewesen.

Als er schluchzend zusammengebrochen war und sich immer wieder entschuldigt hatte, weil er sie in die Irre geführt hatte – obwohl er von Anfang an deutlich gesagt hatte, dass man von ihm erwartete, eine andere zu heiraten –, hatte sie ihm mit tränenüberströmtem Gesicht gesagt, sie könne ihm niemals böse sein. Sie sei froh, ihn gekannt zu haben und dankbar für ihre Erinnerungen.

Ein Tritt gegen den Kopf hatte gereicht, sie all das vergessen zu lassen.

Jeder Atemzug schmerzte. Sie taumelte zum Fenster, stieß es auf und holte tief Luft. Ihr armer, süßer Andrew. Wie musste er sich bei ihren jüngsten Begegnungen gefühlt haben, als sie ihn behandelt hatte, als sei er nur eine Nebenfigur in ihrem Leben.

Wie hätte sie sich gefühlt, wäre sie eines Tages aufgewacht und die Person, die sie jahrelang geliebt hatte, hätte sich keinen Deut mehr um sie geschert?

Jemand legte ihr die Hände auf die Arme und küsste sie auf den Nacken. „Rate mal, was mit der Morgenpost gekommen ist. Unsere Sondergenehmigung. Sollen wir anfangen, die skandalösen Einladungen zu verschicken?"

Der Schmerz in ihrem Herzen war schwarz und explosiv. Sie schüttelte seine Hände ab und entfernte sich vom Fenster. „Fass mich nicht an."

Hinter ihr herrschte lange Stille. Dann sagte er: „Ich verstehe."

Sie konnte ihn nicht ansehen. Aber es war fast schlimmer, das Bett anzusehen, das sie an ihre Schamlosigkeit der vergangenen Nacht erinnerte. Wäre es nur Lust gewesen, hätte sie sich das verzeihen können, aber sie hatte über Hochzeiten und Flitterwochen reden müssen und so ein Versprechen fürs Leben abgegeben.

Retten konnte sie vielleicht nur noch die Tatsache, dass sie nicht explizit „Ich liebe dich" gesagt hatte – aber nur, weil sie sich das für ihre eigentliche Hochzeitsnacht aufgehoben hatte.

Ihre Untreue brannte wie Säure auf ihrer Haut. Sie hasste das Gefühl. Sie hasste es, dass sie es nicht besser gewusst hatte, als sie es dringend hätte tun müssen. Sie hasste es, dass bei jedem Mal sie es gewesen war, die die Beine gespreizt und ihn praktisch angefleht hatte, sich ihrer zu bedienen.

„Helena ..."

Sie wirbelte herum. „Wie konntest du nur? Ich hatte den *Verstand* verloren. Ich war kaum zurechnungsfähig, völlig uninformiert und gar nicht in der Lage, wirklich mein Einverständnis zu signalisieren. Wärest du ein Ehrenmann, hättest du dich beherrscht und mir gesagt, wir müssten warten. Es hat ja nur ein paar Wochen gedauert. Hättest du, der du behauptest, mich bis zum Mond und den Sternen zu lieben, nicht so lange warten können?"

„Ich habe dir gesagt, dass wir warten müssen, Helena." Er wirkte tieftraurig und verletzt, und in seinen Augen leuchtete genau die Ernsthaftigkeit, die sie jetzt nicht sehen wollte. „Ich habe dir die ganze Zeit gesagt, dass Geduld dich weiter bringen würde."

Sie konnte die Wahrheit, die in seinen Worten lag, nicht ertragen. „Du wusstest, wie ich für Mr Martin empfand. Du wusstest, wie sehr ich ihn liebte. Besser als jeder andere wusstest du, dass ich seine Liebe und sein Vertrauen niemals enttäuschen würde. Aber du sahst eine geile Idiotin und musstest einfach deinen Spaß haben, oder nicht?"

„Helena!"

Sein Gesichtsausdruck wurde frostiger, was sie nur noch weiter gegen ihn aufbrachte. „Wie konntest du glauben, du könntest je Mr Martins Platz in meinem Herzen einnehmen? Welche Arroganz und Verblendung haben dich da geritten? Hast du auch den Verstand verloren?"

Er rief ihren Namen kein zweites Mal – sah sie nicht einmal mehr an. Sie hielt den Atem an. Sie wollte, dass er weiter ihren Namen rief. Sie wollte, dass er ihr mit dieser Stimme, die nach grenzenlosem Himmel und sanftem Wind klang, versicherte, alles sei in Ordnung und sie solle sich von diesem chaotischen Durcheinander nicht erschüttern lassen.

Er richtete den Blick wieder auf sie. Ihr Herz machte einen Satz. Doch dann lächelte er höhnisch. „Ach ja, es hat Spaß gemacht, solange es dauerte. Du warst die heiße kleine Schlampe, die ich immer in dir gesehen habe. Natürlich sind deine Brüste immer noch zu klein, aber das hat dein Enthusiasmus beinahe ausgeglichen. Mein Gott, wie du meinen Schwanz gelutscht hast. Eine richtige Hure hätte es nicht besser machen können."

Ihr Gesicht brannte. Ihr ganzer Körper brannte.

„Ja, du warst leicht zu haben, nicht wahr?", fuhr er ohne Pause fort, während er langsam auf sie zukam, mit hartem Blick und noch härteren Worten. „Ich mochte dich nie mehr als in der Zeit, in der du die geile Idiotin warst, die Beine weit gespreizt und mit den Fingern mit deinen eigenen Brüsten gespielt hast, deinen …"

Sie ohrfeigte ihn so hart, dass ihr der Arm wehtat. Aber der Schmerz war nichts im Vergleich zu der Verheerung in ihrem Herzen.

„Verschwinde!", schrie sie.

Verächtlich hob er eine Braue. „Das ist mein Zimmer, meine liebe Lady Hastings. Oder hast du vergessen, dass du gestern Nacht wild vor Lust hier aufgetaucht bist und mich nicht in Ruhe gelassen hast, bis ich dich ordentlich durchgefickt habe?"

Die Erinnerungen an die vergangene Nacht waren, als riebe man Salz in eine offene Wunde. Wie hatte sie ihm vertraut, wie vollkommen ihm ihr Herz geöffnet. Und welche Hoffnungen sie für die Zukunft genährt hatte …

Ohne ein weiteres Wort verließ sie den Raum.

DIE VERBINDUNGSTÜR SCHLUG ZU. Hastings starrte sie an, konnte nicht fassen, zu was er soeben wieder mutiert war.

Der Mann, den sie stets verachtet hatte.

Hatte er aus den vergangenen Wochen nichts gelernt? Hatte er nicht gelernt, dass ihn die Lügen, die er aussprach, weil er es nicht ertrug, verwundbar zu sein, nie vor Schmerz bewahrten, sondern ihn nur von seinem Glück fernhielten?

Er stand einfach nur da und atmete keuchend.

Er hatte ihr gesagt, er allein sei daran schuld, dass er sich ihr gegenüber so lange wie ein vollkommener Trottel verhalten hatte, und das stimmte. Doch in Momenten wie diesen fühlte sich ein großer Teil von ihm noch immer wie der Junge, dessen einziger Ausweg es war, heftig zurückzuschlagen, weil er niemals irgendwem irgendetwas außer seiner brutalen Art zuzuschlagen würde begreiflich machen können.

Denn manchmal war der *Anschein* von Stärke alles, was zählte.

Doch hatte er sich nicht geschworen, dass es keine Lügen mehr geben würde, keine Dummheiten und kein Verstecken seiner wahren Gefühle hinter Spott und Hohn? Hatte er sich nicht selbst versprochen, ein Mann zu sein, der ihrer würdig war?

Er presste zwei Finger zwischen seine Brauen. Er wusste, was er zu tun hatte, doch hatte er auch den Mut dazu?

HELENA SAß VOR DER FRISIERKOMMODE, den Kopf in die Hände vergraben. Die Verbindungstür öffnete sich. Sie sprang auf. „Was willst du?"

Hastings schloss sanft die Tür. „Ich komme, um mich zu entschuldigen."

Sie hörte seine Worte kaum. Wie konnte ein Mann, der wenige Minuten zuvor noch so gehässig gewirkt hatte, sich in ein derart von demütiger Reue erfüllten Vertreter seiner Art verwandeln? „Wofür?"

Seine Augen waren blaugrün und unendlich tief. „Für meine falschen, feindseligen Worte. Sie sind das absolute Gegenteil dessen, was ich in Wahrheit fühle, und es tut mir leid, dass meine schlechte Angewohnheit wieder von mir Besitz ergriffen hat, als du nichts weniger brauchtest als noch größeres Leid."

Ehe er zu sprechen begonnen hatte, hatte sie nicht gewusst, wie sehr sie sich nach einer Entschuldigung von ihm sehnte. Doch nun, da er sich entschuldigt hatte, wusste sie nicht, ob sie erleichtert oder die Traurigkeit in ihr nur noch viel größer geworden war. „Du bereust also, meinem fleischlichen Verlangen nachgegeben zu haben?"

Hastings schüttelte den Kopf. „Nein, ich entschuldige mich nur für die Worte, die dich glauben machen sollten, dass ich das Privileg, dich lieben zu dürfen, nicht wertschätze."

Die Sanftmut in seiner Stimme, die unsagbare Gewissheit in seinen Worten – er betete noch immer für Regen in der Sahara. Seine Beharrlichkeit rührte sie und machte sie zugleich wütend. „Du bist also *doch* froh, dass du mit mir schlafen konntest, als ich es nicht besser wusste?"

„Helena, du hast dein Gedächtnis verloren, nicht den Verstand. Du warst vollkommen in der Lage, selbstbestimmt zu handeln."

Das hatte auch sie so empfunden, oder? Nur um aus einem Traum zu erwachen, der eine Liebe vollkommen zerstört hatte. „Das sagst du nur, weil meine Entscheidungen dir entgegenkamen."

„Erinnere dich, Helena. Gab es auch nur einen Augenblick in den letzten Wochen, in dem du nicht die Frau warst, die du schon immer gewesen bist?"

Sie merkte, wie unangenehm nahe sie langsam den Tränen kam. Er verlieh einem Vertrauen in sie Ausdruck, das sie selbst nicht aufbringen konnte, sagte ihr, sie könne den Entscheidungen trauen, die sie gefällt hatte. „Die Frau, die ich schon immer war, wäre niemals freiwillig mit dir ins Bett gegangen."

Er atmete langsam ein, dann ebenso behutsam aus. „Ich nehme an, das Fehlen jeglicher Gefühle für Mr Martin hat dich in die Lage versetzt, dich in jemand anderen zu verlieben."

Ihre Nasenflügel blähten sich. Panik raste von ihrem Herzen in jeden Muskel, jeden Nerv. „Mach dich nicht lächerlich. Ich bin nicht in dich verliebt."

Sie wollte, dass er gemein zu ihr war. Wie lange sie seine Verbindlichkeit und Rücksichtnahme noch würde ertragen können, wusste sie nicht.

Er lächelte aber nur, wenn auch etwas traurig. „Es spielt keine Rolle, wie wir es nennen – ich erkenne die Tiefe eines Gefühls, wenn ich es sehe."

Sie biss die Zähne zusammen. „Vielleicht wird es Zeit, dass du dir eine Brille kaufst. Ich liebe Mr Martin, nicht dich."

„Ich bleibe bei dem, was ich sagte. Du liebtest den Mr Martin, der er vor fünf Jahren war. Aber der existiert nicht mehr. Wenn du die Nostalgie aus deinem Herzen verbannst, ist er nur ein gewöhnlicher Mann, der keinerlei Anreiz für dich bietet."

Wenn er sie angeschrien hätte, hätte sie ihm auf die gleiche Weise entgegnen können. Sein beinahe engelhaftes Gebaren machte sie aber wehrlos. Sie kehrte an ihre Frisierkommode zurück, setzte sich und starrte in den Spiegel.

Nach einer Weile öffnete und schloss sich die Verbindungstür, und sie war wieder allein im Zimmer.

BEA ZOG AN HASTINGS' ÄRMEL und zeigte auf einen Vogel.

„Das ist ein ... das ist ein ..." Er musste den Vogel noch einmal anschauen – er hatte schon wieder vergessen, was es gewesen war. „Buchfink. Die kennst du schon, Bea. Siehst du die weißen Streifen auf den Flügeln? Ziemlich sicher ein Buchfink."

Bea sah ihn ehrfurchtsvoll an und wartete.

Normalerweise redete er bei ihren Spaziergängen wesentlich mehr. Er hätte Bea alles, was er über den Buchfink wusste, erzählt, und wenn er nicht genug darüber wusste, was manchmal der Fall war, hätte er das Thema auf etwas anderes gelenkt. Einen anderen Singvogel – den Kanarienvogel möglicherweise. Dann hätte er davon gesprochen, wie man auf den Gedanken kommen mochte, dass die Kanarischen Inseln nach den Kanarienvögeln benannt waren, obwohl sich ihr Name in Wahrheit von *Insula Canaria* ableitete, was so viel wie „Insel der Hunde" bedeutete.

An diesem Tag schaffte er es gerade mal, einen Fuß vor den anderen zu setzen.

„Es ist ein Männchen", brachte er heraus. „Siehst du seine blaue Haube und die rote Brust? Die weiblichen Buchfinken sind nicht ganz so bunt."

Bea sah hinter sich, wo ihnen üblicherweise Helena folgte.

„Lady?"

„Lady Hastings fühlt sich nicht gut – gar nicht gut."

Bea biss sich auf die Unterlippe. „Alt?"

An einem anderen Tag hätte er darüber gelacht. „Nein, sie ist nicht alt wie Sir Hartschale. Manchmal müssen Menschen einfach … auf ihrem Zimmer bleiben."

Erst als er vor dem Teich stand, bemerkte Hastings, dass Bea die Tagesroute geändert hatte, um wieder am Miniatur-Cottage spielen zu können. Ein solches Zeichen dafür, dass Bea flexibler geworden war, hätte ihn mit großer Freude erfüllen sollen, doch der Anblick des Cottages, die physische Manifestation davon, wie nahe er und Helena dem Glück gekommen waren …

Er tat das Einzige, wozu er imstande war: Er setzte sich und wünschte sich die Rückkehr des Sahara-Sees herbei.

HELENA HATTE SICH GERADE ANGEZOGEN, als ein Diener einen Gast ankündigte. „Madam, eine Mrs Andrew Martin ist hier, um Sie zu sehen. Haben Sie Zeit für sie?"

Helena zuckte zusammen. Mrs Martin? Hier? Sie zog ihren Turban auf. „Ich werde sie empfangen."

Mrs Martins Garderobe ließ auf eine Phase tiefer Trauer schließen. Helena war erschüttert. Erst einen Augenblick später erkannte sie, dass Mrs Martins Trauerkleid nicht das einer Witwe war. „Wie geht es Ihnen, Mrs Martin?"

Ihre Schwester Mrs Monteth sah aus wie ein Frettchen. Mrs Martin war jedoch eine hübsche Frau mit aristokratischen Gesichtszügen. Helena und sie redeten über das Wetter und ihre Reise. Aber nachdem der Tee gebracht und eingeschenkt worden war, war die Zeit des belanglosen Geplauders vorüber.

„Ich kann sehen, dass Sie Ihr Gedächtnis zurückgewonnen haben, Lady Hastings. In Ihrem Blick liegt eine gewisse Besorgnis."

„Ich bin nur verwundert, dass Sie mich besuchen, Mrs Martin. Aber Sie haben recht. Meine Erinnerungen sind komplett zurückgekehrt."

Jedenfalls in ausreichender Menge. Sie konnte sich noch immer nicht an den Vorfall erinnern, bei dem Hastings ihr in den Hintern gekniffen hatte – oder an seinen ersten Besuch in Hampton House. Ihr Herz zog sich schmerzhaft zusammen.

„Ausgezeichnet, ich wäre nämlich völlig umsonst gekommen, wenn Sie sich noch nicht an Mr Martin erinnerten. Ich habe nämlich vor, mich scheiden zu lassen, verstehen Sie", kam es Mrs

Martin so leicht über die Lippen, als plane sie, sich ein neues Paar Hausschuhe zu kaufen.

Helena starrte sie an. „Scheiden?"

„Ich habe einen Verehrer, einen Herrn aus Amerika, der darauf wartet, mich zu heiraten. Amerikaner machen nicht so ein Gewese, wenn es um Scheidungen geht, und Sie stimmen mir sicherlich zu, dass fünf Jahre für eine Ehe, die es ohnehin nie hätte geben sollen, lange genug sind. Ich habe Mr Martin geehelicht, um meinen Vater zufriedenzustellen, ohne damals zu verstehen, dass er nie mit mir zufrieden sein würde, wenn er es bis zu meinem achtzehnten Geburtstag nicht gewesen war. Mr Martin tat dasselbe seiner Mutter zuliebe, und es hat ihre Meinung von ihm auch nicht verbessert. Nun, mein Vater starb vor drei Jahren, und Mrs Martin ist diese Woche von uns gegangen. Seit dem Tod meines Vaters habe ich gewissenhaft darauf geachtet, dass Mr Martin in der Stadt und ich auf dem Land lebte, da ich für einen Scheidungsantrag wegen Untreue auch würde nachweisen müssen, dass ich verlassen worden bin."

Das war also der Grund, warum Helena die Martins seit Jahren nie gemeinsam gesehen hatte. Als es Andrew möglich gewesen war, so viele Hausgesellschaften auf dem Land ohne Begleitung zu besuchen, war sie schlicht dankbar gewesen und hatte sich nicht ein einziges Mal gefragt, warum Mrs Martin ihn nie begleitete. „Sie haben das von langer Hand geplant."

„Sie machen sich kein Bild. Bis vor Kurzem hatte ich jedoch ein Problem: Mr Martin hat sich einfach keinen Seitensprung geleistet. Stattdessen flossen all seine Zeit und seine Energie in Manuskripte. Dann fand ich unter seinen Sachen den Brief von einer Frau, die augenscheinlich seine Geliebte war und war überglücklich. Es war das letzte Mosaiksteinchen, das mir noch gefehlt hatte. Ich ging zu meiner Schwester, die mir umgehend versicherte, sie könne handfeste Beweise für diese außereheliche Affäre liefern. Natürlich hatte sie keine Ahnung, dass ich mich von ihm scheiden lassen wollte, sonst wäre sie nie aktiv geworden.

Entweder wissen Sie, wie sich der Rest der Geschichte abspielte, oder Sie können es sich denken, Lady Hastings. Als meine Schwester zurückkam, war sie völlig verblüfft, dass sie unerwarteterweise Sie und Lord Hastings überrascht hatte. Ich erinnerte mich jedoch, dass es Gerüchte gegeben hatte, dass Mr Martin vor unserer Ehe in Sie verliebt gewesen war. Also nahm ich ihn gestern nach dem Tod seiner Mutter beiseite, und wir führten eine offene und ehrliche Unterhaltung. Anfangs war er entschieden gegen meinen Plan, ich würde aber sagen, er ist ins Wanken geraten."

Ehe Helena widersprechen konnte, hob Mrs Martin beschwichtigend die Hand. „Machen Sie sich keine Sorgen, Lady Hastings. Mir würde nicht im Traum einfallen vorzuschlagen, dass *Sie* mit ihm erwischt worden wären. Es stellt absolut kein Problem dar, eine Dame dafür zu bezahlen, dass sie unter Eid aussagt, eine Affäre mit Mr Martin zu haben. *Falls* Mr Martin in die Scheidung einwilligt natürlich. Er ist unentschlossen, da er nicht sicher ist, welche Vorteile ihm das bieten kann.

Durch weiteres Nachfragen erfuhr ich, dass er es für unwahrscheinlich hält, dass Sie Lord Hastings bis zu Ihrem Unfall wirklich geheiratet hatten. Für mich war das von größter Bedeutung, er sagte aber, dass Sie alle Erinnerungen, die im Zusammenhang mit ihm stehen, verloren hätten und ihn wie jeden anderen Fremden behandelten. Er wollte Sie nicht besuchen kommen, da er fand, er habe kein Recht, sich in die Ehe eines anderen Mannes einzumischen. Ich stimmte dem nicht zu. Er würde sich ja nicht in jemandes Ehe einmischen, wenn Sie gar nicht verheiratet sind."

Langsam begann Helena die Tragweite dessen zu erfassen, was Mrs Martin erzählte. Sie fühlte sich, als hinge sie über einem Abgrund.

„Das ist es also, was ich für mich und im Interesse Mr Martins in Erfahrung bringen möchte, Lady Hastings. Haben Sie Lord Hastings wirklich geheiratet? Wenn das nämlich nicht der Fall ist, werden Mr Martin und ich hocherfreut sein. Ich darüber, dass es ihm einen Ansporn gibt, der Scheidung ohne Einspruch zuzustimmen, er über die Gelegenheit, Sie endlich heiraten zu können, wenn wir erst einmal geschieden sind."

War es nicht das, was Helena sich all die Jahre so sehnlich gewünscht hatte? Dass Andrew eines Tages auf irgendeine Weise wieder frei wäre, um sie zu heiraten?

Sie schwieg.

Mrs Martin beugte sich vor. „Ich weiß, was Sie denken. Der Skandal wird alles in den Schatten stellen, worüber man in letzter Zeit gesprochen hat. Es wird für uns alle zweifellos anstrengend werden. Doch es wird neue Skandale geben, und die alten wird man vergessen. Nach einer Weile wird niemand sich mehr daran erinnern, dass sie je mit einem anderen als Mr Martin verheiratet waren."

Doch würde das nicht bedeuten, dass auch Hastings eines Tages eine andere ehelichen würde? Der Gedanke war wie ein Brandmal auf Helenas Herz.

„Denken Sie darüber nach, Lady Hastings. Sie haben für Mr Martins Liebe alles riskiert. Nun können Sie ohne Risiko alles mit ihm haben – Liebe und Ehrbarkeit." Mrs Martin erhob sich. „Sie müssen nicht gleich antworten. Wenn Sie mit Mr Martin reden möchten, können Sie ihn in seinem Londoner Stadthaus antreffen. Ich finde selbst hinaus."

HELENA BLIEB VOR HASTINGS' ARBEITSZIMMER stehen. Die Tür war angelehnt. Er saß an seinem Sekretär, neben seinem Ellbogen lag eine unangezündete Tabakspfeife.

„Willst du hereinkommen?", fragte er, ohne aufzusehen.

Ihr Herz machte einen Satz. Es dauerte einige Sekunden, ehe sie die Schwelle überschreiten konnte.

Als sie sich dem Sekretär näherte, sah sie, dass er an der Überarbeitung einer Geschichte aus der Sammlung um den alten Krötenteich arbeitete, bei der sie verlangt hatte, dass er in einem Fall Mrs Kaninchen in Mrs Stachelschwein abänderte, um zu vermeiden, dass ein und derselbe Charakter in einer Geschichte ein sonniges Gemüt hatte und in der anderen bärbeißig daherkam.

Nun sah er auf und lächelte leicht. „Es beschämt mich, es zuzugeben, aber bis du mich darauf aufmerksam machtest, war mir vollkommen entgangen, dass ich zwei Charakteren denselben Namen gegeben hatte."

Sie war nicht sicher, ob sie ihn lieber aus dem Fenster werfen oder an den Haaren ziehen wollte. Sie nickte mit dem Kinn in Richtung der Pfeife. „Gehört die Tobias?"

„Das nehme ich an. Die Pfeife gehörte meinem Vater. Ich mache mir nicht viel daraus, sie zu rauchen, aber ich mag es, ab und zu frischen Tabak hineinzutun."

Das war also der Grund, warum seine Kleidung manchmal nach Pfeifentabak duftete. Plötzlich überkam sie das Verlangen danach, sich in eine oder mehrere seiner Tweedjacken einzuwickeln, vielleicht sogar nackt.

Er faltete auf dem Sekretär die Hände. „Ich habe gehört, Mrs Martin war hier."

Das ungute Gefühl, über dem Abgrund zu hängen, ergriff mit voller Wucht wieder von ihr Besitz. „Sie will, dass ich Mr Martin heirate."

Er stand auf. „Wie bitte?"

Er hatte so gleichmütig gewirkt, so stoisch. Es war fast beruhigend, dass er nun eine heftigere Reaktion zeigte. „Sie möchte sich scheiden lassen, und er zögert. Sie hofft, dass der Gedanke, mich heiraten zu können, ihn zur Kooperation bewegen wird."

Lange erwiderte er darauf gar nichts. Ihr Herz begann im Rhythmus seines schwer gehenden Atems zu schlagen. „Du willst ihn noch immer heiraten?"

„Mein Wunsch danach war nur erloschen, als ich mich nicht mehr an ihn erinnern konnte."

Er schüttelte den Kopf und hörte einfach nicht damit auf. „Nein. Nein. Lass von diesem Wahnsinn ab."

Ein Teil von ihr stimmte ihm heftig nickend zu. Sie versuchte, es zu ignorieren. „Du kannst nicht von mir verlangen, einen meiner sehnlichsten, innigsten Wünsche aufzugeben, nur weil wir ein paar Wochen miteinander verbracht haben."

Er umrundete den Sekretär und legte ihr die Hände auf die Arme. „Das kann ich, und das werde ich. Mach diesen Fehler nicht, Helena. Verwechsle nicht das, was du einmal wolltest, mit dem, was du jetzt brauchst."

Seine Körperwärme drang von seinen Händen durch ihre Ärmel. Sie trat einen Schritt zurück. „Ich werde mich mit Mr Martin treffen."

„Ja", sagte er zögernd. „Ich schätze, das wirst du tun müssen. Willst du, dass ich mit dem Dinner warte, bis du zurück bist?"

Nein, was sie wollte, war … Theatralik, Drama. Sie wollte, dass er das Tintenfass durch den Raum warf und dann den gesamten Sekretär umstieß. Dass er sie nicht so einfach, so edelmütig gehen ließ. „Wenn ich mich dazu entschließe, ihn zu heiraten, werde ich nicht wiederkommen. Je länger ich mit dir zusammenlebe, desto größer wird der Skandal."

„Du wirst hierher zurückkommen und wenigstens Bea anständig auf Wiedersehen sagen. Sie hat gerade nach dir gefragt. Weißt du, wie selten sie nach anderen Menschen fragt?"

Wenigstens wurde seine schöne Stimme jetzt lauter. Sie nahm an, dass sie sich damit zufriedengeben musste. „Ich gehe jetzt besser."

Er zog sie an sich und gab ihr einen heftigen, abrupten Kuss, der sie atemlos und verwirrt zurückließ.

„Geh", sagte er schroff. „Ich werde dir eine Kutsche bereitstellen lassen."

Sie hob die Hand und fuhr sich mit den Knöcheln über die Lippen. Er beobachtete sie dabei. Nach einem Augenblick wurde sein Blick weicher. „Vergiss den Sahara-See nicht, mein Liebling."

KAPITEL 17

MIT HASTINGS' TAG GING ES kontinuierlich abwärts. Einer seiner Stallburschen brach sich beim Üben mit dem Pferd den Arm. Das Dach des Pilzhauses stürzte ein. Das letzte Ereignis gab ihm den Rest: Sir Hartschale hauchte seinen Geist aus.

Als Hastings davon erfuhr, war Bea längst in ihrem Schrankkoffer und so außer sich, dass sie das kleine Tablett, auf dem er ihr einen Keks und eine Tasse Tee mit Milch zu reichen versuchte, immer wieder aus der Tür am Boden des Koffers stieß.

Er gab nach einer Weile auf, aß den Keks selbst und lehnte sich mit dem Rücken an den Koffer. Er wünschte sich, selbst so einen Zufluchtsort zu besitzen, in dem er ausharren konnte, bis die Welt sich weitergedreht hatte.

Wie lange er dort saß und die Wand anstarrte, wusste er nicht. Erst ein leises Weinen riss ihn aus seinen Gedanken. Bea war oft angespannt und traurig, aber sie weinte kaum.

Er drehte sich um und versuchte, durch eines der Luftlöcher ins Innere zu spähen, sah jedoch nur Dunkelheit. „Bea, Süße, ich weiß, dass Sir Hartschale nicht wiederkommt, aber wir können seinen Cousin einladen, hier mit dir zu leben. Ich habe gehört, sein Cousin sucht eine Bleibe. Vielleicht hätte er nichts dagegen, Sir Hartschales Terrarium zu erben."

Sie schniefte, blieb ihm aber eine Antwort schuldig.

„Der Cousin heißt Mr Dickrücken. Er hat ein sehr angenehmes, ausgeglichenes Wesen und ist viel jünger als Sir Hartschale, also wird er noch lange, lange Zeit mit uns verbringen können."

Bea schluchzte wieder. Hastings wünschte sich, es gäbe gute Feen – eine für Bea und eine für ihn. „Oder wir laden einen anderen Verwandten von Sir Hartschale ein. Was hältst du von Miss Rückenschild? Ich wette, sie hätte nichts dagegen, wenn du ihr eine hübsche Schleife um den Panzer bändest."

„Hat Lady Cousinen?" Beas Frage kam wie aus dem Nichts.

Hastings fragte verwirrt: „Lady?"

„Unsere Lady", entgegnete sie niedergeschlagen.

Er war vollkommen überrascht. „Lady Hastings? Du bist ihretwegen hier drin?"

„Hat sie Cousinen?"

Wenn Helena nur so leicht zu ersetzen gewesen wäre wie Schildkröten. „Sie hat Cousinen, aber keine von ihnen kann hier mit uns zusammenleben."

Bea hickste. „Kommt sie zurück?"

Die alles entscheidende Frage. Hastings brachte sich wieder in eine sitzende Position und starrte erneut die Wand an. „Das hoffe ich, Süße. Das hoffe ich sehr."

ALS SIE AN ANDREWS STADTHAUS LÄUTETE, gelangte Helena zu einer beklemmenden Erkenntnis: Seit ihrer Abreise aus Easton Grange, hatte keiner ihrer Gedanken Andrew gegolten. Die Hälfte der Zeit war sie damit beschäftigt gewesen, über ihre Lippen zu streichen, als könne sie dadurch Hastings' Kuss erneut spüren. Die restliche Zeit über hatte sie daran gedacht, wie er hinter dem Fenster des Arbeitszimmers gestanden hatte, bis auf sein Gesicht und sein helles, wunderbares Haar nur schemenhaft zu erkennen, als sie das letzte Mal zu ihm nach oben geblickt hatte.

Er hatte ihr nicht gewinkt, sondern einfach nur zugesehen, wie ihre Kutsche davonfuhr.

Andrew öffnete die Tür. „Komm herein, Helena, bitte. Ich bin froh, dass du da bist."

Wie anders es war, ihn im Vollbesitz ihrer Erinnerungen zu treffen. Als er sie schüchtern anlächelte, fühlte sie sich umgehend in die kleine Bibliothek auf Fitz' Anwesen zurückversetzt, in der sie sich das erste Mal begegnet waren und sofort begonnen hatten, über die Werke des ehrwürdigen Bedas zu diskutieren. Wie sein Gesicht an diesem Nachmittag vor Freude geglüht hatte.

Sie blinzelte. War es das, was Hastings damit gemeint hatte, als er sagte, dass sie in Andrew nicht den jetzigen Mann sah, sondern den, der er gewesen war?

Andrew führte sie in einen Salon und entzündete einen Spirituskocher für den Tee. „Die Bediensteten haben den halben Tag frei, wenn es dir also nichts ausmacht, werden wir mit meinen eingerosteten Kenntnissen in Sachen Teezubereitung auskommen müssen."

Er lief unsicher umher, holte Tee und Zucker und brachte einen Teller mit Sandwiches. Es erinnerte sie an ihren ersten und einzigen Besuch in seinem Haus an der herrlichen Küste Norfolks mit einer Gruppe anderer junger Leute. Bei ihrer Ankunft hatte er das Gepäck selbst in die obere Etage getragen. Im Laufe des späten Nachmittagstees war er unzählige Male aufgestanden, um ihr von Hummer über Salat bis zu Sahnetorte alles zu bringen.

Helena runzelte die Stirn. Sie schwelgte schon wieder in alten Zeiten.

„Ist etwas?", fragte Andrew.

„Nein, alles in Ordnung. Hat dich Mrs Martin in Kenntnis gesetzt, dass ich dich möglicherweise besuchen würde?"

Andrew setzte sich und maß die Teeblätter ab, die er in die Kanne füllte. „Ja, sie hat telegrafiert. Ich habe ihr nicht geglaubt, aber ich bin so froh, dass ich unrecht hatte."

Die Anstecknadel auf der Mitte seiner Krawatte – sie hatte ihm eine ähnliche geschenkt, die einen römischen Adler zeigte. Es war auf der ersten Weihnachtsfeier gewesen, die Fitz und Millie in Henley Park ausgerichtet hatten. Der Glühwein war in Strömen geflossen. Sie hatte ihn in eine Nische gezerrt, um ihn zu küssen, und er hatte nach Muskat und Gewürznelke geschmeckt.

Sie dachte wirklich immer daran, wie Andrew vor Jahren gewesen war. Wie konnte sie beurteilen, was für ein Mensch er zum jetzigen Zeitpunkt war? „Ich muss zugeben, ich mochte Mrs Martin in der Vergangenheit nicht besonders", sagte sie. „Doch nach unserem Gespräch heute bewundere ich sie regelrecht. Ich mag es, dass sie ihr Glück in die eigenen Hände genommen hat."

„Du wirst Hastings also verlassen?" Andrews Blick haftete an ihr. „Vorausgesetzt natürlich, ihr seid noch nicht verheiratet."

„Wenn ich ihn wirklich verlasse …"

„Können wir heiraten", fiel er ihr atemlos ins Wort.

„Aber wenn ich ihn nicht verlasse, was hast du dann vor?"

Andrew wurde unruhig und rieb die Tischdecke zwischen den Fingern. „Ich weiß es nicht."

„Wirst du trotzdem zulassen, dass deine Frau sich scheiden lässt?"

„Wohl kaum."

Das war nicht die Antwort, die sie zu hören gehofft hatte. Sie verzog keine Miene und sagte in neutralem Ton: „Was weißt du über ihre Situation?"

„Ihr zufolge schwärmt sie für einen Kerl aus Amerika. Er hat versprochen, sie zu heiraten, wenn sie mit der Scheidung durchkommt."

„Warum willst du sie nicht gehen lassen?"

Andrew nahm den Kessel vom Spirituskocher und goss heißes Wasser in die Teekanne. „Nun, eine Scheidung ist ein Ärgernis, oder nicht?"

Sie musterte ihn genau. „Wenn du sie gehen lässt, kann sie den Mann ihrer Wahl heiraten und mit ihm eine Familie gründen."

Er zuckte die Achseln. „Wir kamen bisher gut miteinander aus. Ich habe mich daran gewöhnt. Wir werden einfach genau so weitermachen wie bisher."

Als Helena aus ihrem Koma erwacht war und sich in der Rolle einer verheirateten Frau wiedergefunden hatte, hatte sie an Hastings eine Charakterstudie durchgeführt. Er hatte sich geweigert, sein Glück über das Wohlergehen seiner Tochter zu stellen und den Test mit Bravour gemeistert.

Andrew gelang das nicht. Er hatte klargestellt, dass er keine Einwände gegen eine Scheidung hatte. Wenn Helena ihn hinterher zum Mann nahm, war er mehr als willens, zuzustimmen. Aber ohne Aussicht auf persönliche Bereicherung würde er seine Frau in einer trostlosen Ehe gefangen halten, ihr alles verwehren, was sie immer entschlossen und hingebungsvoll angestrebt hatte, einfach nur, weil es weniger Ärger bedeutete.

„Tu mir einen Gefallen, Andrew."

„Jeden."

„Willige deiner Frau zuliebe in die Scheidung ein. Fessle sie nicht an dich, nur weil es dir nichts ausmacht. Es bedeutet ihr außerordentlich viel. Sie trägt nicht mehr Schuld an dieser Ehe als du, und ich will, dass du sie fair behandelst, genau so, wie auch du behandelt werden wollen würdest."

Er blinzelte verärgert. „Aber was tue ich dann?"

„Was immer du willst. Dein Leben wird sich kaum ändern, da ihr seit Jahren nicht im selben Haus wohnt. Du wirst weiter Geschichtsbücher schreiben, und ich werde sie weiterhin veröffentlichen."

Er biss sich auf die Unterlippe. „Aber du wirst mich nicht heiraten?"

„Ich kann Lord Hastings nicht verlassen – wir sind schon verheiratet."

„Oh", sagte Andrew.

„Versprichst du mir, dass du Mrs Martin gehen lassen wirst?"

Er nickte deprimiert. Sie küsste ihn auf die Stirn und stand auf. „Schick mir in jedem Fall den dritten Band deiner Chronik, sobald er fertig ist. Und trödle nicht, Andrew. Ich werde nicht noch einmal dulden, dass du eines deiner Manuskripte sechs Monate zu spät einreichst."

HELENA STIEG NIEDERGESCHLAGEN IN IHR ZUGABTEIL. Sie mochte schon vor ihrer Abreise in Easton Grange gewusst haben, dass sie sich nicht für Andrew entscheiden würde, aber es war dennoch enttäuschend, dass er sich als geringerer Mann entpuppt hatte, als sie gedacht hatte.

Der Zug setzte sich in Bewegung. Als sie das letzte Mal mit diesem Zug Richtung Kent gefahren war, hatte die plötzliche Rückkehr vier Jahre umspannender Erinnerungen sie komplett aus der Bahn geworfen. Es war unwahrscheinlich, dass dieses Mal wieder etwas so Weltbewegendes geschehen würde, da sie den Großteil ihres Gedächtnisses bereits …

So viele verschiedene Stimmen. Sie erkannte Venetias und Fitz', aber keine der anderen. Sie redeten über sie. Warum war sie noch nicht wach? Hätte sie nicht schon längst das Bewusstsein wiedererlangen sollen?

Was meinten sie damit, sie sei bewusstlos? Sie versuchte, ihnen verständlich zu machen, dass sie alles mitbekam, was um sie herum passierte. Doch zu ihrem Entsetzen konnte sie die Lippen, die Lider, ja nicht einmal eine Fingerspitze bewegen – sie war gefangen in ihrem eigenen Körper.

Die Stimmen ebbten ab. Niemand sprach mehr. Die Stille war unerträglich, als hätten sie bereits vergessen, dass es sie gab. Sie rief. Sie schrie. So wenig sie davon Kenntnis nahmen, hätte sie genauso gut auf dem Grund des Atlantiks liegen können.

Dann hörte sie seine atemberaubend schöne Stimme. Würde es jemandem etwas ausmachen, wenn ich ihr vorlese? Wenigstens erinnerte sich noch jemand an sie.

Er las ihr ein spannendes Lehrbuch über die Abläufe des Verlagsgeschäfts vor. Helena liebte Bücher. Ihren Anblick, wie sie sich anfühlten, wie sie rochen. Sie liebte es über alles, mit den Fingern über geprägte Titel und Goldschnitte zu fahren. Sie schätzte das fast unhörbare Knacken, das ein Buchrücken machte, wenn man das Werk zum ersten Mal aufschlug, und wenn es ihr irgendwie möglich gewesen wäre, hätte sie liebend gern den Geruch eines Raumes voller alter und neuer Bücher, den Duft von Leder und Pergament in Verbindung mit dem Wohlgeruch frischer Tinte in einem Flakon aufgefangen.

Er las ihr tagelang vor. Sie hing an seinen Lippen, seiner Stimme, ob er nun das Lehrbuch über das Verlagsgeschäft, die Zeitung oder „Alice im Wunderland" vorlas. Wenn sie allein waren, bat er sie bisweilen aufzuwachen und erzählte ihr, dass er sie liebte, dass er sie schon immer geliebt hatte.

Sie hatte bisher an nichts in ihrem Leben so sehr geglaubt wie an seine Liebe zu ihr. Sie versuchte mit aller Kraft, zu ihm durchzudringen. Sie würde dieses unsichtbare Gefängnis verlassen. Sie würde wieder Teil der lebendigen Welt werden, ihn treffen und ihm sagen, dass sie ihn ebenso innig liebte.

Helena rang nach Luft. Das war also der Grund, warum ihr Hastings' Stimme beim Erwachen bekannt vorgekommen war. Deshalb konnte sie sich dunkel daran erinnern, wie er die Grinsekatze sprechen ließ, und aus diesem Grund war es viel leichter gefallen, wieder die Zügel ihres Geschäfts in die Hand zu nehmen, als sie erwartet hatte, weil er ihr alles erzählt hatte, was sie darüber wusste.

Sie hatte nie zuvor öffentlich geweint, doch nun tat sie es. Es waren Tränen des Glücks und der Dankbarkeit, die sie nicht aufhalten konnte. Der Mann, den sie zuvor geliebt hatte, konnte ihr nicht gerecht werden, aber die Liebe ihres Lebens hatte sich mit jeder Tat als würdig erwiesen − als mehr als würdig. Und welch riesiges Glück sie hatte, auf dem Weg nach Hause, zu ihm, zu sein.

IN DEN VERGANGENEN ZWANZIG MINUTEN war aus Beas Reisekoffer kein Laut zu hören gewesen. Vielleicht war sie eingeschlafen. Das war schon früher passiert, mehr als ein Mal. Bea, eine Tiefschläferin, störte es nicht, wenn man sie ins Bett trug − wenn sie denn tatsächlich schlief. Wenn sie noch wach war und er den Koffer öffnete, würde sie das doppelt so wütend machen.

Hastings stand auf, wippte auf der Ferse vor und zurück und war nicht in der Lage, eine Entscheidung zu fällen.

„Ist alles in Ordnung mit Bea?"

Er verharrte abrupt, wurde stocksteif. Helena!

Ganz langsam drehte er sich um.

Sie kam auf ihn zu. „Ich bin zurück, und was ich vorhin gesagt habe, tut mir schrecklich leid. Vergib mir, dass ich die Wahrheit, die sich unmittelbar vor meinen Augen befand, nicht gesehen habe."

Er konnte nicht sprechen, musste sie aber anlächeln. Ihr zunächst ernsthafter Gesichtsausdruck wurde weicher, und ihre Augen glichen dem Wasser im Sahara-See bis aufs letzte Detail. Er war trunken vor Glück.

„Lady!", rief Bea, öffnete die Tür des Koffers und spähte hinaus.

„Ja, ich bin zurück", sagte Helena erneut mit einem noch breiteren Lächeln. „Möchtest du herauskommen?"

Die Tür schloss sich wieder. Beas Stimmte klang dumpf. „Sir Hartschale ist tot."

„Oh, das tut mir leid."

„Warum erzählst du Bea nicht von Sir Hartschales Verwandten, Helena?" Hastings hatte endlich seine Stimme wiedergefunden. „Mr Dickrücken und Miss Rückenschild zum Beispiel. Wir können einem von ihnen vorschlagen, in Sir Hartschales altem Terrarium zu leben."

„Oh, ja, sicherlich. Ich bin sicher, Sir Hartschale hätte das so gewollt. Es würde ihm nicht gefallen, wenn sein schönes Zuhause leer bliebe, die ganze gute Erde, die entzückenden Steine und das stabile Wasserbecken aus Zinn. Was wäre das für eine Verschwendung."

Auf Helenas begeisterte Aufzählung der Vorzüge der alten Behausung Sir Hartschales hin herrschte Stille. Hastings riss sie an sich und küsste sie voller Leidenschaft. Sie erwiderte den Kuss mit der gleichen Hingabe. Er konnte kaum atmen, doch was spielte das für eine Rolle, wenn er sie dafür küssen konnte?

Er hörte Bea nicht. Es war schließlich Helena, die zurückwich und fragte: „Was hast du gesagt, meine Kleine?"

„Bad?"

Hat sie zu Abend gegessen? Helena formte die Frage lautlos mit den Lippen.

Er nickte und vollzog die Geste, mit der er einen Teller durch die kleine Tür geschoben hatte. Endlich war es ihm gelungen, Essen in Bea zu bekommen. „Ich fürchte, du musst heute ohne dein Bad auskommen müssen. Es ist schon recht spät. Du gehst besser ins Bett, sonst wirst du morgen nicht beizeiten aufstehen können."

Es folgte erneut Stille. Er küsste Helena wieder, bis er vollkommen außer Atem war. Doch diesmal hörte er Bea fragen:

„Papa?"

Er hob sie heraus und ließ sie in Windeseile ins Bett stecken. Dann rannte er Hand in Hand mit Helena zu seinen Zimmern. Sie hielten keinen Augenblick inne, ehe sie die Tür hinter sich ins Schloss geworfen hatten.

Zwei Stunden später boxte Helena ihrem David in die Magengrube.

„Au. Wofür war das denn?"

„Dafür, dass du in all den Jahren so beispiellos dumm warst. Du hättest nicht warten müssen, bis ich fast tot war, um mir zu sagen, dass du mich liebst." Als Nächstes boxte sie ihn in den Arm. „Das ist dafür, dass du mir in den Hintern gekniffen hast. Ich habe mich endlich daran erinnert."

„Hm", sagte er, während er eine Hand auf ihren Po legte und ihn ungeniert anfasste.

Sie lachte und küsste die Stellen, an denen sie ihn getroffen hatte. „Ich sollte nicht zu hart mit dir ins Gericht gehen. Du warst ein Idiot, aber ich habe mich selbst wie ein vollkommener Dummkopf verhalten."

„Danke, dass du es selbst sagst und ich es nicht tun muss."

„Ha, dafür werde ich dich an einen Bettpfosten fesseln und dir *kein* Vergnügen bereiten."

„Aber denk doch an die Verschwendung, Liebling. Warum einen perfekt ausgestatteten, harten Schwanz ungenutzt dahinwelken lassen?"

Sie lachte laut auf. Er zog sie auf sich. „Sag mir, meine außerordentlich fordernde Lady, wann ist dir endlich klar geworden, dass du ohne mich nicht leben kannst?"

Sie sah ihn mit schiefgelegtem Kopf an. „Bin ich wirklich je zu einem so rührseligen Schluss gekommen?"

„Ja, das bist du", entgegnete er keck und zuversichtlich. „Nun sag mir wann."

Sie strich mit der Handfläche über seine beginnenden Bartstoppeln und dachte darüber nach. „Vielleicht, als du mir sagtest, dass du mit dem Abendessen auf mich warten würdest, ehe ich ging. Oder vielleicht, als Prinz Narziss mit einem Messer auf seinen Stolz losging. Aber vielleicht auch, als ich vom Sahara-See erfuhr. Ganz sicher, als ich mich an die Tage erinnerte, die ich im Koma lag."

Sie berichtete ihm von ihren Erinnerungen an diese drei Tage, von ihrer Frustration und Hilflosigkeit und vor allem von seiner warmen, schönen Stimme, die ihr in ihrer Verzweiflung beigestanden und Kraft gegeben hatte.

Er legte ihr die Hand an die Wange und küsste sie voller Herzenswärme. „Ich wollte nur, dass du dich nicht allein fühlst und meine Liebe spürst, wie du sie immer hättest spüren sollen."

Sie erwiderte den Kuss. „Alles, was ich wollte, war aufzuwachen und dir zu sagen, dass ich dich liebe."

Sie versanken in einem weiteren Kuss. Sein Körper veränderte sich, war wieder bereit für die Liebe.

Sie unterbrach den Kuss und leckte ihm über die Mundwinkel. „Und nun, da ich dir gesagt habe, dass ich dich liebe, können wir uns endlich den wichtigen Dingen widmen."

Er hob eine Braue. „Wie zum Beispiel?"

„Zum Beispiel wann deine nächste schmutzige Geschichte für mich fertig ist."

Er lachte. „Das ist wirklich eine äußerst drängende Frage."

„Wann wird sie denn nun fertig werden?", flüsterte sie ihm ins Ohr.

Er rollte sie unter sich und küsste sie wieder. „Bald, Liebling, sehr bald."

EPILOG

Die Hochzeit von Helena Charlotte Fitzhugh und David Hillsborough, Viscount Hastings, war nicht die Hochzeit der Saison – verständlicherweise, da die Saison bereits beendet war. Doch von der Größe, der Besucherzahl und der Menge an Klatsch, die sie nach sich zog, weil sie stattfand, lange nachdem das Paar angeblich durchgebrannt war, konnte sie es mühelos mit jeder einzelnen Hochzeit der Saison der jüngeren Vergangenheit aufnehmen.

Die Braut trug ein strahlend weißes Hochzeitskleid. Der Bräutigam strotzte vor Diamanten und Perlen – diamantene Manschettenknöpfe, diamantene Krawattennadel, diamantene Hemdknöpfe und eine Taschenuhr aus Perlmutt. Die Damen aus der Familie der Braut weinten während der Trauung unverhohlen, und selbst ihren Bruder sah man sich immer wieder die Augen trockentupfen.

Zur Feier ihres großen Tages hatten Braut und Bräutigam je ein Geschenk für den anderen vorbereitet. In Anbetracht des feierlichen Anlasses lag der Gedanke nah, dass es sich bei diesen Geschenken um legendäre Kunstwerke, herausragende Schmuckstücke und vielleicht kostbare alte Manuskripte handelte. Doch weit gefehlt.

Der Bräutigam schenkte der Braut ein Miniaturmodell eines Luftschiffs namens *Hastings' Stolz*. Die Braut überreichte ihm ein noch preiswerteres Geschenk: ein Holzschild, wie man es überall an Kreuzungen und in der Nähe von Sehenswürdigkeiten fand.

Dieses Schild wurde am Teich von Easton Grange aufgestellt. Auf der einen Seite stand „Alter Krötenteich", auf der anderen „Sahara-See".

Danke, dass Sie „Eine verführerische Braut" gelesen haben.

- Möchten Sie wissen, wann der nächste Roman von Sherry Thomas auf Deutsch erscheint? Melden Sie sich für den Newsletter auf www.sherrythomas.com an. Sie können ihr auch auf Twitter folgen unter @sherrythomas und ihre Facebookseite http://facebook.com/authorsherrythomas mit „Gefällt mir" markieren.
- Rezensionen sind erwünscht, egal auf welchem Portal.
- „Eine verführerische Braut" ist das dritte und letzte Buch der Fitzhugh-Trilogie. Vorausgegangen sind „Eine betörende Schönheit" und „Eine bezaubernde Erbin".

Mehr Bücher von Sherry Thomas

Historische Liebesromane

Die Fitzhugh Trilogie

1. „Eine betörende Schönheit"

Eine Transatlantiküberfahrt auf einem Luxusdampfer. Eine geheimnisvolle Frau mit Rachegedanken. Ein Herzog, der sich in die eine Frau verliebt, die er geschworen hatte, nie zu lieben.

„Komplexe, fesselnde Charaktere, eine ungewöhnliche, mitreißende Handlung und ein Schreibstil mit der Tiefe und Schönheit von Musik – was kann ein Leser mehr verlangen?" – The Romance Dish

2. „Eine bezaubernde Erbin"

Verheiratet: 8 Jahre. Ehe vollzogen: 0 Mal. Das ändert sich: jetzt.

Von *Publishers Weekly* als Beste Lektüre des Sommers 2012 ausgezeichnet.

„[Die Geschichte von] Millies und Fitz' Ehe ist eine der ehrlichsten, romantischsten und optimistischsten Erzählungen, die ich seit langer, langer Zeit gelesen habe. Und was kann ich sagen … Sherry Thomas rockt." – All About Romance

2½. „A Dance in Moonlight" (Kurzgeschichte)

Eine untröstliche Frau trifft einen Mann, der genau so aussieht, wie der, den sie verloren hat. *Komm spät nachts*, sagt sie zu ihm, *damit ich so tun kann, als wärst du der, den ich liebe.*

3. „Eine verführerische Braut"

Er liebt sie. Sie hasst ihn. Aber dann mischt das Schicksal die Karten neu: Nach einem Unfall sieht sie in ihm nur noch einen gutaussehenden Fremden.

Von *Library Journal* als Bester Liebesroman des Jahres 2012 ausgezeichnet.

„Auf den Punkt gebracht: Dies ist der beste historische Liebesroman des Jahres 2012. Wenn Sie dieses Jahr nur einen Historical lesen, selbst wenn Sie das Genre sonst … meiden, sollte es ‚Eine verführerische Braut' sein." – The Season

3½. „The Bride of Larkspear" (Kurzgeschichte)

Der Held aus **„Eine verführerische Braut"** verfasst für seine Angebetete keine Sonette. Stattdessen, schreibt er seiner Liebsten einen Erotikroman. Dies ist eben dieser Roman.

historische Liebesromane, keine Serie

„Eine fast perfekte Ehe"

Sie lebt in London, er lebt in New York – und ihre Ehe wird als perfekt bezeichnet. Aber was passiert, wenn sie ihn um die Scheidung bittet?

Von *Publishers Weekly* als bestes Buch des Jahres 2008 ausgezeichnet.

„Sinnlich und geistreich … dieses überragende Historical-Debut punktet mit einem geschickt ersonnenen Plot und schillernden Charakteren." – Ausgezeichnete Rezension, *Publishers Weekly*

„Köstlich wie dein Kuss"

Ein Mann, der eines Tages Premierminister werden will. Eine Frau, die ihr Leben in der Küche verbringt. Eine Cinderella-Geschichte, wie Sie sie noch nie gelesen haben.

Von *Library Journal* als bester Liebesroman des Jahres 2008 ausgezeichnet.

„Eine grandiose, märchenhafte Liebesgeschichte … eine unwiderstehliche Köstlichkeit." – *Chicago Tribune*

„Gefährliche Leidenschaften"

Einst war er ihr Ehemann. Jetzt ist er nur ihr Begleiter und Beschützer auf der gefährlichsten Reise ihres Lebens.

Gewinner des renommierten RITA®-Preises der Romance Writers of America für den besten historischen Liebesroman des Jahres 2010.

„Eine wunderschön geschriebene, sehr bewegende Geschichte über das Wiedererwachen einer Liebe und moralische Wiedergutmachung vor der Kulisse einer abenteuerlichen Reise durch den Nordwesten Indiens." – Read React Review

„Eine skandalöse Liebesfalle" und „Zwischen Liebe und Skandal"

Ein Mann, der die Kunst, sich dumm zu stellen, perfektioniert hat. Eine Frau, die verzweifelt genug ist, ausgerechnet ihn in eine Ehe zu locken. Stellen Sie sich die Hochzeitsnacht vor.

Gewinner des renommierten RITA®-Preises der Romance Writers of America für den besten historischen Liebesroman des Jahres 2011.

„Ich erwische mich dabei, dass ein Teil meines Gehirns denkt, ‚Oh Gott, ich kann nicht fassen, wie gut das ist', während der andere sagt ‚Sei still und lies weiter'. Dies ist definitiv ein Buch für die einsame Insel." – Dear Author

„The Luckiest Lady in London"

Eine verarmte, junge Frau, die gut heiraten muss, trifft einen Mann, der nicht besser als Ehemann für sie geeignet sein könnte. Aber als der ideale Gentleman ihr einen Antrag macht, bietet er ihr nicht die Ehe, sondern eine Carte blanche. Was soll man als junge Frau tun? Nun, diese junge Frau wird das Spiel nach ihren eigenen Regeln spielen.

Von *Kirkus Review* und *Library Journal* als bester Liebesroman des Jahres 2013 ausgezeichnet.

„Ein Meisterwerk. Ein wunderschön geschriebener, exquisit verführerischer ... Edelstein unter den Liebesromanen." – Ausgezeichnete Rezension, *Kirkus Review*

(Die deutsche Übersetzung dieses Werks wird im November 2014 erhältlich sein.)

Young Adult Fantasy

„The Burning Sky"

Die Geschichte eines Mädchens, das tausend Jungs genarrt hat, ein Junge, der ein ganzes Land getäuscht hat, eine Partnerschaft, die das Schicksal von Königreichen ändern wird und eine Macht, um den größten Tyrann, den die Welt je gesehen hat, herauszufordern. Magie inklusive.

„Thomas ... erschafft eine komplexe Fantasiewelt mit einer großartigen Liebesgeschichte, die mich bis zur letzten Seite gefesselt hat. Was für eine atemberaubende Reise!" – Marie Lu, New York Times Bestseller-Autorin der Legend Serie

Anmerkung der Autorin

„Die Braut von Larkspear", Hastings' anzüglicher Liebesbrief an Helena, ist im englischen Original (The Bride of Larkspear) komplett bei Ihrer bevorzugten Bezugsquelle für eBooks erhältlich.

Der Text von Helenas Buch über das Verlagswesen ist im Original entnommen und übersetzt aus „From Manuscript to Bookstall: the Cost of Printing and Binding Books, with the Various Methods of Publishing Them, Explained and Discussed", einem 1894 von Arthur Dudley Southam veröffentlichten Buch, das mittlerweile nicht mehr dem Urheberrecht unterliegt.

Über die Autorin:

Sherry Thomas gilt bei Fans und Kennern historischer Liebesromane als Meisterin ihres Fachs. Sie hat in zwei aufeinanderfolgenden Jahren den RITA (den „Liebesroman-Oscar") gewonnen und ist auf unzähligen „Die Besten des Jahres"-Listen aufgeführt, unter anderem auf denen von *Publishers Weekly, Kirkus Review, Library Journal, Dear Author* und *All About Romance*. Sie lebt mit ihrem Mann und ihren Söhnen in Austin, Texas.

Sie schreibt neben historischen Liebesromanen auch im Genre „Young Adult". Hier ist im September 2013 ihr Debütroman „The Burning Sky" erschienen.

Ihre Romane verfasst Sherry nicht in ihrer Muttersprache Chinesisch – sie hat Englisch durch das Lesen von Liebesromanen und Science Fiction Büchern gelernt – genau genommen jedes Wort, das Isaac Asimov je geschrieben hat. Sie ist stolz darauf, mit Fug und Recht behaupten zu können, dass ihr ältester Sohn ihr größter Fan ist – allerdings bei dem Young Adult-Buch, nicht bei den Liebesromanen, das kommt vielleicht später.

Aktuelle Informationen per eMail zu Sherrys Büchern können Sie auf ihrer Website bestellen oder ihr schreiben: http://www.sherrythomas.com/contact.php.

www.ingramcontent.com/pod-product-compliance
Lightning Source LLC
Chambersburg PA
CBHW031325170626
46807CB00002B/573